和香

九鹭非香 著

湖南文艺出版社
HUNAN LITERATURE AND ART PUBLISHING HOUSE

博集天卷
CS-BOOKY

『谢玄青，希望以后你不要那么孤独了！』

『咱们以后一直在一起。我陪你说话，逗你笑，我会一直、一直、一直都像现在一样喜欢你。』

「好。」

我和谢濯的初遇在昆仑的二月中旬。

这个月份，昆仑外的地界有的已经开始回暖，但昆仑还是被大雪包裹着。

这片雪竹林更是深处昆仑腹地，荒凉偏僻，灵力稀薄，寻常时间，修炼的昆仑诸仙几乎都不会往这里跑。而我却偏爱这里的寂静，还有雪竹林的雪笋。

目录

这世间的姻缘，是会变的。

第一章

断姻缘

我和谢濯在不周山上干了一架，打得那山又歪了三分后，西王母终于同意我与他和离了。

"我他妈实在受！不！了！了！"

当好友蒙蒙问我，我为什么和谢濯闹得这么难堪时，我终于忍无可忍，脱口而出："那盘菜我他妈就是一定要放辣！"

蒙蒙蒙了似的看着我，紧锁眉头微张唇齿，状似痴呆，仿佛听傻了。

"啊？"她半天又憋出两个字，"就这？"

"就这?！"我出离愤怒着，"什么叫就这?！这五百年，只要在他谢濯的眼皮子底下，他不吃辣，我有吃过一口辣？他不喝酒，我有喝过一口酒？这一天天的，府里的东西淡得不如去吃屎！五百年！我忍了五百年了！我就是想当着他的面吃口辣，这很过分吗?！"

蒙蒙一言难尽地看着我："都成仙的人了，口腹之欲怎么还这么重……再说了，你要实在馋，你悄悄吃不就完了吗……"

我淡淡瞥了蒙蒙一眼："他谢濯谢玄青是什么人你忘了？"

蒙蒙沉默了。

准确地说，这个姓谢名濯字玄青的男子，他不是人，他也不是仙，他是个妖。

传说中北荒海外的大妖。

他的原形，即便是成亲五百年后，我也没有摸清楚，但我清楚的是，当年我要与他成亲时，昆仑上的诸位仙家都显而易见地不同意。

人人见我都会问上一句——"你知道他是什么人吗？"

我不知道，这昆仑上，也没有任何人知道，但大家都知道他很危险，他的妖力与神秘让西王母也有些忌惮。

但我现在知道了！

"他是个狱卒！是个梦魇！是个傀儡大师！"

"而我就是他的囚徒！他的傀儡！"我一肚子的愤怒与抱怨，"这些年，我哪怕趁他不在，偷偷喝了一口酒，隔了三五日等他回来，他从门外一过就能闻到！那鼻子比哮天犬的都灵！每次被他抓到，都少不了一通教训和数落。我也是堂堂一个上仙，我不要面子的吗？"

蒙蒙不敢吭声，巴巴地望着我。

"这光是吃的也就罢了，只要是他在府里的日子，我寻常穿什么，去哪里，与谁见面，通通都要经过他的同意，成亲一二百年我也都忍了，五百年了！还这样！这未来成千上万年的日子，我难道都要这么过吗?！"

蒙蒙应和："那这确实不行……"

"最过分的是我去营中巡视时，他隔三岔五地便来探班查岗，就上个月，我在营中练兵，就和那新兵过了几招，就几招！被他看到了，结果那新兵的牙差点没被他打掉，还美其名曰帮我练兵……搞得我在营中被老将嘲被新兵躲的，我这怎么工作?"

我越想越气不打一处来："他就是个控制狂！我必须跟他和离！一定要离！"

我话音刚落，正吃着果子的蒙蒙忽然看着我身后，半张着嘴巴，任由手里的果子掉到了地上。

我顺着她的目光往身后一看。

谢濯，我话题的主人公正站在我的身后，穿着一袭一成不变的黑衣，他那凛冽又慑人的冷漠目光，刀一样扎向我。

"伏九夏。"他叫我，连名带姓的。

我撑住气场，回敬他以排山倒海的冷漠。

"嗯？"

"去月老殿。"他很慢地说着后面这两个字，"和离。"

求之不得！

我和他一路走到月老殿，谁也没多说一个字，月老躲得不见踪影，只派了个被吓得跟鹌鹑一样的童子出来。

童子举着一个托盘，托盘上放了一把绿色的剪刀。

"这……这绿剪刀断姻缘，断了，就再也接不上了，二位上仙……要不要……再想想？"

我迈步到童子面前，抬手便拿起了绿色的剪刀。

我拿起剪刀的这一瞬间，系于我俩手腕上的红色姻缘线慢慢显露。

我回头看向谢濯，他也正望着我，漆黑的眼瞳平静无波，但又好似比平日里更暗了几分，在那眼瞳深处映着的我的影子似乎在微微颤动。

参天的相思树被风一吹，沙沙作响，我与他腕间的红线随风摇曳。

五百年前，也是在这儿，我和他刺破了自己的掌心，十指相扣，掌心相对，血脉相融，成姻缘之线，绕于彼此腕间，以示从此往生，长相厮守，再不分离……

而如今……

我仰头看着谢濯，嘴唇动了动，到底是吐出了一句话来："那盘菜，我就是要放辣。"

"放辣便不许吃。"他给的回应也很快。

我一抿嘴角，忍住这熟门熟路蹿出来的心头火。

"你管不着我了。"

"咔嚓"一声，我用绿色的剪刀，不费吹灰之力，剪断了我们腕间的红线。

风一吹，绕在腕间五百年的红线，消散于无形。

谢濯垂下眼眸，看向我的手腕。

他一张脸生得冷峻，唯独那眼上的睫毛，如羽如扇，此时被阳光一照，在他眼下投出一片三角形的阴影，竟衬得他的脸色有些苍白，也烘得他的情绪有些许孤独与苍凉。

他当然该不开心。

成亲五百年了，我听得最多的便是他冷冷地对我说这不许那不行，他在生活中的方方面面都充满了控制欲，他对自己设计的规矩与条例总是无比在意。我如此干脆地剪了姻缘线，想来又是打乱了他不少规划，惹了他不悦。

不过，一如我对他说的最后一句话，他管不着我了，我也管不着他了。

从此以后，一别两宽，各生欢喜，他的情绪与我无关，我更不用再受他的气了。

我把绿剪刀放回童子的托盘上，一拂衣摆，转身离开，不再看谢濯一眼。

我俩的府邸自会有人去收拾，谢濯离不离开昆仑与我无关，而我打定主意要搬离我俩以前住的地方。在新家安置妥当之前，我寄宿在了蒙蒙的仙府上。

夜里我想跟蒙蒙一起睡，蒙蒙还有些怕："不不不，你忘了，以前咱们一起出去玩，你跟我睡一个帐篷，被谢濯知道后，他好好说了我一通的，让我给你单独备个帐篷……我怕……"

看看！这谢濯！都给我的朋友们留下了什么阴影！一个女孩子！何至于?!

"我都与他和离了，你怕什么?"我挺直腰杆，"睡！就一起睡！"

"哦……"她挠挠头，"忘了。"蒙蒙撑着头在我身边躺下，她好奇地问我："九夏，你和离了会不会不习惯啊?"

我撇嘴："自在得不习惯?"

蒙蒙打了个哈欠："五百年前，全昆仑的仙人都反对你们，你要死要活，冒天下之大不韪，要和他在一起……我还以为，这一定就是别人说的命中注定了，没想到……这世间的姻缘，竟然是会变的……"

蒙蒙说完就睡着了。

我睁着眼，躺在床上，脑袋里盘旋着的全是她最后那句话。

这世间的姻缘，是会变的。

没有大是大非，没有血海深仇，只是因为在相遇时，彼此都没有看见的一个小毛病，被时间发酵后，膨胀成一个无法忽略的巨大矛盾。

时光杀我，杀他，也杀这世间的一切。

区区姻缘又怎能幸免？

这一夜我用了不少时间才睡着，我不想去追究原因，但我没睡多久，很快被一阵天摇地动晃醒了。

有妖气，很不妙。

我惊醒了。

旁边的蒙蒙也揉了揉眼睛："怎么了？"

蒙蒙是个养花种草的小仙，当然不能让她出去。我安慰她："你睡，我去看看。"

话一出口我方觉有些熟悉，细细一回味，原来是以前谢濯经常对我说的话。

来不及多想什么，我推门出去，只见高耸入云的昆仑之巅上，出现了一个黑色的窟窿，明月星辰似乎都被那窟窿撕扯着，那窟窿仿佛要将整个天空吞噬。

那是个什么玩意？我正惊骇，头顶上，仙人御风而过，耳畔传来不知从哪儿飘来的惊惶呼喊："谢玄青动了盘古斧！快去阻止他！"

我当即惊呆。

盘古斧蕴含开天辟地之力，镇在昆仑之巅，令天下妖邪勿进，千万年来都守护着昆仑的安宁。

谢濯疯了吗？他一个妖怪动盘古斧作甚？！他不怕被盘古斧的力

量震得七窍流血而亡吗？

我心头大急，挥袖御风，急速超越空中的仙人们，飞向昆仑之巅。

离山巅还有数十里，我远远便看见了被一道屏障阻拦在外的一众仙人。

大家祭出各种仙家法器，术法打在屏障上，却如打进了棉花里，通通被吸收了。

这是谢濯的结界，以前我见过，他人越攻，结界越强。

"别打了！"我喝止众人。他们转头看见我，一愣之后，劈头盖脸的责骂质问便都冲我而来。

什么谢玄青是不是疯了！什么谁让你与他和离？什么早知道当初就不该让你们成亲等等。

吵吵嚷嚷闹成一片，吼得我脑仁嗡嗡作响。

我来不及和众仙多解释，细细回忆过去，到底是将破解的办法想起来了几分。

我尝试着用谢濯教过我的方法去解，但我的手掌刚碰到结界，那结界便自动打开了一个口子。

我一愣，谢濯……这是让我进去？

旁边有仙家心急，想要钻进去，可他刚探了个腰进去，那结界便立即合上，将他直接卡在那里，进不得出不去。

我又碰了碰旁边的结界，果然又打开一个口子。

我没再犹豫，一头扎了进去。我刚踏进来，结界便立即在我身后合上。

我抬眼望去，昆仑之巅一片乌漆墨黑。

"谢濯！"我唤他的名字，黑暗中有个光点一闪而过，我立即循迹而去，穿过一片黑雾，正是慌乱无序之际，忽然我撞到了一堵无形的墙。

墙上清风一过，谢濯一身黑衣坐在墙后地上，他手里像拿玩具一样拿着的，正是昆仑至宝——盘古斧。

在昆仑上，我所知道的，唯一能拿起盘古斧的仙人，只有西王母……

我当即冷汗就下来了。

谢濯力量强大，但我没想到他能强到这个地步……

我不由得想到这些年间，我几次忍无可忍之下与他动手的场景……我以为是互殴，没想到……

是我僭越、唐突、得罪了……

我此时后知后觉，原来，我曾在死亡边缘那么自由地来回试探，反复横跳。

"你要干什么？"我忍住后怕的情绪，呵斥他，"你快放下盘古斧，你我之间的事，我们自己解决，犯不着动它。"

这玩意轻轻一挥，可是能将昆仑劈成两半的！

"伏九夏。"他把玩着盘古斧，"你管不着我了。"他说着这话，抬头看了我一眼，眼神中，一如空中黑洞般，是吞噬一切的寂静。

他挥手一劈。

我一声惊呼。只见夜空之中宛如天门洞开，将昆仑之巅的石头纷纷吸进去。

我与谢濯身上的衣袍和头发，在风中散乱狂舞。

"谢濯！你到底要做什么？"

"我要去弥补我的过错。"他冷漠地说着，从地上站起身来，"等我回来，我就可以杀你了。"

我震惊！听听他说的这是什么话！我俩和离而已，他竟然要杀我？

我忽然觉得这五百年，我怕不是成了个假婚！这个谢濯你谁？！我好像并不认识你啊！

空中的裂缝吞噬一切的力量越来越大，谢濯的身体向空中黑色窟窿飘去，他手中还握着盘古斧。盘古斧事关昆仑安危，我心想，无论如何，不能因为我和谢濯的恩怨而连累昆仑丢失盘古斧。

我心一狠，一咬牙，直冲空中而去。

谢濯看着我，眼睛微微一眯，他一抬手，勾勾手指头，一阵强烈的风冲我袭来，裹挟着无数石块。我能感觉到，他不想杀我，他只是想拦住我。但我……

"杀不杀的以后再说，你现在先把盘古斧留下！"我压着一股怒气，冒着无数乱石直冲他而去。

谢濯眉头一皱，似乎没想到我竟这般豁得出去。

待他再要抬手时，我已经扑到他的身前，探手去抢那盘古斧。

正在此时，我忽觉后背一凉。天上黑色窟窿里仿佛飘出了黑气将我缠住。

谢濯眉头紧皱："放手。"

"把盘古斧放回去！"

谢濯一声低喝："放开！"他话音未落，我只觉眼前一黑，似乎是那黑气裹住了我的脑袋，狂风骤然从我耳边消失，我陷入一片死一般的漆黑寂静。

谢濯不见了，昆仑之巅也不见了。

"谢……"我刚开口，紧接着，一股剧烈的疼痛从身体内部侵袭而来，我仿佛被无数只手撕扯着，拉拽着，向着黑暗的深渊不停下坠。

仿佛是要将我从这昆仑之巅，带入十八层地狱……

我猛地吸了一口气。寒冽的空气冲入胸膛，让我霎时清醒了过来，我蓦然睁开眼。

极目望去，是月明星稀的夜空，万里正无云，夜空中正好有三两颗流星划过。

这一片静谧悠闲，显得我方才的混乱与痛苦，就像一场梦。

肯定是梦，我安慰自己，谢濯一个妖怪，怎么能拿到盘古斧呢，他又怎么会说想要杀我呢，一日夫妻百日恩，我们成亲五百年了，和离而已，哪儿犯得着喊打喊杀……

我心头的话音还没消，一转头，就看见了坐在我旁边的黑衣人。

谢濯，我的前夫，身上带着寒气，眼眸暗藏杀机，他手中还有一搭没一搭地玩着一个破斧子，宛如昆仑外传说里那些恐怖的杀人魔。

我吓得倒抽一口冷气，当即弹坐而起，屁股蹭在地上连退三米，然后戒备地看着他。

他没什么表情，打量了我半晌，微微垂头，低声呢喃了一句："我还以为，你就这样死了。"

什么意思？

是担忧我昏迷太久，还是遗憾我没死透？

我不敢问，这一朝和离后，谢濯的脾性让我着实看不太懂。

以前他虽性子冷了些，话少了些，规矩多了些，但我好歹是能感觉出他的情绪的，是开心是难过还是不满，是要发脾气还是在闹别扭，我都能很轻易地察觉到。

而现在……

他似乎把他与外界本就不宽敞的沟通之门给彻底关上了，还闩了门闩，钉死了门头，在门外面扣上了一千把锁……

我看不透，也猜不到他的所思所想。

就像……

才认识他那时一样……

他没再与我多言，拍拍衣服站了起来。

我也带着疑虑跟着他站了起来。但就在行动的一瞬间，我的脑袋忽然有些发晕，手脚酸软得仿佛没了筋骨，我一个没站稳，又坐了下去，谢濯看了我一眼，没管我。

以往不管我是自己修行摔了还是坐在地上玩，只要被谢濯看见了，他都会走到我身边，沉默不语地伸出手，等我自己乖乖地把手放到他掌心，把我拉起来后，他就会训我："地上凉。"

如今，到底是和离了的夫妻，也没什么好感伤抱怨的。

我撇撇嘴，任由自己在地上坐着。

"你这是带我来了什么地方？"我环顾四周，只觉得既熟悉又陌生。

"昆仑之巅。"他回答我。

我更疑惑了，我们本来不就在昆仑之巅吗？那个黑窟窿呢？他的结界呢？外面那些因为他动了盘古斧而要找他拼命的仙人呢？

我不解地望着他，他对上我的目光，沉默良久，最后还是向我解释道："五百年前。"

五百年前是个昆仑的什么地界？

我正思索，脑袋忽然转了个弯，我反应过来了："五百年前?！"

我震惊地看着他，随后目光僵硬地一寸一寸地往下挪，最后落到他掌中那把几乎报废了的斧头上。

我终于注意到了那斧头上的花纹，那正是昆仑上的仙人，从小要在学堂上学习，记忆并画出来的花纹，属于镇山仙器盘古斧的纹路……

"你……你用盘古斧向天劈开的莫不是……"

他嘴角终于勾起了一丝弧度，是轻蔑，是不屑，更是讥讽："对，是时空。"

我沉默了，也慌了。

我想我这五百年可能真的嫁给了寂寞，所以我才对我前夫的力量一无所知。

谢濯他……他到底是个什么妖怪?！

"你……你为什么能握住盘古斧？还能以妖之身使用仙器，还能劈开时空……还能带我一起回来……"

我越说声音越小，这一件件事，一层层累加，每件事情都比上件难上千倍百倍不止……

而谢濯好像玩一样就做到了。

我脑袋被震得发蒙，而谢濯却眉眼淡漠地将那盘古斧一转，盘古斧登时化作一道光华，钻入了他衣袖中。

看看多么轻而易举！

他也挑了个最无足轻重的问题回答我："我没打算带你过来。"

"你到底要干什么……"

谢濯背过身，走到了昆仑之巅的边缘，他的脚下，就是千里云海，万丈悬崖。

"伏九夏。"他平静地唤我的名字，但言语比我任何时候听过的都要坚定，"你的姻缘，你剪断了。而我的姻缘……"他微微侧过头，"我也要自己断"。

话音一落，他迈出一步，身体直接从昆仑之巅坠落。

"谢濯！"我撑着发软的身体，几乎是连滚带爬地扑到悬崖边。

这小子难道是想不开要来五百年前跳崖吗?!

可等我刚扑到悬崖边上，一阵狂风呼啸而过，谢濯的妖气裹挟着夜风自昆仑之巅下的云海中穿梭而过，他的身影在云海中画出一道清明轨迹，宛如天上的银河，美丽又疏离。

我想我刚才定是傻了，他一个能用盘古斧劈开时空回到五百年前的妖怪，还能跳崖摔死?

而此时此刻，看着那渐行渐远的身影，我脑中回响着他留下的最后一句话，终于想明白了谢濯的目的——

他是来改变历史的。

他想阻止当年的我与当年的他相识相爱。

他想把我和他的姻缘，从源头斩断。

他为了以后我们不和离，干脆回到以前，让我们不成婚……

"这妖怪……"我不由得感慨，"思考问题的角度，还真是刁钻得有点清新脱俗……"

真是艺高人胆大，敢想又敢干啊!

但……似乎有什么地方不对，我捏着下巴呃摸了片刻……

"等等！"我回过神了，"不行！你倒是把盘古斧还回去啊！"

谢濯把五百年后的盘古斧带到了现在，也就是说，在五百年后的时空里，昆仑之巅失去了盘古斧。没有盘古斧的庇佑，昆仑的结界便再难支撑，从此昆仑外的妖邪瘴气将无孔不入，侵蚀这难得清静的世外桃源。

无数像蒙蒙这样在昆仑养花种草的小仙，将极难生存。

谢濯想断姻缘，我可以随他去断，因为这是我俩的事，他如何处理都行。但我俩的事，再怎么折腾，也不能影响他人的生活。

这是我的底线。

"谢濯！"我冲着一片苍茫的云海大喊，自然喊不回来他。

我看着他的身影即将消失在茫茫天地中，心头一急，也不管手脚还酸软得不成样子，直接掐了个御风仙诀便要去追。

可刚学着他一步迈出悬崖，我的身体就像块石头入水一样，直接"咚咚咚"地撞破云层，往悬崖下坠落而去。

妈的！同样是被时空裂缝撕扯过的身体，凭什么他谢濯一来就能适应良好，而我却变得四肢酸软宛如残疾?!

我一看最后一层云层破开，下面便是昆仑常年积雪的山地，山上乱石嶙峋，有的石头被风雪洗刷得宛如石刃。

这扎扎实实地摔下去，哪怕是上仙之体也得断好几根骨头。

我稳住心神，咬破手指，想借血脉之力，尝试能不能施术成功，但我坠落的速度太快，哪儿还有距离让我掐诀。

下面雪地白茫茫的光近在咫尺，眼看着我要来个硬碰硬，忽然，刮来一道风，如丝如带，霎时将我包裹起来，不过在空中转了两圈，我便被稳稳地放到了雪地上。

我喘了两口气，仰头看向天空。

黑衣的谢濯正浮在空中，头上的云海挡住了月光，显得他的神情有些阴鸷，仿佛救我是一件他极其不情愿的事情。

但他还是救了。

这看人，不能看他说了什么，得看他做了什么。

之前还说要杀我呢，嗬，男人，口是心非。

好歹是五百年的夫妻呢！这是说杀就能杀，说不管就能不管的?感情没了恩义在。

谢濯这一救，让我心里找回了一点底。

他还没疯。

"谢濯，我们聊聊。"我现在身体不好，走不动，索性在雪地上盘腿一坐，"你先下来。"

他落了下来，站在我面前，但脸色比之前更冷漠了。

"你如果想死……"他冷淡地开口，"就别让自己流血。"

这句话来得没头没尾，莫名其妙，我都要死了，还能控制自己流不流血吗？

我猜，这妖怪一定是在给自己找补呢。毕竟，他前一刻才那么决绝地说要斩断我们的姻缘，还那么潇洒地离去，这一刻扭头就回来救我了，换作谁，都会有点挂不住脸。

我选择性地将他的话抛在脑后，决定开启自己的话题。

"我知道，和离这件事对你来说……有点突然，也……不太愉快。我们这段姻缘，没有个好结果，我也很遗憾……但是你也不能因为这个，就私动盘古斧，置昆仑诸仙的安危于不顾啊，咱们还是先带着盘古斧回到五百年后，盘古斧坏了也没关系，西王母能修补仙器……"

"你现在。"他打断我，"凭什么求我？"

我相信，这个世界上，只有丈夫能这么熟练地用一句话，踩到妻子的雷点。

我深吸了一口气，安抚自己，打不过他，好好聊好好聊！

但哪怕这么警告自己，我开口的第一句话还是："我没有在求你！"我揉了揉额头，按下暴出来的青筋，尽量让语气显得平和："我在跟你讲道理。感情破裂，和离是你我的事……"

谢濯理都懒得理我，径直转身就走。

"谢濯！"

谁能叫醒装睡的人，谁又能唤回装聋的人，看出他打定主意不理我，我心头一阵窝火，但形势逼人，我只得大声喊住他："你是不是一定要毁了你我的姻缘才会回去？"

如果我没记错的话，在来这里之前，谢濯曾说过，等他回去，他会杀我。

杀不杀的以后再说，但他说了等他回去，也就是说，他本就打算回到五百年后，只要他办完这边的事。

"我帮你！"

和
离

这三个字一出口，谢濯的脚步果然一顿。

他侧头看向我。

我撑着自己还很酸软的腿，扶着一旁的石头站了起来。这时，夜空云海破开，月色洒在我与他之间，白茫茫一片，月光映入他漆黑的眼瞳，更为他添了几分寒气。

为了留住他，也为了达到自己的目的，我再次高声道："左右没什么结果，你我的姻缘，我帮你一起断！"

昆仑的风从他身后吹起，擦过他的身旁，卷到我的耳畔，带着雪粒，将我的脸颊吹得像针扎一样刺痛。

我忍着痛，继续说："断完了，你我早日回去，还了盘古斧。"

他看着我，就那么直勾勾地看着我，丝毫没有其余的动作。

在我以为他是不是被冻僵了的时候，我听到他微微启唇，用粗粝沙哑的声音说。

"好。"

"伏九夏，你很好。"

知道我要帮他后，谢濯没再自己飞走。但他也不帮我，连扶一下都不愿意，任由我撑着酸软的身体，踉踉跄跄地跟在他身后。

我俩一路沉默着走到了昆仑之巅下面的雪竹林。

哪怕他不回头，我也能从他身上的气息感受到……他正摆着个臭脸。

我盯着他的后脑勺，思索了一路，感到十分不解。

我刚刚说错什么了？

不是他说要断姻缘的吗？怎么我说了帮他，他倒还像来了脾气一样。

"你在气什么？"都老夫老妻了，我想不通就不惯着他，张口就问，"你拿了盘古斧，搞出这么大动静，五百年后的昆仑不知道都乱成什么样了，但你说你要断了姻缘再回去，好好好……那就断，我好心帮你解决这件事，算是对你仁至义尽了吧，你还不高兴……"

他走着，我说着，就如同我们过去无数次老夫老妻的日常，一个唠叨不停，一个沉默不语，但今天谢濯忽然就停住了脚步。

我一头撞在他后背上。

我抬头看他，他还没回头。

他今天面对我的唠叨，似乎不太愿意保持沉默。

我后退了两步，保持相对安全的距离。思及他高出我太多的实力，我看到他沉郁的背影，还是有点怕的。

我硬着头皮把刚才的话说完："……谁愿意帮我做这件事，我都能偷着乐……"

他侧过头来，眼神带着一股杀气，在看向我的瞬间，气势震荡开来，令雪竹林四周一颤，雪竹坚韧，没有断，但覆在雪竹之上的皑皑白雪却窸窸窣窣地落了下来。

他怎么这么大的气……

我与他对视片刻，又退了两步："我说得不对？"

他还是没说话。

我习惯了他的沉默，开始猜测他的意思。"还是……你觉得这件事就得你自己来？不想让我插手？"猜到此处，我明白过来了，"哦，你就是觉得那姻缘线是我剪断的，你心里不平衡呗，行吧行吧，说实话，在我这里，你想怎么做都行，我没有想和你抢，我对你也没什么要求，我就希望你搞快一点。盘古斧……"

早点还回去……

我话还没说完，谢濯忽然两步迈上前来，他动作过于凶猛，以至于他在我面前抬手的时候，我一时以为他是要动手打我。

我根本躲不开他的动作，只见他修长的手指停在我的脸颊边，我想，以他能握住盘古斧劈开时空的力量来说，他是可以轻易地捏碎我头骨的……

而就在我猝不及防间，他以迅雷不及掩耳之势……捏住了我的脸颊。

就是那种……用弯曲的食指和大拇指，捏着我脸颊上的肉的那种……捏脸颊……

我沉默地看着他。

他回以阴狠又充满杀气的目光。

但……这位前夫是认真的吗……

我以为他要捏碎我头盖骨，他却用捏脸蛋肉这种招数来羞辱我?

他捏了我半天，甚至都没捏红我的脸颊，但他的神情，分明是动了杀心的。

我有点犹豫了，我觉得我之前的判断可能不对，谢濯他……

可能真的疯了!!

要不然怎会自相矛盾到这种地步?!

不过细细一想，这五百年间，谢濯确实没有对我动过手，甚至连我偶尔几次忍无可忍与他动手时，他从来都是躲着我的招数走。以至于我到现在……都摸不清他是什么妖怪，也不知道他有那么厉害的时候……

"伏九夏。"他唤我，还是连名带姓，一字一句的，"这姻缘，对你来说，如此轻贱?"

我一愣。

这才后知后觉反应过来，谢濯他……他原来是在伤心吗?

因为我毫不犹豫地对他说，我可以帮他断掉我们过去的缘分，显得没有丝毫珍惜和在意，所以他感到了……伤心?

"但是……"我任由他捏着我的脸颊，用相对平静的语气回答他，"我们之前不是已经和离了吗?"

在我和他打架……好，是我追着他打但并没打着他这件事发生后。

我当即就对他提出了和离，还带着他一起去找了西王母。因为西王母是昆仑的至尊神，当年是她同意我与谢濯在昆仑成亲的，所以按照昆仑的规矩，也要西王母点头了，我才能与他和离。

我现在都还记得那日在大殿上，我和谢濯以及众仙都在，西王母听着不周山又被打偏三分的禀告时，揉着额上蹦跳的青筋问谢濯:

"你怎么想？"

谢濯看了西王母一眼，又转头看我。

我那时还在气头上，不愿意搭理他，一揣手，一扭头，眼神也懒得给他。

半晌后，只听谢濯说了一个字："好。"

殿上一片哗然。

谢濯这个妖怪，惜字如金，在外人面前，要么是"嗯"，要么是"不"，要么是"好"。这些字解决了他与大部分人的沟通问题，外人很难从他嘴里听到别的什么词。以至于在昆仑生活了很多年的很多仙人，都以为谢濯是个哑巴。

也就对着我，他能多说几句，但也都是什么"这不行，那不好，不能做，别出去"这些命令式的否定短句……

他说话最多的时候，可能也就是和我和离的这一天了……

那时在殿上，有仙人惊讶于谢濯说话了，而更多的还是惊讶于我俩和离了。

我和谢濯，开始的时候是冒天下之大不韪在一起的。

那时候，昆仑从没有哪个仙人会与妖怪成亲。所有人都反对我，但我和谢濯还是坚定地牵了手，许是因为我们过于坚定，很多仙人开始反思自己，慢慢地，有了不少支持我和谢濯的仙人。

后来不久，西王母就为我们开了特例。

从此，昆仑的仙人便能随自己的意愿，自由嫁娶，无论对方是何方仙妖精怪，只要昆仑诸仙的另一半愿意融入昆仑，与诸仙为善，就皆可入昆仑。

在很多小姑娘的眼里，我和谢濯的爱情常常被她们形容成"这是什么神仙爱情！"。

而现在，这神仙爱情破碎了。

因为我这个上仙，真不想忍受这种完全被掌控的生活了。

也是从谢濯在大殿上应"好"的那天，我与谢濯就开始准备和离的事，按部就班地，按照昆仑的规矩，一步一步来。在那前前后后小半个月的时间里，谢濯对和离这件事都没有提出任何异议。

和离的那天，还是谢濯主动来蒙蒙府上，叫我去月老殿前相思树下和离的。

我一直以为，谢濯对和离这件事，哪怕觉得突然，哪怕觉得不满，他也该接受了。

怎的在剪掉姻缘线的这天晚上，他突然就想不开了呢。

什么动盘古斧，劈开时空，回来逆天改命……这一件件的事，做得让人叹为观止。

我叹息。"我们的姻缘，我从没觉得轻贱，谢濯。"我认真地盯着他的眼睛，"我当初，是真的真的真的……很喜欢你。"

他眼中的杀气渐渐消散，也放下了捏住我脸颊的手。

我继续说着："只是走到现在，好聚好散，是我能求到的最好的结果。"我把心里话告诉谢濯："所以你想把我们的姻缘从源头上截断，如果这是你发自真心的愿望，我当然愿意帮你。因为哪怕到现在，谢濯，我也不恨你。"

他刚缓和下来的神情，忽然变得冷漠了起来。

他沉默半晌后，回了我三个字："可我恨。"

"……"我沉默了，有点慌，"你也不至于恨我吧……你要说不喜欢可以，无法忍受我的小毛病我也理解，但这些生活琐事，谈得上恨吗？"

我心里嘀咕，偷偷吃辣偷偷喝酒竟然让他无法忍受到这种地步吗？

那这样我俩更该早点分开啊！这万一他哪天受不了了，真的在我睡觉的时候捏碎我的头盖骨该怎么办？

"我这五百年里，到底做了什么，让你恨我？"

我忍住慌乱，问他。

谢濯却没再回答我，他一挥手，袖间风刃如刀，一阵噼里啪啦的声音之后，四周的雪竹被斩断了不少，他一拂衣袖，断掉的雪竹在长风的包裹下，在空中转了两圈，不过片刻，一间雪竹搭建的小屋就在这竹林间建好。

谢濯不再看我，他转身向竹林小屋走去："你若要帮我，那便来。"

他留下这句话，在走向小屋的时候，旁边的碎竹跟着他的脚步在小屋周围搭建起了一个围栏小院，小院的竹门在他走进去后敞开着，"吱呀吱呀"的摇晃声，让院门像一张怪物的嘴。

配着谢濯刚才的那句话，让我感觉，走进他的这间竹林小屋，就仿佛走进了他的什么圈套里面。

但……

为了盘古斧，为了五百年后的昆仑！

我心一横，来就来！

谢濯再恨我，之前不还救了我吗？他连打都没打过我，还舍得真玩折我这条命？

能保住命我还怕谢濯什么？

干就完了。

我迈步，直接踏入了谢濯在这五百年前，昆仑之巅下，最人迹罕至的雪竹林里搭建的小屋中。

我希望在未来的几天里，我和谢濯配合着，成功地毁掉我们当初无论如何也不愿意放手的——

姻缘。

"首先，有个问题。"

竹屋内，所有的家具都是用雪竹做成的。我和谢濯在竹桌前相对而坐，桌上雪竹油灯跳跃的火光映在我俩脸上。我严肃地问他："现在，到底是五百年前的什么时候？"

"五月十八。"谢濯答得冷漠。

我在心里掐着手指头盘算了一下。

我和谢濯是在五百年前的二月十二相遇的。今天是五月十八，我们相遇已有三个多月，这个时候的谢濯应该在……

"这时候你似乎是……"我猛地转头看向外面已经开始下起雪的雪竹林，回忆起来了，"你不就在这片竹林里的某个地方养伤吗？"

谢濯不置可否，端起雪竹做的杯子饮了一口白雪融化而成的水。

我看着谢濯与五百年前相比几乎没有变化的脸，那些被日常琐碎封存的记忆慢慢开启。

我和谢濯的初遇在昆仑的二月中旬。

这个月份，昆仑外的地界有的已经开始回暖，但昆仑还是被大雪包裹着。

这片雪竹林更是深处昆仑腹地，荒凉偏僻，灵力稀薄，寻常时间，修炼的昆仑诸仙几乎都不会往这里跑，而我却偏爱这里的寂静，还有雪竹林的雪笋。

二月正是雪笋萌发之时，只要刨开雪地，就能挖到像玉一样白的笋，拿回去在滚烫的水里轻轻一焯，待笋凉掉，再配上蒙蒙自己种的香料和辣椒，凉拌一下，那滋味……脆嫩鲜辣，好吃得能把舌头都吞进肚里。

我每年都来寻笋，没想到那一年，却在这雪竹林里，寻到了一个满身是血的谢濯。

那时我还没有历飞升上仙的天劫，不过是个仙法不高的寻常仙人，而谢濯这个妖怪，虽然那时已经身受重伤奄奄一息，但他散发出来的杀气还是让我不寒而栗。

我转身要跑，谢濯却一把拉住我的手，我当时慌得心脏都要从胸腔里跳出来。我几乎是下意识地掏出了袖中仙剑，转身就要跟谢濯拼个你死我活。

但我却在转身的一瞬间，看见一道银光从我的耳畔掠过，又擦过谢濯的脸颊，钉在了他倚靠着的雪竹上，随后将雪竹穿透，直接钻入雪地里，不知道没入多深，但那一片的白雪却在瞬间都融化了。

若非他拉了我一把，我可能就被这道银光穿胸而过了……

他……这个妖怪救了我？我意识到这件事，便在电光石火间，将手中仙剑收回了袖中。

这些动作都发生在眨眼之间，等完全反应过来后，我已经无法稳住自己的身体，一头撞进了谢濯的怀里。

他的怀抱湿润、血腥，充满危险又满带诱惑。

我在他怀里愣住，我是个土生土长的昆仑女仙，从来没有这样待在一个男子的怀里过……

谢濯也没有其他的动作。

风雪呼啸，我等了半晌，终于在他怀里动了动身子，我仰头一看，谢濯已经偏头昏迷了过去。

我站起身来，身上的仙袍已经染上了他的血，脏得没眼看。我打量着他，又回头看了眼那道银光袭来的方向，我那时心想，这个来历不明的妖怪被打成这样，对方甚至不惜跟到昆仑来也要给他一击，他定是惹上了大麻烦……

我或许不该多管闲事，只要将昏迷的他扛起来，交给西王母，让上仙们去审他就好了。

但我看着他的手，我手腕上还残留着他拉拽我的痕迹，我犹豫半天，到底是将他给扛起来了，没有去交给西王母，而是把他带到了我为了挖笋而在雪竹林刨的一个山洞里。

山洞简陋，但升起火来之后，总好过他在外面挨冻。

我照顾着他，本来打算等他醒来之后，就送他离开昆仑，毕竟仙人的地方，哪儿能允许一个妖怪一直在这里住着。

但谢濯一睡就是半个月，等他醒来，已经快到三月了，但我还是没办法把他送走，因为他腿废了，还一副用不出功法的模样。

没办法，我又照顾了他两个多月，这前前后后三个月的时间里，谢濯都待在这雪竹林的山洞里。

难怪他下了昆仑之巅，头也不回地就往这里走，原来不是为了陪暂时御不了风的我，而是找到了自己的目标啊！

"山洞的位置太久没去，我有些记不得了，你还记得吗？"我问谢濯。

谢濯不徐不疾地又喝了口水。

我看着着急："你要是记得的话，我们明天就可以开始行动了。"

他抬眼看我，我摸了摸下巴，已经琢磨出了一个主意："这样，我记得你在雪竹林里养伤的这段时间，我每天都会来看你。离我们相遇已经有三个多月了，如果我没记错的话，我这个时候已经有点喜欢你了，你怎么想的我搞不太明白，但我搞得明白我自己。明天就由我去吧！"

谢濯抱着手，一副我看你还能说出什么屁话的轻蔑表情。

我不与他计较，直接就事论事："我相信我以前是个务实的人，我明天直接去找我自己……"

谢濯听到这一句话，神色微妙地微微一挑眉。

我领悟不了他这微表情的意思，接着安排："然后我直接表明身份，告诉她你我这段姻缘的结果，让她以后不再与当年的你接触。这样，若能斩断你我姻缘，岂不方便快捷，省事简单！"

谢濯盯着我，沉默半晌，最后说："好。"他看着我："你去。"

我去就我去。

定了安排，我懒得再与谢濯多言，直接去了谢濯给我准备的一个小房间。

他人还不算差，没有在这方面虐待我。

睡觉前，我看着窗外雪竹林的夜色，美滋滋地想，我可真是有个聪明的脑袋瓜，这么轻易就能把这个问题解决了。

第二天一大早，我兴冲冲地起床了，补了一晚的觉，我这被时空裂缝撕扯过的身体终于没有那么虚了，虽然还是用不了什么术法，但走路跑跳好歹是没什么问题了。

我让谢濯给我画了当年那个山洞的大概位置，然后踌躇满志地出发了。

我想，我还能不懂我自己？我还能说服不了我自己？

我一定……

我……

我还没走到山洞的位置，就捂着心口回来了。

痛，真的痛，我越靠近谢濯所在的那个山洞，我的心口就越发地痛。

这个痛与昨天被时空裂缝撕扯的痛有些不同，我会心跳加快，面色发白，手脚无力，越是向前越是发虚，就好像……我快要消失一样。

出师未捷，我直接退回雪竹林的小屋，灌了好几杯温水，才缓了下来。

我面色青白地看着谢濯："为什么我会这样？"

他好整以暇地坐在房间里，吐出了四个字："王不见王。"

"说人话。"

"一个时空，一个地方，不会有两个你。"

我愣住，呆呆地看着谢濯："有了会怎样？"

"会消失。"

"谁会消失？"

"弱的那个。"

我看了看我现在的模样，立刻明白了。我这被时空裂缝撕扯过的身体，连术法都施不出来，当然没有活蹦乱跳的当年的我强，所以如果我和当年的我出现在同一个地方，我就会消失。

我拍着胸口："还好我感觉到了不对，及时退了回来。"我安慰自己："那等我适应了这边的时空后，再去说服当年的我吧……"

我说着说着，忽然意识到有什么地方不对。

我现在的身体比较弱，我不能见以前的我，否则我会消失。但我也能感到我的身体确实在慢慢地适应这里，总有一天，我会恢复到和之前一样，变成上仙，而当年的我则会变得比我弱，如果我见到当年的我，则当年的我就会消失……

但是！

若当年的我消失了，那哪儿来现在的我？

我反应过来了，不管是我消失还是当年的我消失，这都是一条死路！

我震惊地看向谢濯。

"你竟然不拦我？"我错愕，"你就这样让我去了？"我情绪复杂到难以言喻，在第一时间的震惊诧异压下去之后，我心头"噌"的一下就蹿出来了传说中的老夫老妻之妻子的暴怒之火。

我拍着桌子站起身来，手探过桌子一把揪住谢濯的衣襟，将他直接往前一拉。

他胸膛抵在竹桌上，撞得竹桌哐啷作响。

我质问他："你是真的想杀我？"

而谢濯却十分平静，他回以我老夫老妻之丈夫的死猪不怕开水烫的死寂注视。

他甚至还扯了一下嘴角，慢慢地说着他想说的话：

"你要帮，便帮。你要去，就去。"

言下之意——

你……爱死不死。

我看着他这张脸，恨得咬牙切齿，心里千言万语汇成一句话——

谢濯，你真是好样的！

第
二
章

谢
玄
青

我揪着谢濯的衣襟，气得想把他的头捶烂。

但我忍住了。

因为谢濯现在虽然变得比之前讨厌千万倍，但他的功法也变得比之前厉害了千万倍！

我打得过吗？我心里没点数吗？

我在心中多反问了自己几遍，然后放开了揪住谢濯衣襟的手，甚至还帮他拍了拍被我拉皱的衣襟。

我卧薪尝胆地坐下来，忍辱负重地深呼吸，然后稳住情绪，重新开口："那你打算怎么办呢？"我微笑地看着他，相信他一定能感受到我这僵硬假笑下的滔天不满。

他倒是没有对我揪他衣襟这件事再说什么，只坐直了身子，慢慢悠悠地喝了口雪竹叶子泡的水，然后吐了一个字出来：

"打。"

我惊呆了，反应了一会儿，又拍桌子站了起来！

"你敢打我?!"

不管谢濯对我态度怎么样，但他从来没有打过我，以至于我听到他这句话时，表现得有点过于震惊和愤怒了，就像他已经打了我一样……

他盯着我，没说话。

我气呼呼地盯了他半天，然后又想通了。

也是，现在的我又不能和过去的我见面，他同样也见不了过去的自己，那就只能互相去见对方了。怎么让已经有了感情基础的两个人迅速讨厌对方呢？那就只有其中一方做了一件让对方绝对无法原谅的事。

打人，是一件快速便捷不用投入太多成本就能得罪对方的事情。

而我……我不仅打不过现在的谢濯，还打不过五百年前的谢濯，哪怕他现在正在养伤。

再有，谢濯打我比我打谢濯的效果要好很多。

谢濯性格阴晴不定，搞不好他挨了我的打还高兴呢。

而我，一点就炸，是昆仑诸仙里面出了名的暴脾气。谢濯要是敢打我，还是在我照顾他三个多月后，平白无故暴打我一顿，那我一定会被气死，绝对不会再爱谢濯了。

这姻缘不就"啪叽"一下被打断了吗？

所以，让谢濯去打过去的我，仔细一想，真是个简单粗暴又过于有效的法子。

我盯着谢濯，他也盯着我，我在这一番自我说服中渐渐平静，变得理智。

然后我理了理自己的衣服，坐了下来。

虽然我依旧心有愤愤，觉得谢濯不是个东西，竟然想出这种损招，但我还是觉得，早日回到五百年后，还回盘古斧是大事。

过去的我，就委屈这么一次吧。我替我原谅谢濯了！

"行，你去打吧。"我开了口。

谢濯眉梢一挑，似乎没想到我就这么答应了。

"你动作搞快一点，最好马上就去把我揍一顿，我们早点回去。"我说得毫无心理负担。

谢濯沉默了片刻，低头吹了吹杯中雪竹叶，淡漠道："你倒是大方。"

我斜睨谢濯，冷笑道："太阳打西边出来了，你竟然开金贵的口吐出珍惜的字来揶揄我了？我为什么大方你心里不清楚？要不是为了我昆仑，我才不愿意挨你的打，受这委屈呢。你赶紧的……"

"我不会打你。"他吐出了五个字，漆黑的眼瞳也定定地落在我身上。

因为他的语气和眼神太过坚定，我愣神了片刻。

我接不住他的目光，只有侧过头，看向别的地方，然后在内心反复告诉自己：我与谢濯已经和离了。

清走心头情绪后，我回头，面对他，用我往常的态度、平常的语气，问他："那你要打谁？"

"蒙蒙。"

蒙……

"蒙蒙做错了什么?!"我替蒙蒙叫屈，"她要在这儿能被你吓死。五百年前的她还是个小朋友，你打她做什么？良心不会痛？"

"还有，吴澄。"

吴澄是我五百年前在昆仑守备营中最亲近的副手。

"你……"我刚要开口，谢濯又继续报着名字——

"欢欢、李姝、顾承志。"

全是与我走得近的朋友。

我的脸色渐渐沉了下来。

"以及西王母。"

我"唰"的一下就将仙剑祭了出来，直接将谢濯手中的竹杯子从上往下刺破，钉在了他面前的竹桌上。

雪竹叶子泡的水从杯子里渗出来，滴在地上，嗒嗒作响，我面无表情地盯着谢濯："你敢！"

他亦是不退不避地看向我："我敢。"

"谢濯，我跟你说了很多次，和离是我们两个人的事，不要牵扯其他人。"

"我眼里从来看不见其他人。"

是的，在谢濯眼里，从来看不见其他人。

这也是五百年里，我和谢濯吵架的根本原因之一。他从没将昆仑的其他诸仙放在眼里，所以他为了斩断我们的姻缘可以不顾五百年后的昆仑，也可以直接对我的朋友们，甚至是西王母动手。

"谢濯，我若是没来这里，我看不见，那我确实没法阻止你，但现在，我在这里，你要动他们，我绝不让你得逞。哪怕你挥的是盘古斧，我这把舒何剑也要挡在你面前。"

他看了我半晌："拿命挡？"

"拿命挡。"

他垂下眼睑。

"好。"他短暂地思索，不知道想了些什么，很果断地就妥协了，"我不去。"

我愣了愣，因为他这干脆利落的妥协，倒显得我这拿剑插桌子的举动有点小题大做了。

他倒是意料之外地在乎我这条命，但之前他那些举动和言辞，又明明一副想杀了我的模样……

搞不懂谢濯。

我收了仙剑，退回来坐下。

竹桌上一片狼藉。

谢濯没再抬手去拿那个竹杯，我一时间也不知道在这种吵架吵一半，竟然被平息掉的气氛中怎么继续下去。

可事情还得解决呀，拖一天，五百年后的昆仑便乱一天。

"要不……"我顶着尴尬开口，"你还是去打我？"

谢濯抬了眼睑："不行。"

这个时候他倒是很坚持了！

"那就再想想别的办法，别整天打打杀杀了，用点脑子！"我捏着下巴转动脑子，"不就是让过去的我对你失望透顶到不想再见你吗？那你就说一些伤人的话，什么你算什么东西啊？什么你太丑了别脏了我的眼睛啊，什么我不喜欢你喜欢别人啊之类的，反正我当年是很纯情的一个小姑娘，应当受不了这些委屈的，你就这么……"

"干"这个字还没说出来。

我忽然觉得心口一阵抽痛，熟悉的身体无力的感觉袭来。

"咦，这里什么时候有了这么一间屋子啊？"外面传来了无比陌生又令我熟悉的声音，那是……

我的声音。

我猛地看向雪竹林外："糟了糟了，我来了我来了我来了，我竟然找到这里来了……"

我嘴里呢喃着不在这个情境里的人绝对听不懂的话，而我还没说两句，身体就脱力地往地上摔去。

说时迟那时快，谢濯一把就抱住了我。

但他又很快换了姿势，从抱变成了提，直接一抬手把我丢到了我的房间里。

我房间的门"哐"地被甩上。

谢濯的结界在外面将我包裹起来。

一时间，我感觉这时空撕扯我的力量都小了不少，刚缓过劲来，我就拿了一面镜子，探出窗户，我通过镜子反射过来的画面，打量着外面。

谢濯的院子搭在雪竹林里，不过一天一夜的时间，已经完全融入周围的环境之中。

我看着当年的我拎着个竹篓子，左顾右盼就走到了前院里，那篓子里还装了几根新挖出来的雪竹笋。找吃的能找到这么偏的地方，是我没错了。

"这屋子搭得倒是不错，改天也可以给玄青搭一个。"

玄青……

我默了默，原来当年我还不是连名带姓地叫他谢濯啊……

那个"我"还在打量院子，谢濯就直接走了出去。

直接得让我有点意想不到。

他脸上连面具都没戴一个！现在的那个"玄青"还在养伤！他这样走出去不怕被识破身份吗？那他之后要怎么假扮以前的他去欺骗以前的我啊！

我看得着急。

当年的我明显愣住了，看看面前的谢濯，又往自己身后的方向张望了一下，那边应该就是谢玄青现在养伤的地方。

我看着"我"面露呆滞，声音困惑地问："谢玄青？你……你刚才不是还在……哎？你的腿……你腿好了啊！"

我看着镜子里照到的"我"开心得围着谢濯转圈圈，目光一刻也不离开他的腿，甚至还上去摸了两把。"你腿好了？术法也找回来了？"

她接受了，没有觉得丝毫不对。

我沉默。

原来当年我对顶着谢濯这张脸的人这么信任的吗……

"你刚才还装病呢，是不是想给我一个惊喜？"当年的我拍了谢濯的肩膀一下，喜悦之情溢于言表。

谢濯看着"我"，嘴角动了动，他憋着气，憋了半天后，终于憋出了一句话来：

"你算什么东西？"

我："……"

当年的我："……"

谢濯目不转睛地盯着"我"，又开口了："你太……丑，别脏了……我的眼睛。"

当年的我彻底蒙了，像做梦一样，也像见了鬼一样。

说真的，我觉得谢濯这么现学现用，真是大可不必！刚才那几句我也没有经过深思熟虑，要不再思考思考，也不用现在就全部用上。

镜子里的"我"呆滞地看了谢濯很久，然后一瞪眼，一撇嘴，脸颊的肉气得直接鼓起，"我"跳起来就戳了谢濯的眼睛一下。

谢濯不知道在想什么，整个人也是有些呆滞的，在这样毫无章法的攻击下，竟然没有躲避，直接被"我"戳到了眼睛，疼痛让他捂住了眼睛低下了头。

"我"对着谢濯就是一阵喷："谁丑了！谁丑了？谁教你这么跟姑

娘说话的？"

我看着镜子里的"我"跳起来抡起拳头对谢濯一顿捶，一颗心担忧地提了起来，一直不停地默念着："别打了，他超凶，功法比你强千万倍，再打你会死的，你死了我也死了，都没了……"

"我"捶了几拳，骂骂咧咧地住了手："谢玄青，你伤好了怎么说这么讨厌的话？你是腿上的伤转移到脑子里了吗？"说罢，"我"便抬手去摸谢濯的脑门："让我给你看看，你的腿我给你照顾好了，这脑子我也得给你修补修补……"

镜子里，当年的我就这样捧住了谢濯的脸，作势要去贴谢濯的脑门。

我看着"我"的动作，愣住。

在我的记忆里，除了和谢濯"打架"，我和谢濯已经好多年没有这样的肢体接触了。

最初的爱在五百年的琐碎当中被磨得黯淡无光，我再难有去拥抱谢濯的心思。

谢濯也明显愣了神。

他任由自己的脸颊被"我"捧住，在短暂的停顿之后，猛地往后一退。

他站直了身体，面上带着疏离。

而"我"一脸不解地看着他，终于有了点认真的表情："谢玄青，你这是怎么了？刚才都好好的，你在作什么妖呢？惊喜不是你这样给的。"

谢濯沉默地盯着"我"，随即微微侧过头来。

我在镜子里看见，谢濯竟然看向了我这边！

因怕被当年的我发现，我立即撤下了举起来的镜子，将镜子抱在怀里时，我听到了谢濯低沉的嗓音，平静地说着一句话：

"我不喜欢你。"

按照我刚才教的那些，他是该说这句了。

但当听到这句话的时候，我心中又泛起了别样的意味。

谢濯这句话，不是对我说的，似乎又是对我说的。但从某种角度来说，他这句话，一定是对我说的。

我在听到这句话时的情绪，与导致谢濯说出这句话的背景一样复杂。

外面的"我"没有声音了。

隔了半天，"我"才说："我……我也不喜欢你！你今天太讨厌了，不想和你说话，我走了。"

外面传来"我"离开的脚步声，声音渐行渐远，连我也以为"我"就这样离开了。我正准备从窗户边站起身来，但又听见"啪嗒啪嗒"的脚步声，"我"急匆匆地跑了回来。

我再次在窗边蹲下，忍不住好奇心，冒险将镜子又探了出去。

镜子里照出外面的景象。

"我"的身影由远及近，"我"气喘吁吁地跑回来，站到谢濯面前。

谢濯沉默地看着"我"。

"我"快速地对谢濯说着："我刚说的不是真的，我已经喜欢上你了。你要是不喜欢我，也不用刻意说出来，因为……我会难过。"

谢濯眸光微动。

"我"拉住谢濯的手，将手里的竹篓子放到谢濯手里："我觉得你今天肯定是心情不好才会这么说，我把这些刚挖出来的笋全送你吧，拌辣椒很好吃，跟我之前给你吃的那些有点老的竹子不太一样，希望你吃完了这些笋能心情好点！"

"我"一股脑地继续说着："你现在身体好了，也有小屋子了，你就自己做着吃，不是我不帮你，是我实在有点被你刚才说的话伤到了，我要回去调整一下。希望等我明天来看你的时候，你能不要再问我算什么东西，也会说我不丑，最好还能说句喜欢我。"说完，"我"利落地挥了挥手："走了。"

谢濯愣住，我也愣住。

但我比谢濯更快地反应过来。

我抄起手里的铜镜，对着"我"离开的方向就扔了出去。

铜镜直接砸在当年的我的头上。谢濯回过神来的时候，"我"已经"扑通"一声，倒在了地上。

我连忙躲在屋里高声道："快把'我'抬出去，摆个造型，让'我'以为刚做了场梦。要不然今天这出事，明天没法交代了。"

谢濯在外面沉默了一会儿，然后我听到了一阵风声。

当我身体慢慢感觉到轻松的时候，我知道，谢濯已经将当年的我送出了院子。

我从窗户里探出头来，看到清静的小院，以及谢濯在小院外新布的一层结界，我松了口气，开始指责谢濯："太不小心了，之前怎么没布结界呢？万一当年的我直勾勾地冲咱们这屋走来，直接与我来个面对面，那我岂不是凉了。"

我嘀嘀咕咕说了半天，却见谢濯手里还拿着方才"我"留下的雪笋。

他半晌没说话，只看着那一篓子笋，似乎在思索着什么。终于，他抬头看我了："你以前很爱吃这个？"

"是啊。"

"后来为什么不吃了？"

"雪笋不放辣，吃个寂寞吗？"

谢濯又半天不说话，似乎是想到了我们和离的直接原因。

我从窗户翻出去，看了看谢濯手里的雪笋，里面全是笋芽尖尖，多年未尝美味的我，想到那个脆嫩鲜辣的口感，已经有点流口水了。我咽了咽唾沫，又转头去看谢濯将"我"送走的方向。

我相信，以当年的我的脾性，醒来之后，只要在雪竹林里再找不到这个小院，"我"就一定会当刚才那一切是场梦，搞不好还会骂骂咧咧地去找这个时空的谢玄青，大大诉苦一通，为自己丢了一篓子上好的笋而扼腕叹息。

"我也失策了，没想到当年还是一个小姑娘的我，被你说了这么过分的话，还不死心，竟然还给你这么好的笋。"我呢喃，"看来，我当年是真的真的真的很喜欢你啊。"

"后来，为什么不喜欢了？"谢濯转头看我。

我沉默，大脑在瞬间的空白后，迅速闪过了这五百年间的无数画面，有小小的失望，有大大的绝望，有各种生活的琐碎，也有我不愿再回忆的瞬间。而这些瞬间，都无法汇成言语说出。

从最初的深爱走到现在的不爱，就是这些瞬间铺成了一座桥，让我从左边走到了右边。

没有一段关系的结束会是突如其来的。

总有太多无法与外人道的细节，在命运与岁月的安排下，穿插进了关系的缝隙，最后导致姻缘线彻底崩裂。

我顿了半晌，然后望了一眼天，淡淡地说："因为我更爱吃辣。"

除了这个理由以外，此时此刻，我再说不出其他的理由。

"这步没成，来商量下下步怎么走。"我唤谢濯，"早点斩了姻缘，咱们好早点回去呀。"

我故作潇洒地转身回屋，不去看谢濯微微垂下的眼眸和微妙沉默的情绪。

谢濯不愿意打"我"，而他又没办法把"我"骂走。

我和他对烛而坐一晚上。深思熟虑后，我说："这样不行。"

谢濯看着我，我严肃地说："我们必须彻底'接管'五百年前的对方，才能搞砸我们的姻缘。"

谢濯抱着手看着我。我身为昆仑的守备将军，开始用军营里的办法和他分析：

"你看，今天，过去的我忽然找到这里来，你出现，去破坏过去你我的关系，这是很直接，但用劲不够，关系破坏得不彻底，只要过去的我和过去的你一见面，这阴谋就不攻自破，而且搞不好还会暴露咱俩。好在今天的那个我是个憨的，打晕了睡一觉，就可以糊弄过去了，但总不会次次都这么容易。"

"嗯。"

"所以，这之后，还得制订系列计划。比如说……"

我捏碎桌上的一个竹杯，挑了四块竹片出来，两大两小。

我把两块大的拿了起来，把其中一块放到烛火上烤了烤，等到竹片外面烤得焦黑，我将它放下，说："这两块大的，烤黑了的是你，没烤黑的、绿油油的是过去的你。"

谢濯："……"

我把两块大竹片放到桌上："为了方便我们之后区分称呼，我管过去的你叫谢玄青，管你叫谢濯。"

然后我又把两块小的挑出来，同样烤黑了一块："这块黑的是我，另一块是过去的我。同样，为了方便区分，你管我叫伏九夏，管过去的我叫夏夏。"

谢濯嘴唇动了动。

我盯着他："叫不出口？"

"你继续。"他不正面回答。

桌上，黑色的两块竹片和绿色的两块竹片分别放在左右两边。"如果按照这种布局，双方一直在一起，我们的'斩姻缘'行动很容易被识破。但是……"

我抬手，将两块大竹片的位置交换，形成一黑搭一绿的局面，我指着几块竹片道：

"如果是这样，我去毁掉过去的你对我的好感。而你去毁掉过去的我对你的好感，这样直接斩断过去的你我接触的机会，既可以减少我们穿帮的风险，又可以神不知鬼不觉地将我们的姻缘扼杀在摇篮当中。"

谢濯一挑眉。

我将他的这个表情理解为对我的智谋的叹服。

我继续说着："我们将这个竹屋作为在这边行动的据点。每天晚上，我们都到这里来，共享一下当天的信息，然后制订第二天的计划，直到咱们确定'斩姻缘'行动成功。怎么样？"

"你在此事上，倒是……"他目光淡漠地看着我，"有勇有谋。"

我欣然接受了他对我的赞扬："我认为按照我现在说的方法做，不出五日，五百年前的你我，绝对相看两厌。"

他冷哼了一声，然后转开头："好。"

"但是万事也不能预估得太绝对，总得有个预备方案。"我捏着下巴，思索了一会儿，"万一当年的我就是喜欢你喜欢得无法自拔，这姻缘就是无论如何也拆不散，谢濯，你打算怎么办？"

谢濯挑眉："没有万一。"

我强调："那万一就有呢，一条路走不通，总得有第二条路可以选吧？"

他抱起了手臂，盯着我。

我懂了。

第二条路，他是没有的。他就打算这一条道走到黑。说了斩姻缘，那就得斩。

没想到谢濯竟然执着到这种地步。看来过去这五百年，应该不止我一个人过得不开心。

我撇撇嘴："行吧，但还有一个漏洞，我们得确定一下，拆散姻缘这件事成功的标准是什么？我实话与你说，这姻缘拆不拆对我来说都是这么回事了。但你坚持，我配合。我的目的是赶紧带着盘古斧回到五百年后。我不能一直陪你在这儿耗着。所以你得给我一个成功的标准。"

他又从鼻子里冷哼了一声："标准？"

"对啊，如果咱俩现在捣乱成功，过去的咱们没有成亲，那你又要怎么确定，在我们离开这里之后，过去的你我不会再成亲呢？万一命运又给咱们续上了一段姻缘，你难道还要回来再拆一次？我可不想陪你在这儿来来回回无限循环，没有个头。"

谢濯沉默了片刻，盯着我的眼睛，语调沉稳地说："十天后，能见结果。"

十天后？

我扳着手指头开始数："昨天是五月十八，今天是五月十九，十天后是五月二十九……"

五月二十九……

我顿住了。

五百年，是一段非常漫长的时间，漫长到人间朝代可以更迭两次，山川河流都可以小小地改变样貌，照理说，在如此漫长的时间里，我的记忆理所当然地该模糊到只剩下残像。

但五百年前的五月二十九，却是一个我此生都不会忘掉的日子，因为我是在那一天历劫飞升成为上仙的。

昆仑的上仙就那么二十四个，每个上仙飞升成功的日子，都是每一年里昆仑的一个小庆典。年年庆祝一次，哪怕我想忘也很难忘，毕竟，别人还要指着我放假呢！

而我和谢濯的亲事，挨得极近，是在我飞升之后的第二天定下的。那时候还是我去向他求的亲……

这两个时间点哪怕过了千年万年，我也不会忘记。

我记得在五月二十五的时候，谢玄青的伤就好得差不多了，他可以起来走动，也可以用些术法了，当年的我高兴得不行，正好那几天，昆仑新开了个小集市，许多小仙都去凑热闹。

我心想着谢玄青待在山里那么久，定是憋坏了，于是二十八日带着他去了集市，也想让他热闹热闹。

没想到那集市逛着逛着，因为四周环境气氛烘托得实在到位，当年我又生性着急，藏不住事，忍不住话……

我就和谢玄青表明了心意。

当时谢玄青回了什么我记不得了，但应该不是什么好话，大意就是没有拒绝也没有接受。

我那时第一次喜欢上人，第一次表白，却得到了这么一个不确定的回答，我是有点失望和伤心的，于是还没等集市结束，我就自己匆匆离开了。

结果当天晚上，我的身体就开始不对劲，过了子时，劫云就开始在我的仙府上聚集，天还没亮，那劫雷就噼里啪啦地下来了。

五月二十九日，劫雷劈了整整一天。

为了渡劫，我用尽了全力。

但那段时间我为了照顾谢玄青，几乎没有好好修行，因为落下了功课，所以我被雷劈得魂都要没了。

最后我晕了过去。

晕过去前，我觉得我可能是渡不过这劫数了。我心里唯一遗憾的是，在昨晚的集市上，没有一不做二不休地把谢玄青办了。

这样，就算他没有那么喜欢我，我也算得了个实际的好处……

但没想到，第二天我竟然奇迹般地清醒了过来，我不仅没伤没死，还渡劫成功了。

虽然我的仙府被削成了平地，连平地都被劈得焦黑，但我的身体却是一点损伤也没有。

劫后余生，我并没有因为得到上仙这个身份有多高兴，反而是想通了，不管是人是仙，都得活在当下，想要做的事，那就得马上做，不能耽搁，万一下一刻就死了呢……

于是，我飞升成上仙后，做的第一件事，就是立马找到了谢玄青，向他求了亲。

而这一次，他没再拒绝我。

我们就这样成了这五百年的仙侣。

将当年的时间线在脑中过了一遍，我盯着谢濯，不解地问："你是不是记错了，我跟你求亲是在五月三十那天，姻缘拆没拆散，得等到五月三十才能看到结果。"

"没错。"他还是很坚定，但补充了一句，"只要我没喂你血，姻缘就算拆散了。"

我愣住了，等反应过来，不由得发出了三连问："什么血？谁的血？为什么要喂？"

喂血是什么事件，我怎么从来不知道，甚至连丝毫印象都没有。

但谢濯并不想解释："这次，你会知道的。"

这次会知道？是过去谢濯瞒着我做的吗？但为什么要瞒着我，还瞒了五百年？

我内心充满了好奇和疑问，但谢濯不想说的事情，哪怕打断他的脊椎骨他也不会说。

我知道问不出什么结果，心想，左右也要等到三十那天晚上去看结果，就懒得费这些口舌了。

"行吧，那就商量商量明天咱们怎么办吧。"我把桌上那块绿色的小竹片推到谢濯面前，然后把绿色的大竹片握在自己手里，"明天一大早，我们各自出发，你去拦住要去山洞找谢玄青的夏夏，你带着她走，去哪儿，做什么，全看你，能把夏夏对谢玄青的爱意毁到什么地步，就凭你本事了。而我……"

我将大竹片颠了颠。

"我去山洞找谢玄青。酉时三刻前，回来通报情况。"

我看着手里的大竹片，不知道为什么，有一丝丝激动，我胸有成竹地微笑着。

"我有预感，或许，我们明天就能回去了。"

谢濯依旧面无表情："但愿，如你所言。"

一大早，我和谢濯走出了雪竹小院。

我照着上次见过的自己的模样，变换出了五百年前的穿着和打扮，谢濯也做了相应的改变。但他这五百年变化实在太小，还是一成不变的黑衣裳，几乎没什么要改的。

"你记得啊，今天我行动的地方就在那小破山洞里面了，我保证不让谢玄青乱走。你呢，就带着夏夏，随便去哪里，就是不能来山洞，不然咱们就直接被这世界的铁则一锅端了……"

我叮嘱着谢濯，但他盯着我手里的东西，目不转睛，我怕他没记在心里，还拿手肘拐了他一下："你听进去了吗？"

他驴唇不对马嘴地指着我手里的东西，问我："一坛酒，一坛辣椒？"

"对啊。"我颇为得意地晃了晃手里的两个坛子，"我连夜出去找的。"

谢濯的目光在我手中的坛子和我脸上来回转了一圈，他抿着唇，难得地不是在正儿八经地沉默，而是在隐忍自己即将脱口而出的话语。

他在憋。

他憋了半晌，到底是憋住了所有的言语，一转身一扭头，一言不发地走了。

看着谢濯这"敢怒不敢言"的隐忍状，我心里真是痛快得很，大有一种翻身农奴把歌唱的舒畅感。

五百年！五百年了啊！终于有一天，我可以正大光明地拿着这两样东西，挺直腰板站在谢濯面前，还不用听他指指点点！

爽！

最重要的是，还能看到他把这些废话通通给老子憋回去的模样！

真爽！！

和离造福仙生！

我喜气洋洋地冲着谢濯的背影喊："晚上把夏夏送回去后，记得早点回来！"

谢濯决绝地离开，头也没回。

我心情正好，不与他计较，提着两个坛子，蹦蹦跳跳地就往山洞去了。

我不知道谢濯打算对夏夏做什么，我知道我要做什么就可以了——只要是谢濯烦的事，我今天通通给谢玄青安排一遍！

我循着记忆，找到了山洞，临到门口了，我还有点近乡情怯，做了好一会儿心理准备，抓了抓头发，然后走了进去。

山洞里一片漆黑，一时间我没有找到目标人物。

"谢玄青？"我唤了一声，漆黑的山洞里，一双灰色的眼瞳睁开，在暗处反光，宛如一只野兽。

我的眼睛终于适应了黑暗，同时也看见了他。

五百年前的谢濯，果然穿着一身黑袍，靠着山洞石壁，屈膝坐在角落。

只是他的表情……

我与他四目相接，莫名感到一股森森的杀气，但我……

我这不是才刚来吗？我应该没露出什么破绽吧？难不成是我这一坛酒一坛辣椒的，一来就给他整得出离愤怒了？他内心如此讨厌这两样东西？

我站在他一丈开外，被他的神情吓得有点不敢动。

这样的谢玄青，完全出乎我的意料。因为在我的记忆里，谢濯几乎从没对我露出过这样的神情。

他戒备得像一把冰冷又锋利的剑，似乎在等待机会，一举刺入我的心脏，杀掉我……

"你……你不舒服吗？"我斗胆开口。

听到我的声音，谢玄青眉眼一动，他皱起了眉，但还是目不转睛地盯着我。

"九夏？"

我不敢不应："嗯？"

他声音是熟悉又陌生的低沉："过来。"

我忍住心里的害怕，一咬牙，鼓足勇气走向他，然后在他面前蹲下，放下两个坛子："怎么了？"

谢玄青靠在石壁上的身体忽然坐起，霎时间，我与他相对疏远安全的距离被打破，他的鼻尖几乎快碰到我的颈项，那呼吸的温度，吹在了我的皮肤上。

我起了一阵鸡皮疙瘩。

但我忍住了没动，以免让自己显得有点小题大做。

我感觉到他嗅了两下。他在我身侧停顿了一段时间，直到我开口提醒他："谢玄青？"

他像被点了一下，又慢慢地靠了回去，目光再次看向我，没了杀气，少了戒备，但多了几分困惑不解："你……吃过什么？"

这突如其来的一句话让我有点摸不着头脑。

或者说自打我走进山洞开始，谢玄青就有点打乱我的计划。

但现在，我看他的模样，感觉熟悉的谢濯又回来了。我稳住心态，重整旗鼓，管理自己的表情，露出与他一样困惑不解的表情，反问："什么吃过什么？我就吃了一些寻常的餐食呀，你怎么这么问？"

谢玄青微微歪着头，打量了我片刻，又沉默下来。

他五百年前就是个不爱说话的性子。

我开始找回自己的节奏。我先把一坛酒提起来，放到谢玄青面前："你看我给你带什么好东西了！我琢磨着你伤快好了，咱们可以提前庆祝一下，来畅快喝一顿吧！"

一大早，伤没好，强迫灌酒，处处都是谢濯讨厌的点。

我忽然觉得，我累积了五百年，就是为了在今时今日，此时此刻，做一个长在谢濯雷点上的女人。

"来！"我直接把酒举到谢玄青面前，"干！"

谢玄青似乎有点反应不过来。他眨了两下眼睛，看着面前的酒坛，因为我举得太用力，所以酒坛里面的酒洒在了他胸口上，他一言难尽地沉默片刻，又眨了眨眼睛，看向我。"九夏。"他开了口。

我心头一阵期待，看不惯了吧，心里不痛快了吧，来吧，骂我吧。

我微笑着听他说。

"就一坛，我喝了，你怎么办？"

我："……"

这还是怪我准备少了？

我万万没想到会是这么一个回答。

"我……"我几乎下意识地就答出来了，"我还配喝酒？"

谢玄青一本正经地看着我："为何不配？"

我怔愣、迷茫又不解地看着谢玄青，看了半天，我直接把酒坛子放下，又拿起了那一坛子辣椒："辣椒呢？我也能吃？"

他看着满满的一坛辣椒，沉默了一瞬："辛辣食物祛湿，但不能当饭吃。"

我震惊了。

我放下辣椒坛子直接用鸭子步在地上磨蹭着退了三步，像看鬼一样看着谢玄青。

奇了怪了，是天要塌了，还是地要陷了？长着这张脸这张嘴的男人竟然说出这种话来了?!

"你不讨厌喝酒？也不讨厌吃辣？"

谢玄青奇怪地看着我，但还是点头回应我。

我震惊地继续问："我还能当着你的面喝酒，吃辣？"

他又点头。

我一屁股坐在地上。

我醒悟了。

我说我当年怎么会看上这么一个妖怪，爱得莫名其妙，掏心掏肺，稀里糊涂就向他求亲，痛痛快快地把自己给嫁了，原来在五百年前，没成亲时，这小子是这么诓我的吗？

这是一个感情骗子啊！

谢玄青见我坐在地上，皱着眉，终于对我说出了一句我熟悉的话："地上凉。"

听到这三个字，我才觉得我见到的谢玄青和我记忆里的谢濯是同一个人。

是这个味了。

我再次提醒自己稳住情绪。

我蹲了起来，看看谢玄青，又看看他面前的两个坛子。

一个吃辣又喝酒的谢玄青，完全打乱了我的计划。但任凭谢玄青如何装，他不吃辣不喝酒是我这五百年认识到的铁律。他现在为了骗到我，让我跟他成亲，肯定是要装一装的。但他的身体肯定还是厌恶这两样东西的，所以，他说是说……

我捏着下巴想了一会儿，然后眼疾手快地抓了一根辣椒。

"你尝尝，这好吃。"

我说着，直接把辣椒给他囫囵塞进嘴里。

谢玄青差点被噎到。

但在我的手离开后，他还是细嚼慢咽地将嘴里的辣椒吞了进去，他摇头："不能单独吃。"

我提了酒坛子，捏住他的下巴，不由分说地给他哐哐灌了一口酒："配酒好吃。"

谢玄青又被酒呛到。

辣椒加酒，想想也不好受。

他捂着嘴咳嗽，仿佛不想让我觉得难堪，还故意压抑着咳嗽。

等缓和了胸腔和喉咙的刺痛，他抬眼，有些无奈地看着我："你不要这么吃。"

不怪我，不骂我，只是提醒我不要这么吃，怕我像他一样难受……

我呆呆地看着这样的谢玄青，忽然心头一动，明白了为什么当年的自己那么喜欢他。

如果不是他现在太会演，那一定就是他成亲后改变得太多。

出师未捷，我直接被谢玄青的那一波操作搞得有点失魂落魄。

以至于我在往回走的路上，蒙得一时摸不到谢濯布的结界入口。

我没头没脑地在雪竹林里转悠，宛如鬼打墙，可我没想到，没转多久，我就遇到了同样失魂落魄归来的谢濯。

看样子，他似乎也在找结界的入口。

我俩在林间巧遇，我呆呆地看着他，他也沉默地看着我。

我不明白："结界是你布的，我找不到入口便罢了，你怎么也找不到？"

谢濯没回答我，他抬手，终于摸到了结界的入口："先回去。"

他带着我入了结界，回到雪竹小院，我俩一屁股坐下，不约而同地瘫在了椅子上，全然没了今天早上离开时的信誓旦旦。

不知道谢濯今天经历了什么……

"你先说吧。"我给谢濯递了话头，"过去的我怎么你了？"

谢濯一言不发，从身上摸了个竹蜻蜓出来。

我挑眉："哦，送你伤愈礼物了是不是……"

我话还没说完，谢濯紧接着又掏出了拨浪鼓，乾坤袋，发冠玉带……甚至还有半只没吃完的烧鸡。

琳琅满目的东西，片刻便摆了一桌。

我："……"

我看着面带疲色的谢濯，忽然明白了，应该是夏夏带他逛了一整天的街，这才能有时间买这么多乱七八糟的东西。我扒拉了一下桌上的小玩意，然后咋舌："夏夏对你挺好的。"

谢濯闻言，后背往竹椅上一靠，就说了三个字："八条街。"

也就二十来里地吧……

谢濯厉害，但和昆仑所有的夫君一样，不太擅长逛街。八条街对他来说，确实有点过了，但……

"那更证明夏夏对你好啊。这些东西，乍一看是瞎买的，其实可见夏夏对你的上心。你看，拨浪鼓、竹蜻蜓，你回头自己一个人待着的时候，能玩上吧。还有乾坤袋和发冠玉带，一个给你装东西，一个给你装体面，细致，贴心，多好，怎么就没另一个我给我这么一通买呢……"

谢濯不说话，今天应该是累的。

我把东西扒了扒，最后往他身前一推："所以，咱们的目的呢？你达到了吗？"

"……"他抿唇沉默了片刻，"明天继续。"

好的，我懂了。他被夏夏带节奏了。

不怪他，我知道"我"有多厉害，这情况其实也在我意料之中。

"那你明天就带着这些东西过去，在夏夏面前全部砸了。"我给他出主意，"越贵的越要砸得狠。"

谢濯闻言一愣，他沉默地看着面前这堆乱七八糟的玩意，毫无意识地拿起了拨浪鼓，在手里摇了两下，咚咚的鼓声带着童趣，在安静的雪竹林木屋里显得有些不搭。

他没有答应我。

我看着他的沉默，不知道为什么，竟起了几分异样的感觉。

"你舍不得？"我问，声音带着探究，情不自禁地有了不该有的期待。

他宛如被点醒了一样，倏地抬眼看我，微微抿起的唇角将情绪掩藏，片刻后，他抬手就将手中拨浪鼓的坠子拔了一个下来。

随手将坠子丢在地上，他冷冰冰地看着我："我知道怎么做。"

我看了眼地上的坠子，微微一撇嘴。心想自己真是想太多，谢濯是什么样的人，我心里没点数？他会舍不得？

"说你自己。"他说。

"我？"我冷笑一声，抱着手，往竹椅上瘫坐得更没仪态了一些，"要不是回到五百年前，我都不知道，你跟我成亲之前是这么诓我的。"

他眯起了眼："诓你？"

"什么不喝酒不吃辣。现在山洞里的那个你可没这些禁忌。为何咱们成亲之后你非得管我。"

"对你不好。"

又是这四个字，老调重弹，这几百年每次他都这么说。

"罢了罢了，我今天不是要与你理论这个的。"我跷着二郎腿，有点焦虑地抖了抖，"吃辣喝酒刺激不到现在的你，明天我得用个别的法子……"我看着像嘴缝了针一样的谢濯，"你倒是给点意见呀。"我敲了敲桌子，指着一堆物件："我都知道当年的我讨厌什么，你也该知道我做什么会让你生气。"

他垂下眼眸，沉思半晌。

我等着，等到蜡烛都烧掉一截了。

我敲敲桌子："你在想吗？"

他憋了半天，终于说出一句："明日早些去。"

"嗯？"我把脑袋凑过去，细细听他解说。

他慢慢道来："受伤期间，需要休息，别让他睡觉，应该……"

他没说完，我觉得我理解了，一拍桌子，认可道："这我行。我一定闹得谢玄青没法好好休息。"

谢濯："……"

不看谢濯那一言难尽的表情，我确定了方针，重整旗鼓，站起身来准备去睡觉，但在起身的时候不小心撞了一下桌子。桌上堆成小山一样的小玩意一下就散开了，不少东西眨眼就要往下面滚，我还在发呆，只见谢濯以迅雷不及掩耳之势，将所有掉下去的东西都抓住了。

他抱了一堆不值钱的玩意，没让任何一个摔坏在地。

我看着谢濯，他似乎意识到什么，也抬头看我。

夏夏送的东西，我让他去砸掉的东西，他否认自己舍不得的东西，现在却全部好好地抓在了怀里……

说实话，这一瞬间，我的心情是有些波动的，这种波动像一种习惯，当谢濯对我做出这种类似在意的举动后，我还是会忍不住心动。

但我还是忍住了，因为忍住这种心动，也是这几百年来，我学会的最能好好保护自己的方式。

不心动，就不会心寒。

我故作无所谓，从谢濯怀里的一堆玩意当中挑了一个小玉佩出来。阴阳鱼形状的小玉佩是昆仑的小玩意，可以掰开，让手握黑白两条鱼的人互相通信。"抓得好，这是个好东西，咱们现在正能用得上呢。"

谢濯的眸光微暗，他将怀中的东西放回桌上。

而我将阴阳鱼玉佩掰开，白色的揣进自己兜里，黑色的递给了他，说："之后出门办事，把它带上，挂在腰间，按一下这个鱼眼睛，咱们就可以联系了。有什么突发情况，你记得随时与我联系。"

谢濯沉默了片刻，一言不发地接过。

我活动了一下身体："睡了，你明天也自己把握分寸。"

我回屋关门，没再搭理外面的谢濯。

第二天，我起了个大早，没和谢濯打招呼，啪嗒啪嗒就跑去了山洞。

"谢玄青！"刚到洞门口，我就开始唤他。一路喊着走进去，谢玄青果然醒了。

但他一副明显没休息够的模样，眼白混着一些血丝，神色也有些迷糊，他努力撑起身子，仰头打量我："九夏，今天很早。"

"我迫不及待地想跟你分享喜悦！"

他好奇，歪头打量我。

"我学了一个曲子，你听听吧！"

我直接从怀里掏出一把唢呐，放到了嘴边。

谢玄青："……"

他不爱说话，所以我干脆不给他说话的机会，一曲唢呐直接给他送上天。

但唢呐这种凡人玩的东西，我当然不太会，别说调了，我勉勉强强能吹个响，这"乐曲"回荡在山洞里，没一会儿，我先受不了了。

我停了下来，揉了揉耳朵。

我转头看谢玄青。他一脸呆滞地看着我，他被我这唢呐声震醒了，也蒙了，可能还聋了。

"好听吗？"我不要脸了，开口问他。

"好……"他声音有些颤抖，说了一个字又闭上嘴，沉默地揉了揉自己的耳朵，我想他估计是一时间耳鸣，没听到自己的声音。等他缓了缓，他给了我评价："响亮。"

我垂头看了看自己手中的唢呐，心想，我只是不要他睡觉就好了，犯不着这么杀敌一千自损八百的。

"这在洞里听着是有点吵。"我一边说着，一边将唢呐收了起来。

待我将唢呐放到背后，我余光扫见谢玄青默默舒了口气，想来刚才他被我吓得不轻，但他没生气。

我还要努力："我换一个吧。"

谢玄青："……"

我又从兜里掏了支竹笛出来。

竹笛刚放到嘴边，我一吹，只听"啪"的一声，竹笛裂了个缝，我吹出的气在破损的笛子里变成了一阵喑哑的声音。

哦？坏了？

我看向谢玄青。

谢玄青一脸正色地看着我："坏了，不吹了。"

我心里一阵冷笑，他想用这种手段自救？我灿烂一笑："没事，外面就是雪竹林，我去拔一根竹子回来，咱们一起做！"

"九……"

你的阻拦我能听清楚一个字算我输！

我拔腿就往洞外跑。跑到外面，我挑了根粗细合适的雪竹，刚拔起来，忽然觉得心口一阵抽痛。

这感觉很熟悉，是夏夏在附近。

我捂住心口，直骂谢濯废物，怎么连夏夏都拦不住！

这下糟了，我不能见夏夏，如果夏夏进了山洞，她和谢玄青一搭话，我们的计划就全败露了！而且谢玄青之后还会对我起戒心，再想达成斩姻缘的目的就难了！

我目光在雪竹林里一扫，很快便看见一个穿绿色薄衫的人蹦跶了过来。

是夏夏。

她一无所知地，欢快地在往这边走着。

我心口抽痛，四肢没有力气，挪不动脚步，手中的雪竹沉得像块铁一样，直接砸到了地上。

这方闹出动静，那边的夏夏霎时便察觉了。

她目光开始在林间逡巡，眼看着就要扫到我这方，忽然，我头上一只手掌摁下。

温热的感觉从头顶传到身体，瞬间让我僵硬无力的肢体好受了许多，我被他用温柔的力道摁到雪竹林一个小坡下。黑色的人影一闪而过，站在了我身前的小坡上。

　　我躲在他的阴影里，也躲在他的保护下。

第
三
章

雪
狼
妖

"谢玄青？"夏夏叫着他的名字，蹦跶了过来。

我看着小坡上谢濯的背影，短暂的恍惚过后，心里又是一阵恼怒。

什么东西！让我起个大早来打扰谢玄青睡觉，他自己倒是慢慢悠悠地睡了个懒觉，连去阻拦夏夏的时间都错过了。

猪队友！

谢濯侧过头瞥了我一眼。

我捂住嘴，还以为自己刚才心里的咒骂被他听见了。

谢濯转身，走向夏夏。

我蹲在坡下，祈祷着谢濯将昨天的东西都带来了，赶紧在夏夏面前把那些乱七八糟的玩意摔个稀巴烂。只要他这样做，我保证夏夏一定又愤怒又委屈又难过！

有了这一茬，就算夏夏因为爱而原谅了他，但以后谢濯再对她爱搭不理，言语中伤，以我对自己的了解，夏夏一定会及时停步在婚姻大门之外！

我想得很好，仿佛已经美滋滋地拿着盘古斧回到五百年后了。

但现实却是……

谢濯走上前，什么都没来得及说，我只听见一阵衣袍接触的声音，然后两人的脚步声就快速地往另一个方向去了，只留下夏夏欢快的声音……

"昨天我回去想了想，觉得还是有别的东西想送你，今天咱们再去逛逛，然后我带你去和我的朋友们吃饭，他们可有意思了……"

夏夏带着谢濯一路走远。

我心口的疼痛与四肢的无力感霎时消失。我从坡下冒出头来，雪竹林里一片空寂。

谢濯就这样被拉走了？

废物！

让他砸个东西，他见面砸就是了！怎么这个妖怪现在做事跟说话一样磨叽！

我看靠他是靠不住了，还得我自己努力。

我扛起地上的雪竹，雄赳赳气昂昂地走进山洞。

可回到山洞里，我却看见了面色苍白，捂住心口，还在微微喘着粗气的谢玄青。

几乎下意识地，我心口一紧。将手中雪竹扔下，我蹲坐在他身边："你……"话一开口，我就知道了，他这反应，定是因为刚才谢濯在外面，他感觉到不适了。

我沉默地打量他，既有些说不清道不明的担忧，又有些害怕他的疑心与猜忌。

"你怎么了？"我明知故问，把戏演下去。

谢玄青转头看了我一眼，他沉默片刻，摇摇头："忽然有些心悸……"

我试探："是不是伤没好全？"

他沉默了。

我也沉默了，心里还有点发慌。

谢濯可以用盘古斧劈开时空，他有那么大的本事，总不能是在与我成亲的这五百年内忽然得来的。所以他一定是本来就如此强大，只是他在我面前掩藏了。

他很厉害，懂得很多，所以他应该会知道他现在忽然心悸，不会是因为伤没好全。

但我转念一想……

不过是身体忽然不适，他再厉害，猜天猜地估计都猜不出来，五百年后的他会疯狂到用盘古斧劈开时空，只为来斩断我与他的姻缘吧？

毕竟……

在现在这个时间点，谢玄青还是一个我表白他都会拒绝的妖怪呢。

"你定是伤得很厉害。"我故意引导他，"伤你的到底是什么人啊？"

说实话，即便是现在，我也不知道当年打伤谢濯的到底是什么人。毕竟，我以前也没有觉得谢濯有多强。

可现在看来……

我一愣。

后知后觉地发现，自己似乎问了一个很不得了的问题。

谢濯这么厉害，那他到底是被怎样逆天的敌人打伤的？放眼整个昆仑的仙人，怕是西王母都做不到吧……

那么强的敌人在暗处……

我忽然有些忐忑了。

我打量着谢玄青，果然看见他沉了脸色。他按着心口，若有所思。但片刻后，他似乎察觉到我的目光，然后就像被我从思绪里面拉出来了一样。

他盯着担忧又不安的我，抬起了手，指腹放在了我的唇角，然后轻轻拉了拉。我嘴角被他拉出一个弧度。他说：

"别担心，笑一笑。"

"笑一笑"，多熟悉的三个字。

每次吵架后，谢濯都会这样和我说，一开始我会被他的举动弄得不好生气，到后来，次数多了，我便对他这个动作和这句话冷漠以对了。

而此时，看着脸色还有点苍白的他，我到底是拉扯着嘴角，配合着露出了一个微笑。

他看着我的微笑，目光微微柔和。

我定了定心神，真的放下心来。也是，我这不都和他过了五百年了吗，也没什么事，想来那个暗处的强敌应当被谢濯解决掉了。

但既然有这么个人，那这次他身体的不适，我就尽情甩锅到那人身上就是。

"你的伤定还没好全。"

他再次开口安慰我："没事，休息一会儿就好。"

他以为我在担心他的身体，其实我只是在担心他会不会发现端倪，并且我今天来的目的，就是不能让他休息。

我张了张嘴，欲言又止。

我犹豫了，却也在这一瞬间，忽然理解了……

理解谢濯为什么昨天会被拉着逛了八条街，理解他为什么没有当着夏夏的面直接砸东西，也理解明明一个那么厉害的妖怪，竟能那么轻易地被夏夏带节奏……

因为不忍心。

因为没想到，阔别了这五百年的时光，我们竟能重逢当年的温柔与热情。

"九夏。"谢玄青忽然唤了声我的名字，他指了指旁边的竹子，"做竹笛吧，我们一起。"

他还在关心这个……

我沉默了许久，到底是认命地一叹气："不了，你先休息。"

他不想让我失落："我休息好了。"

我心头一动，故作轻松地笑起来，不仅在意他的身体，还在意他的心情。我对他用了很久都没用的心。

"哎呀，其实是这根竹子不好，我今天没挑到好的，改天你陪我一起去挑竹子，咱们要做就做个吹不破的好笛子！"

谢玄青听进去了，他认真地点头，答应了我："好。"

我……又一次，铩羽而归。

我耷拉着脑袋，回到雪竹林的院子，谢濯还没回来。

我一走进房间的门，就僵住了。

桌上整整齐齐地摆着昨天夏夏送给谢濯的东西，宛如排兵布阵。

有一个东西不见了，就十分醒目。我一眼扫过去，立即就看出来了，所有东西里面，除了我与谢濯分的那个阴阳鱼小玉佩，也就只有被拔掉坠子的小拨浪鼓不见了。

我算是知道谢濯早上为什么去晚了。

搞半天是在屋子里挑挑拣拣不知道选哪个去砸啊！

罢了……

我无精打采地坐在椅子上，等谢濯回来。

其实也不用他通报，我算算就知道，他今天，一定又失败了……

和我一样。

我和谢濯再次对烛而坐，宛如两条死鱼，瘫在椅子上。

夏夏今天带谢濯去干了什么，看着他的表情，我连问都懒得问了。

"这样下去没有头的。"我坐直身子，已经不知道第几次重整旗鼓了。

但谢濯没有，他靠在椅子上，神情呆滞，不知道在想些什么。

我在谢濯摆满小玩意的桌子上，找了个空处敲了敲："你振作一点！你这样不行啊！这姻缘还斩不斩了！"

最后一句话点亮了谢濯的眼睛，他也坐直了身子，回视我，斩钉截铁地说："斩。"

还有斗志，很好。

"明天。"破天荒地，谢濯先开口了，他给我出主意，"你缠着他讲故事……"

"没用的。"我摆摆手，打断他，"他不会因为我打扰他休息而生气。"提到这个，我倒有了点火气："你到底了解不了解你自己？你怎么会生气，你心里一点数都没有吗？你是尊佛吗？"

谢濯一如既往地忽视我的抱怨："让他给你讲故事。"

多新鲜！

谢濯让过去的谢濯给我讲故事，并且认为这件事情会惹他自己生气。

"你确定吗？"我怀疑他，"你这生气的点是不是太刁钻了一些？难道你说话会痛？"

谢濯唇角微抿，他没有废话："试试。"

我摇头，心里认定谢濯并不了解他自己，这种荒谬的办法也亏他想得出来。我直接拿出腰间的阴阳鱼玉佩："我想到了一个靠谱的办法。"

谢濯挑眉，似乎对"靠谱"这两个字略带怀疑。

"我们改变一下策略。我估计明天谢玄青也是站不起来的。我们可以暂时不管他，我专心致志地陪你去搞崩夏夏的心态。就用这个。"我摁了摁白鱼的眼睛。

谢濯腰间的黑鱼振了一下。

"拿出来。"我指挥他，"我给你改改。"我开始鼓捣起手里的小玩意。"这个呢，本来只能通话，但是你不爱说话，给你等于浪费，我现在调整一下它内部的阵法结构，这样呢……"

我把黑鱼递给他："这鱼眼睛就可以帮我看到你身边的情况了，然后会实时传送到我这边来。"

我帮他点了两下黑鱼的眼睛，黑鱼眼睛一亮，我的白鱼身体上就发出了光芒，在我面前出现了手掌大小的画面，画面里，正是黑鱼眼睛现在对着的我的模样。

"点一下就是传声音，点两下就是传画面，谁先点就传谁那边的画面，如果我俩都点了呢，就可以互相看到对方那边发生的事情了。"

我解说完毕，得意扬扬地看着谢濯。

"怎么样。有了这东西，明天我就可以坐在这屋子里，远远地运筹帷幄，与过去的我决胜于千里之外！"我不由得对自己心生敬佩，叹了口气，"我真是个小天才。"

谢濯看了我一眼，然后一声不吭地将黑鱼眼睛直接挖了出来。

我震惊："你……"

只见谢濯不跟我商量，将我手中的白鱼也夺了过去，同样挖掉了眼睛，他先把黑鱼眼睛摁在他的右耳垂上，黑鱼化作一股气消失，在他耳垂上留下了一个黑色的点，然后他又不由分说地将白鱼眼睛摁在了我左耳垂上。

我的耳朵上也立即多了一个白色的点。

"你做什么?!"

"这样更方便。"谢濯碰了一下他右耳垂，霎时间，我只觉一道画面直接闯进我的脑海，正是谢濯此时看着的、呆若木鸡的我，我脑海中甚至直接响起他的声音，"不会有破绽。"

我甩了甩脑袋，适应了一会儿神志被直接入侵的感觉。

这妖怪……

不动手就一点不动，一动手直接给我整个大的……

"行，这样也方便。"我对谢濯说，"明天你就把这玩意打开，我全程指导你，一定让你把以前的我得罪到永生永世不想与你见面。"

"希望如此。"

他这四个字，既在我耳边，又在我脑海里。

我赶紧对他挥手："关了关了，现在赶紧关了。"

谢濯再次碰了碰自己的耳朵，起身回了他的房间。

翌日清晨，我送谢濯"出征"，给他递了碗从雪竹林残雪里挖的雪水："谢濯，成败在此一举了，你一定要好好听指挥。"

谢濯看了我的碗一眼，也不理我，转身就走了。

意料之中的反应，我一点也没生气，我对着他的背影再三嘱咐："我说什么你就做什么啊！不要有自己的想法！你做个工具人就好了！记住啊！工具人！"

我回到房间里，正襟危坐，严阵以待。

桌上的东西我让谢濯全部收到乾坤袋里带走了，这样等他见到夏夏以后，一路上，我有的是机会让他见缝插针地砸东西。

没一会儿，我耳朵上白点一亮，我脑中忽然出现了一幅画面，画面中没有谢濯，只有五百年前的我，从谢濯的视角看，我好像有点过于矮了……

平时看惯了比我高一个头的谢濯，没觉得有什么，没想到从他的视角看，矮一个头竟然这么令人有保护欲……

虽然我并不需要他保护……

不对，这不是重点。

重点是他们又在集市……

又要买?!

我痛心疾首，觉得五百年前的自己真的是对谢濯过于掏心掏肺地好了。

我点了一下耳垂："告诉她，你不要。"

工具人谢濯开口："我不要。"

夏夏在谢濯面前愣住："可……我今天不是带你来买东西的。"

尴尬了……

"快补一句，你说的是之前的东西你不要。"

有了刚才的教训，这次谢濯经过了短暂的思索，认为这是一句可以出口的话，然后他说："之前的不要。"

夏夏眨巴着眼看着他："之前哪个不要？"

"快!"我指挥，"随便掏几个出来，往地上一砸。"

谢濯又顿了一下，我听见他呼吸微微重了一些，然后他伸手拿出乾坤袋，直接从里面拿出了个竹蜻蜓，谢濯不由分说，抬手就把竹蜻蜓扔在了地上。

竹蜻蜓"啪叽"就碎了。

谢濯摔得那么用力，我的心情是那么雀跃!

做到了! 他做到了! 他站起来了!

"啊!"夏夏果然一声惊呼。

谢濯的目光从竹蜻蜓转到了夏夏脸上，夏夏的表情从呆滞，不解，转变成了愤怒。

是的，是这样。

我们的计谋终于走到了正轨上!

我！心！甚！慰！

只见夏夏捡起了那个摔碎的竹蜻蜓，愤怒地一喘气："好啊，我就知道西二街的鲇鱼精靠不住！竟敢使障眼法拿普通的竹蜻蜓装小仙器来糊弄老子！"

嗯?!

夏夏将竹蜻蜓握在手里，抬眼看谢濯，收敛了愤怒，安慰道："我也是被骗的，不是故意买假货给你的。你别生气。"

歪了，正轨又歪了。

谢濯沉默着。

我也沉默着。

夏夏继续说："走，我们去找那鲇鱼精算账去！就这还敢骗我一块灵石！看老子今天不把他摊掀了！"

我看着谢濯眼中过去的我，雄赳赳气昂昂地在前面疾步而行，心里只觉得有点累了。

与天斗，与地斗，都不如此刻与自己斗来得这般疲惫。

"拦住她！"我不放弃，继续出主意，"别让她走！把你乾坤袋里的东西全都砸在地上。"

谢濯依言上前，拦住夏夏。

"怎么了？"夏夏问谢濯。

谢濯又沉重地吸了一口气。

他掏出乾坤袋，将袋口打开，将里面的东西通通倒了出来。

我继续指挥："说你都不要了。"

"……我……都不要了。"

而夏夏此时已经陷在被坑了一块灵石的不甘中，她蹲在了一堆东西前面，开始翻找："对，应该都拿出来看看，还有没有假冒伪劣的东西，要有的话得赶紧去找老板换了，时间久了人家就不认账了！这有问题的咱们当然都不能要啊！"

谢濯站在了一边。

我看着谢濯面前的画面，沉默地靠在了椅背上。

"你对着夏夏的脑门踹一脚吧。"我忍无可忍了。

"不行。"谢濯说。

夏夏抬起了头："嗯？什么不行？"

"骂她！"我捶桌子，"说她买的都是些什么乱七八糟的便宜玩意，全都不行！"

夏夏蹲在地上仰头看谢濯的脸停在画面里停了很久。然后谢濯开口了。

"你买的东西不行。"他简略了我的话。

夏夏愣愣地看着谢濯。

谢濯的目光不知为何往旁边偏了偏。

……然后他就挨打了。

脑中画面一阵晃动，夏夏对着他胳膊和腿一顿捶。

"我给你买东西你还嫌弃！让你自己挑你又不挑！花的不是你的灵石你不心痛！"

全程我插不进一句话，谢濯一如往常地躲避着夏夏的攻击，然后夏夏气不过，捡起地上的竹蜻蜓："不就不小心贪便宜买了个假货吗？你何至于这般说我！气死我了！那个鲇鱼精，敢让老子丢脸！老子今天一定要掀了他的摊！"

夏夏一如往常地没有给谢濯解释的机会，转身就跑了。

但只是这种程度，夏夏应该也不会真的气到与谢濯老死不相往来，估计在鲇鱼精那儿占了便宜，回头还得回来感谢谢濯发现假货呢……

我敲了三下耳垂，关掉了与谢濯之间的通话。

我拍了拍胸脯，深呼吸。

不看了，能被自己气死。

我还是去找谢玄青试试让他给我讲故事的办法吧。

今天，又是没能回去的一天。

我懒懒地抬了抬眼皮："我去找谢玄青了。"我对着同样死气沉沉地坐在对面的谢灈说："他讲不来故事，后来我递了本书给他，让他照着念……"

谢灈面无表情地瞥了我一眼。

我告诉他结局："他把我念睡着了。"

他闭上眼，终于叹了声气。

"要不算了吧。"就在再而衰三而竭之后，我终于敲响了退堂鼓，"看来你我当年的姻缘坚不可摧，是命运的杰作，我们就不要和老天爷对着干了吧。"

谢灈听闻此言，闭上的眼睛倏地睁开，他垂下的头微微抬起，漆黑的眼瞳映入了跳跃的火光。

他盯着我，让我不知为何有些退缩。

我身体向后，靠在椅背上，躲避了谢灈的目光，继续道："这……我当年确实是挺喜欢你的，你现在也对当年的我下不了什么黑手，所以你这边这条线，难搞。我呢，打又打不过当年的你，这边当年的你对我也不错……"我摸了摸鼻子，有些含糊地说着："再这么下去，我对'你'会越来越不忍心的，今日在那鱼眼睛画面中，我看你对当年的我也有点……"我叹气。"咱们成亲这事左右发生过了，和离是不算善果，但也算是好聚好散，这姻缘……"

没等我说完，谢灈忽然站了起来。

我被他吓了一跳，呆呆地望着他。

只见谢灈面色阴沉，仿佛被我刚才的话刺激到了一样。

"我会做我该做的。"他声音低沉，仿佛回到了我们来这边前的那个晚上，他拿着盘古斧，冷冰冰地对我说，他会杀我。

"我……"

我想问，我哪句话说错了，怎么忽然惹得他发了脾气。他是不想承认他对当年的我有"不忍心"吗？

还是……他并没觉得我们的和离叫好聚好散？

"明天。"他打断我，一副根本不想听我说话的模样，"你去把他的项链夺走。"

"项链？"

我看了眼谢濯的脖子。

谢濯的脖子上有一根黑色的绳子，我知道，在这根绳子的下方，挂着一块泛着蓝光的白色石头，只是他平时都喜欢把这石头贴身戴着，所以我现在只能看见他露在衣襟外的一点点绳头。

这条石头项链从我们认识开始，他就一直戴在身上，我曾经问过他那项链是什么，谢濯只说那是对他来说很重要的东西，是他的过去和背负。

谢濯从不提他的过去，以至于连他是什么妖怪我都搞不清楚，他也就在这块石头上透露过那么一点信息，让我知道他的过去并不美好。

他这个妖怪，从来没什么爱好，不贪财好色，不好吃懒做，甚至在和我"吵架"的时候，基本不生气，唯有这条石头项链，他从来不离身。

如此珍视的东西……谢濯竟然让我明天去从谢玄青身上夺走?!

这是下血本啊!

我摇头："不去。"

谢濯皱眉，眼神更冷了。

我还是倔强地拒绝："你那么重要的东西，我给你抢了，你不得杀我? 命要紧。我不去。"

"我不会杀你。"

"你现在不杀我，不代表过去的你不杀我。"

"他也不会杀你。"

我还是摇头，将这几天的认知脱口而出："你不了解你自己。"

谢濯深吸一口气。"我笃定。"他说，"现在，不管是哪个我，都不会伤害你。"

我看着谢濯，愣住了神。

他这话说得过于笃定，以至于让我片刻间，心头又是一阵温热……

我连忙转开目光，忍住情绪的波动。

直到确定不会流露出任何异样，我才重新把目光转到他脸上，开口道："你要是万分确定……"我咬牙应下来："那就最后赌一次。"

听到这个回答后，谢濯没什么表情，只淡漠地点了点头，转身回了自己房间。

我看着他紧闭起来的房门，有点不解，好好地谈着事情，这个人，怎么说闹脾气就闹起了脾气……

就这么不待见我提一句和离吗……

第二天一大早，我打着哈欠出门，迎面撞上了也开门出来的谢濯。

他也不跟我打招呼，一言不发地倒了杯水，自己喝掉，然后转身就出门了。

"哎？你这就去找夏夏啦？"我对着他的背影喊，"你记得先给我看看战况……"

我话都没说完，他的身影就消失在了雪竹林小院外。

我撇嘴，罢了，左右是和离了的人，此一役后，不管这"斩姻缘"成与不成，我和他都是要分道扬镳的。

我给自己顺了顺气，拍了拍自己的脸颊，想着自己今天要去干个危险的活，于是决定筹谋一下再前去。

我这方坐下后不久，还拿着笔在绞尽脑汁地思索计策，脑海中忽然就跳出了谢濯那边的画面。

谢濯看见的环境让我感觉很熟悉，是五百年前我独自居住时的仙府。

他竟然直接去府上找了夏夏，这是有多么迫不及待？

谢濯熟门熟路地找到"我"的内寝，夏夏正在屋里的餐桌边，她手里正端了一碗粥在研究，看见谢濯走进来，夏夏有点愣神："咦，你怎么来了？"

谢濯没答话。

我想着他今日出门时那张冷脸，不自觉地噘了噘嘴。

臭脾气。

夏夏也发现了谢濯不对劲，但她没问，她笑笑，打破尴尬，将手里的粥端起来。"正好，昨天鲇鱼精赔了我好大一朵昆仑灵芝，我拿来熬粥了，正想带过去给你喝……"

夏夏话没说完，端到谢濯面前的粥被他挥手打翻。

我通过谢濯的视角，清晰地看见他都没碰到夏夏的手，只是打在了碗沿上。但这本是端来给他喝的粥，怎么会拿得有多稳。

只听"啪嚓"一声，碗扣在地上，碎了。粥也脏兮兮地铺了一地。

夏夏猝不及防，看着地上的粥全然愣住了。

好半天，她终于转头，看向谢濯。

"谢玄青！"我从谢濯的目光里，看到夏夏脸上的表情从怔愕到不解，最后变成了莫名其妙和愤怒，"你干什么？"

谢濯没有第一时间回答。

夏夏的神色越来越愤怒。

然后他开口了。

"味道恶心。"

四个字，字音分明，意味清晰。

夏夏却问："你知不知道你在说什么？！"

难能可贵地，谢濯有问有答："知道。"

夏夏的声调开始变了，愤怒的腔调破了音，变得委屈，却还强撑着面子，不肯示弱："这是我特意给你做的！"

"我不需要。"

"谢玄青！"

夏夏盯着谢濯。

我们这段时间拼命作死，想在夏夏身上看到的情绪，终于看到了。

其实也没有那么难。

哪儿有什么思路清奇、开阔如海、无法伤害的人心，只不过是因为持刀诛心者留有余地罢了……

而现在……持刀者，动了真格。

谢濯说："粥和你，我都不要。"

这句话仿佛击中了夏夏，她怔怔地看着他，嘴唇颤抖，眼眶泛红，下意识地开始深呼吸。

她很难过，拼命地控制情绪，她不想在该愤怒的时候没出息地哭出来，但她快忍不住了，她觉得太委屈了，委屈得像被人一拳打在胃上，痛得整个人都要蜷缩起来。

我能预测她的情绪，也能掐到她掉眼泪的时间点，我太了解她了，甚至开始感同身受。

因为……

她就是我。

这滋味，这情形，在这五百年的婚姻生活当中，我也不是没经历过……

果然，下一刻，她就哭了。

眼泪一颗一颗顺着脸颊往下掉，可她还紧抿着唇，倔强地盯着谢濯。

那眼神，每一秒都在质问他——你为什么要伤害我？

谢濯挪开了目光。

他躲避了，然后转身离开。

在谢濯关掉与我的通信之前，我没有听到夏夏叫他一声名字。

我知道夏夏在想什么，喜欢是喜欢的，可心里的骄傲和尊严，也是要的。

我闭上眼，缓了缓，待情绪稍稍平静后，我睁开眼，看向外面的雪竹林。脑中的思路是来这边之后，从来没有过的清晰。

好，谢濯，打打闹闹结束了，是你先动真格的。

我走到山洞外面的时候，敲了两下耳垂，只觉耳朵一热，我便再无异感。

"看到了吗？"我问那边的谢濯，我知道，他现在脑海里一定呈现出了我眼睛所看到的画面。

那边应了一声"嗯"。

然后我冷笑着勾了下唇角："那你就看好了。"

真论欺负人，我能比你差？

我迈出一大步，直接走入山洞，谢玄青同往日一样，靠着石壁坐着，只是他手上还拿了一根雪竹做的竹笛。见我走来，他抬头看我："九夏，此前你放在这里的雪竹我还是……"

我一抿唇，一狠心，一把夺过谢玄青手中的半成品直接扔了出去。

竹笛砸在山洞石壁上，一如谢濯将夏夏的粥打翻在地。

谢玄青愣在当场。

我深吸一口气，不耽搁不犹豫，直接上前，在他身前一个单膝跪地，双手一抬，抓住他衣襟两侧，用力一拉，谢玄青的胸膛在我眼前展露无遗。

他的锁骨、胸肌，还有他胸前的新伤旧疤，通通被我看了个彻底。

当然，还有他颈项上用黑绳子系着的透蓝光的石头。

谢玄青从莫名到惊诧到愕然，最后哪怕沉闷如他，也开始不由自主地倒抽了一口冷气，几乎下意识地身体往后仰，后脑勺紧紧贴在石壁上。

而我，原本放在他衣襟上的手，直接一捞，轻轻松松握住了他的石头，然后用力一扯，黑绳断裂，我成功地夺取他重要的项链。

他惊讶，随即反应过来，探手要夺回："九夏！"

我直接起身往后退了两步。

谢玄青下意识地想要来抓，但他身体没有恢复完全，那腿还是不听他使唤。

他坐在地上，衣衫半落，他一只手抓着衣服，另一只手伸向我："这不能碰。"他看着我，眼神无奈又有些委屈可怜："别胡闹。"

眼前的谢玄青，本该让我有点心疼的，但因为他现在的穿着又让我有些……

别样的心疼。

我接着退了两步，离他更远了些。

谢玄青微微皱了眉头，看着是有点紧张了。

"谢玄青。"我握着他的石头，故作挑衅，"你有本事，就来抢回去。"

我转身跑走，只听他在身后唤我的名字，那声音是从未有过的心急。我忍不住回头看了他一眼，却见谢玄青努力撑着石壁，站了起来，他扶着石壁要来追我。

他是个素来隐忍的妖怪，但此时面上都不由得露了痛色，想来这样强撑着身体行走是真的痛极了。

我差点就停下脚步了，可脑海中非常适时地传来了谢濯的声音，没有废话，就一个字。

"走。"

谢濯不愧是谢濯，对自己都那么狠。既然他豁得出去，我又有什么舍不得的呢？

我转身就跑，奔着光明的洞口就冲了出去，我没想到的是，刚出了洞口见到天光，外面黑袍一闪而过，在我全然没反应过来之际，一只胳膊将我拦腰一抱。

待我双脚再落地时，身后的洞口已经不见了，周遭虽然还是雪竹林，但却是到了雪竹林的入口处。

我转眼一看，这黑袍人不是谢濯又能是谁。

"你来做什么？"我瞧着谢濯，有点生气，"你不知道你过来他会更难受吗?！"

"关你什么事？"

他撑我。

我哑口无言。

我深吸一口气，稳住情绪，随即敲了三下耳垂，关掉阴阳鱼。

我用冷淡的态度和语调说着："我已经把东西拿到手了。待谢玄青追出洞口，我再羞辱他一番，丢了这项链，还怕你我姻缘断不了？"

谢濯根本不搭理我，直接伸出手来："项链给我。"

我这才挑眉看他："你的那条，你身上不是戴着吗？"我指了指他的脖子。

他依旧没有收回手，坚持要把项链要过去。

我慢慢从袖口将项链拿出来，一边拿一边在心里琢磨，谢濯为了达到目的让我去拿项链，可我这刚拿出来，他第一时间就来接我，还要马上把项链掌握在自己手里……想来，这项链对他来说确实十分重要。

虽然不知为何，但……既然他与我都动了真格，那这东西，或可为我所用……

我拿出项链，在空中虚晃一招，没让谢濯拿过去。

谢濯眼睛微微眯起，他看着我，带着审视。

我心知我与谢濯实力悬殊，有天壤之别，他这带着威胁的一眯眼，照理说我是该害怕的，但这些天，他不是一遍又一遍地跟我强调一件事情吗……

他不会打我。

既然如此……

我将项链给他晃了一眼，又藏进了袖子里。然后我也对他伸出了手："游戏我不玩了，老子要回去。项链我可以给你，但你要把盘古斧给我。否则……"

谢濯沉默又危险地盯着我。

我心里豁出去了，甚至开始歪着头挑衅他："咱们就耗着吧，你要么打我……"我不要命地说着："要么打死我，不然你是不可能把这项链拿到手的。"

我与他在雪竹林边上对峙着，僵持着，他的手在身侧紧握成拳，他很生气，但他没有打我，也没有掏出盘古斧，他试图挣扎："你拿了盘古斧也回不去。"

"不劳你操心，我会去找西王母说明缘由。我挥不动盘古斧劈不开时空，西王母总行。你会为难我不让我回去，西王母总不会。"

我给出切实可行的解决方案并搬出了确实有实力的靠山，谢濯脸色更难看了，可他还在挣扎。

"项链不是你该拿的东西。"

"拿都拿了，你这话说晚了。"我打定兵来将挡水来土掩的主意，脸上挂出了没有感情的假笑，我对他说，"谢濯，今天你让老子不好过，那大家都别过了！"

来呀！耗着呀！反正还有几天，"我"就要渡劫了！大不了等到夏夏和谢玄青再次见面，解开"误会"，重归于好，"再次"成亲！到时候咱们"同归于尽"！谁都别想达成自己的目的！

谢濯脸色铁青，而我的心情是来这边之后难得地舒畅。

果然，不管是几百年后还是现在的世界，大家都怕玩命的。

我，伏九夏，痛快！

"扑通！"

突然，我的心脏猛地一阵剧痛。

我捂住心口，这熟悉的感觉让我下意识地开始扫视四周。

不会吧，五百年前的我不会现在来拆我的台吧！

"谢玄青！"果然，远处传来夏夏的呼唤。我心头更慌，下意识地要往声音传来的那方向看去，可没等我转过脑袋，我的肩膀忽然被谢濯一推，一阵风自我脚下而起，我的身影穿过重重雪竹林飞向了远方，在即将离去时，我还听到了夏夏质问谢濯的声音。

"刚才那个女孩子是谁？……"

是我！是你自己！还好我没看见你，没有四目相对！你差点杀了你自己！你知道吗傻丫头！

"谢玄青！你果然另有隐情！……"

我被谢濯送走之时，这是我听到的夏夏说的最后一句话。

很好，误会了，彻底玩完。

以我对自己的了解，谢濯性情大变打翻夏夏熬的粥，夏夏当时愤怒憋屈甚至难过哭泣之后，冷静下来，她一定会思考这个"谢玄青"为什么会突然反常。

我想，这也是夏夏跑到雪竹林来找"谢玄青"的理由。

但夏夏看见了另一个女孩子和"谢玄青"在一起，似乎……谢玄青"变心"的理由就非常明了了。

之后，不用谢濯再作什么死，他在夏夏这儿就已经是个死人了。

夏夏这条线，意外完成任务……

就剩下我这边收个谢玄青的尾。既然如此，我还是按照我自己的计划，去找谢玄青，丢石头伤害他吧。

我在心里打定了主意，想要从谢濯送我的这阵风上跳下来，却没想到，我的法力竟然无法卸掉谢濯的法力。

这阵风带着我一路狂飞，直接从雪竹林里飞了个对穿，从一个入口直接飞到了另一侧的出口。我心里琢磨，谢濯这一掌估计有点仓促，送我送得也太远了些。不过……也算是保险为上？

吵是吵闹是闹，紧要关头，谢濯还是会保着我这条小命的。

我心里给他加了点印象分回来。

终于，离开雪竹林没多久，风停了下来，我终于落了地，但这个地方，已经很靠近昆仑的边界了，从这里再往西走，翻过一个山头，就算是出了昆仑到了外界。

昆仑外界多邪祟，现在的昆仑虽有现在的盘古斧撑着结界庇佑，但边界还是经常有邪祟入侵，所以昆仑会安排守卫军士巡逻。那些巡逻的军士，谁不认识我。

为免被人看到，留下破绽，我不想在这里多待。

我迈步要走，可膝盖刚一弯，就觉有一股大力拉扯着我的腿，让我无法抬脚。

我低头一看，登时震惊，竟是不知道在什么时候，脚下起了一个黑色的阵法！阵法闪耀着黑红色的光芒，妖异又诡谲，越是厉害的妖邪，术法阵法的颜色便越是深沉。

看这阵法的颜色气势我便知晓，这不会是普通妖邪的阵法！

这还是在昆仑境内，到底是什么时候……

没给我犹豫的时间，我抬手结印，祭出法器仙剑，以仙力灌入剑中，剑上白光大作，我低喝一声，直接将剑刃刺入，与阵法抗衡，试图破坏这阵法。

但没想到，我剑刃插下去的瞬间，阵法中忽然起了一道风，这风抬住了我的剑刃。

我将仙力灌入，一探却知，这风与方才送我到这里来的风竟十分相似！

难道刚才将我带来这里的，并不是谢濯的法力？

我正猜着，那风中忽然传出一个奇怪又空洞的声音："上仙。"他如此唤我，是通过我与他的对抗，知晓了我的仙力……

片刻，风中，一个灰色的人影若隐若现，我努力地想看清他的脸，却又在看清的瞬间，呆愣当场。

这是……昆仑的仙人？

他穿着我再熟悉不过的昆仑守备军的衣裳，神色表情也一如寻常仙人军士。而他却诡异地开口说着："吾主有请。"

我确信，他口中的这个"吾主"，总不会是我昆仑的主神，西王母……

"不去。"我落了两个字，挥剑一斩，灰衣军士侧身躲开，我脚下的阵法却是光芒大作。

黑色阵法冲天而起，将我整个人困在其中，或许并不是阵法往上飞了，而是我被拖入了阵法之中！

铺天盖地的黑色从四面八方涌来，宛如隔昆仑千里之外的大海之浪，要将我卷入。

我压住恐惧，定神屏息，吟诵法诀，仙力自我周身涤荡，我欲拼尽全力摆脱困境，却在蓄势待发的前一刻，听到了一声轻蔑的低笑。它若有似无地从我的耳边轻擦而过，却激起了我心底莫名的最大的恐惧。

令我瞬间汗毛竖起，毛骨悚然！

这是我哪怕渡劫飞升也从未体验过的恐惧。

我仿佛在这寂静幽深的黑暗里看见了……看见了一双猩红的

眼睛……

他在我的身后，贴着我的后背，注视着我，那阴森潮湿的呼吸，带着不屑与轻蔑，从我的耳朵钻入我的大脑，刺激我的脊髓，令我……不寒而栗。

"何方……"我用了自己最大的控制力，压制惊惧，微微侧过头去，"妖邪？"

我轻声质问，换来了蛇芯子一样的舌头，在我脸上冰冰凉凉地一舔。

他说："吾名，渚莲。"

我唇角几次颤抖，终于控制着自己的面部肌肉，吐出了两个字——

"你谁？"

然后这个渚莲一言不发。

我没有善良到想去关心一个妖邪的情绪，我趁他沉默的这个间隙，挣脱他的控制，转身挥剑，直取他的颈项命门！

但带着仙气的剑刃却犹如砍在了一块坚不可摧的石头上，"当"的一声，反噬过来的力量直接将我的虎口震破，血液溅出，我手上的仙剑也被震飞。

而下一瞬间，我的剑却被一股莫名的力量拉扯着，飘了回来，停在我面前，但……却是剑尖直指我的喉咙。

剑柄上缠绕着一股黑气，黑气的另一头，连接的是一个在黑暗中面目模糊的黑色身影。

我看不清他的脸，却能感觉到他那嗜血的双瞳。黑气在我周身如饥饿的毒蛇，想要将我扑食。

渚莲控制着我的剑，让剑尖在我咽喉处画画一样转圈，带着危险的瘙痒。我不知他下一刻是要直接刺破我的喉咙，还是继续不痛不痒地让我思绪更乱。"你有他的血，却不知道我是谁？"

血？

是了，在回到这边之后，谢濯提过一句，只要我飞升的时候，他不给我喂血，我们的姻缘就算斩断了。

看来渚莲口中的这个他，除了谢濯，别无他选。

但谢濯这些年给我的信息实在太少了！谢濯的血有什么特别，为什么特别，我有他的血又会怎样，这个渚莲和谢濯又是什么关系，为什么知道此事！

我简直对谢濯的世界一无所知！

妈的谢濯！结假婚！

我控制着情绪，看着渚莲，心知肚明，这不是一个我逞强就能打赢的妖怪，必须撤，但头顶的黑暗已经封死，这阵法已然将我完全拖入，要凭蛮力打破是不可能的……

"咔"的一声破裂的脆响，外面的天光刺破黑暗。

我仰头一看，电光石火之间，一柄长剑从天而降，直接斩断挠着我脖子的剑尖！

外界的光芒随着长剑的进入，刺退四周阴霾，我忽然觉得脚下一重，是阵法退去，我重新踩回了昆仑的土地。

变化来得太快，我一时没站稳，跟跄了两步，黑袍里一只修长的手稳稳地将我扶住。

我抬头，不出意料地看见了谢濯的背影。

前一刻还在用石头威胁他交出盘古斧，后面就在危急关头被他救了，我心里有些说不出的不自在。

倒是对面那个黑影渚莲，明明阵法被劈了一半，黑气只支撑得住他半个身体，他随风飘舞，渐渐消散，但他看着还很是惬意。

"谢濯，没想到，与我一战后，你今日还能来得这么快？"

嗯？与他一战？

难道，之前与谢玄青恶斗，让谢玄青受了重伤的人，就是这个渚莲？

我打量着他，依刚才我在阵法中感受到的气息，此人定不是个善茬，但他现在只靠一股黑气凝成人形，勉力支撑，想来，他应该也和谢玄青一样，身体受了重创。

他到底是什么妖邪，为何要与谢濯为敌，又为什么……

我摸了摸袖中藏着的谢玄青的项链。

他在我拿到谢玄青项链之后就来找我麻烦了，他想夺这项链。

而不管是谢濯还是谢玄青，都要守着项链。原来，这项链对谢濯而言，并不仅是思念和回忆，还有更重要的作用……

这么重要的东西，为了斩断我们的姻缘，谢濯都舍得拿出来做道具？

这……

这是有多后悔，当初与我成了亲？

我这方思绪眨眼转过，身前的谢濯提着剑就向渚莲走去，但刚迈了一步，他又停下脚步来，回头看我。

他沉稳平静一如往常地说了四个字："站到我身……"最后一个"后"字没说出来，他目光落到了我的咽喉处，一顿。

他脸色沉了下来，眼中阴郁，周身杀气渐渐升腾，我从没见过这样的谢濯，我有些怕……比起现在的谢濯，我更庆幸刚才面对的敌人是渚莲……

我有些不明所以地抬手摸了摸脖子，刚才被剑尖挠过的脖子在触碰下有些轻微的灼痛感……

我迷惑，谢濯这眼神难道是在看我的伤？就这么点皮都没破的伤？

"剑尖挠的……"我解释，刚要把手放下，谢濯就又开口了："手怎么了？"

我又不明所以地低头看了一眼："哦，被他把剑打飞的时候震破了点……"

我最后的"皮"字都没吐出来，对面的渚莲直接就炸了！

是的，在谢濯一抬手，我一眨眼的瞬间，那个让我恐惧的黑影就直接炸了……

我捂住嘴，以免自己显得太没见识，我选择不对谢濯的力量而惊呼。

没事没事，这种程度西王母也能做到……

我只有搬出我昆仑的主神才能找到一点平衡了……

然而黑气炸是炸了，那地上的阵法尚且残余零星，黑红相间的气息里，飘出来了一阵渚莲的冷笑："这么着紧的人，却没告诉她，你雪狼妖族的身份吗？"

谢濯一挥衣袖，地上的阵法转眼化成齑粉，飘飘绕绕向天际消散而去，但渚莲的声音还是留在了昆仑微凉的空气之中……

那么清晰的"雪狼妖族"四个字。

我愣愣地看着谢濯的背影，有点不敢置信。

我是昆仑的仙人，他们北海大荒外的事情我不清楚，但雪狼妖族我却是在传闻中听说过的。

传闻说，他们是邪神的族裔，从来不言不语，他们走遍天下捕食各种仙妖，抽取魂力，但许多年前，有个雪狼妖疯了，他屠杀了全族的人，夺取了他们所有的魂力，他成了这世上唯一的雪狼妖，他也成了这世上，最接近邪神本体的存在。

如果谢濯真的是雪狼妖，那难怪……他要瞒我五百年。

但是……

"你是吗？"我问他。

我看着他，他站在昆仑终年不化的皑皑白雪中。那身影孤寂，仿佛即将羽化而去，但他到底还是回过头来，目光沉静地回望我。

"我是。"

他真的是最后的那个雪狼妖。

我与他都在巍巍大山之间沉默。

谢濯没有给我更多的解释，他转身走向我，手指在我咽喉处轻轻抚了一下，一丝凉意掠过，本就不大的皮外伤一下便没了。手上虎口的伤他也用术法一掠而过，帮我止了血。

我任由他动作，然后开口："那我也不怕你。"

谢濯身体微微一顿，抬头看我。

我触到他的目光，一时间竟有些心疼起他来。

谢濯是个什么样的人，我心里没数吗？说他冷漠我信，说他心狠我也信，但说他为了力量，屠杀全族的人，我是不信的，我和他生活了五百年，哪怕夫妻没好好做，但也是朝夕相处过的。

我看着谢濯，嘴角动了动，那句"我不信传闻，只信你"到了嘴边，却变成了一句调侃："别误会，我的意思是，不管你是什么样的，我该找你拿盘古斧那还得找你拿。我是不会怕你的。"

此言一出，谢濯目光垂了下去。

我也转开了目光，很多话，我甚至可以对谢玄青说，但我不能对谢濯说了。

我是亲手剪断姻缘线的人，他是连那么重要的石头都可以拿出来做局毁姻缘的人。

我们之间不是初相逢，不是见故人，我们是将别离。

我们做的是一场告别的局，别说宽慰，就连所有的温柔，都要点到为止、进退有据……

我抬头看向远方："不用治了，我的伤都会自己好的。"我说着，努力压下心里这一星半点的愁绪，但在看到远方那个由远及近往这边靠拢的另外一个黑色身影时，我的惆怅就瞬间消退了。

谢濯正说着："石头在你身上他还会来，给……"

我反手就将毫无防备的谢濯从山头上推了下去。

然后我立即对远方大喊："谢玄青！你别过来！"这句话断在这儿太奇怪了，于是我又加了一句："等我来找你！"

说完，我迈步往谢玄青的方向走去，离开前，我扭过头，用气音对已经看不见身影的谢濯说了一句："躲远点！"

可见，在危急关头，别说谢濯是唯一的雪狼妖了，就算他是天王老子本人，我也是真的不怕的。

第四章

恻隐之心

我走到谢玄青面前。

因为刚才谢濯在附近，所以谢玄青现在的脸色并不太好看。他捂着心口，一时没有说话。我虽然对谢濯能狠得下心，但对谢玄青……

我有些心疼和愧疚……

毕竟这个他在我们之间，从来就没做错过什么。

我扶了谢玄青一把，他反手直接抓住了我的手腕，想来……是被我抢项链这个举动气死了，这一路追着来，不知道有多心急地想要夺回他的石头。

他喘着气，慢慢平复着呼吸，一时间没能开口问我要东西，我就利用这段时间在心里琢磨了一下。

现在，如果要继续与谢濯硬碰硬要回盘古斧，那我就需要这块石头作为我的筹码。我如果要继续与谢濯配合毁姻缘，那此时，我就该直接将石头项链抛下这身旁的山崖深渊，让谢玄青对我彻底断却念想。

无论出于哪个目的，我都不该把石头项链还给谢玄青。

但我忽然想用这条项链，去和谢玄青交换一些别的东西，比如说——

更多关于他的秘密。

谢濯的身世，渚莲是谁，石头项链到底是什么……

我这一瞬间，想放弃回到五百年后的机会，而去选择更了解他一些。

我心知肚明，我们和离了，我不应该如此，但我忍不住。

我张了嘴，刚想借着项链套他一点话，没想到谢玄青稍微缓了缓后，头还没抬起来就开口问了我一句："他是谁？"

我愣了。

"啊？谁？"

"黑衣人，是谁？"

嗯？他看见谢濯掉下去了？他第一句话不问项链，问谢濯？

事情有点脱离我的预设，我脑中飞快寻找合适的狡辩言辞。

"那是……"我总不能实话实说地告诉他，那是我的前夫，也是五百年后的他自己吧？我结合我刚才的需求，立即开辟了一条新思路出来，"那人自称渚莲！"

谢玄青倏尔抬头看我，我努力让神色显得严肃，一本正经地回望他。

谢玄青目光中带着怔愣与错愕，片刻之后，显露了一丝杀气。

眼看着他眼中杀气渐重，一副想甩开我的手拖着自己这个身体去打架的模样，我立即把他拉住："我已经把他打走了。"

谢玄青回头打量我，从头到脚，仔仔细细。

我脖子上的红肿刚才已经被谢濯治好了，而虎口虽止住了血，却还是留了个小伤口在。

谢玄青看着我的手，我连忙解释："就一点小伤，是我握剑太用力了，那个妖邪弱得很，他斗不过我，已经不知被我打到哪里去了，刚才你应该看见的，我那一掌，定是震得他五脏六腑全都碎了。"

谢玄青听了我前面几句话，就慢慢放松了紧绷的身体，随着我后面的唠叨，他身体越来越放松，我话音一落，他仿佛卸了力一样，靠着石壁，缓缓坐了下去。

他手搭在膝盖上，指尖有些控制不住地微微发颤，他轻轻叹着气："没事……就好。"

他说着这几个字，倒好像他这一路追来，不是为了项链，而是为了我？

我看着谢玄青，又一次回忆起来，我当年为什么会那么稀里糊涂地就和他成了亲，连他的身份家世，一句都没问，因为这个妖怪的言行举止，都太迷惑人了。

"项链……"他终于提到了，"你不能拿。"

"为什么？"

按照我以往的作风，我首先不会平白无故拿人东西，其次就算应急拿了，人家问我要，那我就该赶紧还给人家，断没有这么理直气壮地问为什么的道理。

但今天，我就想跟谢玄青论个为什么。

谢玄青仰头看我："对你不好。"

"哪儿不好？"

我如此刨根问底，让谢玄青愣了愣。他抿唇，沉默了片刻。

回想这五百年里，很多时候，我和谢濯的对话都停在了这沉默的间隙里。

时间越长，我越看不懂他，越不相信他，而他也离我心里的距离越来越远。

我今天不知哪儿来的兴致与精力，明明被谢玄青关心了，我却反而变得有了攻击性，我追问他："一条项链怎么会对我不好？对我哪儿不好？你为什么这么在意这条项链？"

谢玄青张了张嘴巴，他平时话少，我知道他一时间答不了这么多问题，于是也耐心地等着。

他许是知道自己今天躲不过，开了口，但依旧不正面回答我的问题，而是反问了我一句："九夏，你在昆仑开心吗？"

我一愣，确实没想到他此时此刻会问这么一个无关紧要的问题。

"你问这个做什么？你回答我的问题就好了。"

他垂下眼眸："如果开心，就不要知道太多。"

谢玄青这话，听着耳熟。

我犹记得，我和谢濯刚成亲不久后，谢濯也曾对我说过这句话。

那时我不顾昆仑诸多仙人的反对，毅然决然和谢濯成了亲，婚宴上，除了蒙蒙和我的两三个好友来了，其他仙人都没有到场，还好西

和离

王母遣人送来了一件道贺的礼物，以示昆仑接受了谢濯的表意。

我那时本以为，谢濯一开始在昆仑受到了最不好的待遇，等日后在这里与大家慢慢熟悉起来后，就好了。

但没想到，生活总是能出其不意地发起进攻，我们成亲后不久，昆仑便频频发生离奇的仙人失踪事件。

我作为昆仑守备军的将领之一，还没来得及过上甜甜蜜蜜的婚后生活，便忙得不可开交。但无论我们怎么忙，怎么查，愣是查不到仙人们失踪的头绪。

随着时间的推移，事情变得越来越糟糕。

大家在昆仑的一些偏僻角落发现失踪仙人们残缺的躯体，他们都像是被什么可怕的东西吃掉了一样，有的在原地留下手，有的留下腿，有的只留下了头发。

最奇怪的是，除了留下的东西，现场一点挣扎的痕迹和血迹都没有。

我们查不到凶手，昆仑的小仙们每天都战战兢兢，有人说那被诸天神佛困在万里深海的邪神又出来为祸人间啦，又有人说昆仑一定是被什么妖邪入侵了，还有更多的人，把矛头指向了谢濯。

而谢濯从来没有一句辩解。

我当年那么喜欢谢濯，当然受不了别人对他的无端指责。为了帮谢濯洗清嫌疑，我每天都带着谢濯出门巡逻，当有人说谢濯的闲言碎语时，我就挡在谢濯的前面，帮他骂回去。

我那时对谢濯说："没事，你不喜欢说话，我帮你发声。你不喜欢辩解，我来帮你解释！"

谢濯那时如何看我，我无从得知，但他每天都听我的安排，跟着我一起出门，一起查案，一起巡逻。

可我没料到事情就是那么巧，在我开始带谢濯出门的时候，昆仑仙人失踪的情况就莫名其妙地没有了。

这一下大家对谢濯的怀疑更是难以控制。

有失去了自己仙侣的仙人甚至骂到了我仙府门口。其中有一个情绪过激，将我仙府的门都砸了，我去阻拦的时候，碎门的木块还砸到了我的脑袋。

那天谢濯很生气，我现在都还记得，他动手掐着脖子就把那仙人提了起来。

我那时还不知道谢濯的力量有那么强大，我劝了谢濯两句，让他把人放下来，然后我就见被放下来的仙人面色惨白地看着谢濯，再也不敢造次。

我以为他在跟我演戏，故意制造出谢濯很可怕的假象，我还将他数落了一通，告诉他我理解他的悲痛，但他有气也不能上我这里来撒啊！

那仙人灰溜溜地跑走了。

我又安慰了谢濯一通，我告诉他，无论别人怎么想怎么说，我都相信他。

谢濯那天难得主动开口问我："九夏，你在昆仑开心吗？"

我不明所以，挠头回答："虽然这段时间有点糟心，但一直都还挺开心的。玄青，没事，你放心，这些谣言，总有一天会平息的。"我笑着抱住他："等真相水落石出，我带你去昆仑吃很多好吃的。"

然而，我想得太简单了。

那个被谢濯打了的仙人，第二天失踪了，很快，他就被人发现死在了昆仑西边的黑水河边，他只剩下了下半截脑袋和半截脖子连在一起，那张大的嘴还在诉说他的惊恐，连着半截脑袋的脖子上，还有瘀青，那正是谢濯昨天掐的印迹。

事情更加说不清楚了。

我相信谢濯，但昆仑所有人几乎都不相信他了，连带着我都成了包庇凶手的罪恶上仙。

接连有人告请西王母，要西王母派人把我和谢濯抓起来，给我们处罚。

西王母一直将事情压着，但还是难平众怒，终于下了一道命令，将我和谢濯软禁在仙府内，直到真相水落石出。

我心中虽然愤愤不平，但还是听从了西王母的命令。

而谢濯……

我不知道他是什么时候走的，一日在我醒来的时候，谢濯就已经不在我身边了。我知道我仙府外都是看守的人，所以不敢声张。谢濯走了两天，当他回来的时候，正是昆仑一个难得的雷雨夜。

他浑身是血，脖子上的石头项链露了出来，那石头在夜里也泛着蓝光，好像是雷雨云层外的那道月光，寂静又苍凉。

他避过了所有人的耳目，悄无声息地回来，却没办法避过一直在等他的我。

我坐在我们屋子的门槛上，终于看到他回来的时候，我当然既欣喜又激动，我连忙扑上去问他："你去哪儿了？"看到他一身的血我又担忧："你怎么了？你没受伤吧？你让我看看……"

谢濯推开了我。

那还是我印象中的第一次。

我被推到屋檐外的暴雨里，他进了屋，将自己关了起来。

我站在屋外，不敢使劲敲门，只有一遍又一遍地问他："谢濯，你怎么了？你不要吓我？你去干什么了？"

我跟他说："发生什么事你和我说，我都愿意和你一起面对的。"

我还说："你让我进去吧，外面好冷啊。"

雨下了一整晚，谢濯都没有让我进去。我试过想要闯进去，却被他的结界弹了回来。

到第二天，门终于开了。

谢濯站在屋里，神色已经平静如常，我看着他，我有无数的话想问他，比如——你到底去哪儿了？做了什么？之前的案件与你真的没有关系吗？

或者问他——你为什么要这么对我？有什么话不能让我进去说？你在里面到底在做什么？

但临到嘴边了，我却只说出了一句话："你受伤了吗？"

一夜受寒，问到半宿，我嗓音已经嘶哑得只能发出气音。

谢濯听了，回答我说："没事了。"他抬手，试图放到我的脸颊边。

我侧头躲开了他的手。"就这样？"我抬眼看他，"别的，你没什么要说的？"

他沉默了很久。"我想让你开心。不知道，你才能开心。"

我望着他，没说话，我不知道我那时是什么样的表情与眼神，但我看到谢濯眨了两下眼睛。

仿佛他的眼睛，被我的目光刺痛了一样。

他再次抬手，放到我的脸颊上，触碰我的嘴角："九夏，笑一笑。"

我垂下眼眸，没有回应他。

那或许是我在和谢濯的婚姻里，第一次对他失望的瞬间——我想，他把我当成了一只无用的金丝雀。

再后来，过了几天，西王母发现闹出这一系列事件的是昆仑的一个上仙，他不知从哪儿得了这歪门邪道的法子，以吞食其他仙人，来吸取灵力，西王母发现他的时候，他已经有些神志不清，将近堕入妖邪之道，他被诛杀后，此事算是告了一个段落。

但当初误会谢濯的仙人们，却没有一个上门来给他道歉。

我与谢濯冷战了一段时间，见他并不在意这些事情，心里又开始为他感到不平，心疼起他来。

这件事虽然在我与他之间割开了一个小裂缝，但哪儿有完美无瑕的夫妻，我安慰自己，那时候的谢濯一定是有自己一定要隐藏的事，我们成亲了，但还是独立的个体，我不能强求他把所有事情都告诉我……

我原谅了他，继续和他做夫妻。

时隔几百年，再次听到这个论调，我真的是想抬手给谢玄青一个耳刮子。但我忍住了，因为我知道了他有多强，我现在打不过他，可能也打不疼他，不费这手了。

但我还是忍不下这口气，我几乎是下意识地目光一冷，嘴角一勾，抱起手来，抖了一下腿，直接就是一声冷笑。

什么叫老夫老妻，老夫老妻就是，在情绪起来的时候，很难在对方面前保持一个"人样"。

于是我开口就掸他了："什么叫'如果开心，就不要知道太多'，我需要你给我做决定吗？开不开心是我的事，你操哪门子的心？我觉得我知道得越多越开心，我的耳朵什么都想听，我的嘴巴听什么都能笑，像你这句话就能让我打心眼里觉得你很可笑。"

我一口气嘲讽完了，看见的是一个坐在地上，有点无措、有点意外、有点呆滞的谢玄青。

我沉默了一瞬。

然后我摆正了还在嘲讽冷笑的嘴，站直了身子。

我忘了，谢濯是见过我任何一面的丈夫，而面前这个谢玄青……他只见过"玄青，我来了""玄青，你看我给你买东西了"这样的我。

我轻咳一声："怎么样？想知道我刚才为什么变成那样吗？要不要拿你的秘密来跟我交换？"我给自己想了一个完美圆场的办法："你回答我一个问题，我回答你一个问题，来玩吗？"

谢玄青愣愣地看了我半晌，然后低下头："不……不玩了。"

我有些不满："那项链我不给你了。"

谢玄青被迫抬头看着我，有些无奈："九夏，这个不能开玩笑。"

我实在忍不住了，从袖中拿出项链放在谢玄青面前。"为什么？"我直言，"因为它与你雪狼妖族的身份相关吗？"

此言一出，本要握住项链的谢玄青猛地抬头看向我。

他眼中写满了震惊与错愕，甚至像是错觉一样，我隐约察觉到了他的一点害怕。

"谢玄青。"我按捺不住心中的情绪，"你瞒住我所有的事，到底是在怕什么？"

昆仑的高山外，夕阳渐沉，余晖拉扯着我和谢玄青的影子，重叠在了一起。

我握着谢玄青的项链，放在他面前，等着他拿，也等着他回答我的问题。

但他沉默了半晌，眼中初始的震惊慢慢隐了下去，阴郁却开始堆积。那过长的睫毛在夕阳余晖下的阴影几乎挡住了他的眼眸。

然后，我又在谢玄青身上感受到了那骇人的杀气。

他一言不发地撑着身体站了起来。

他这反应又跟我想的有点不一样了，通常情况下，按照昆仑集市里卖的那些话本里的描写，此时此刻，不应该是他剖析内心，诉说曾经苦难的大好时刻吗？他怎么……怎么还整出点杀气了?!

我不由得后退一步："你做什么？"

他微微吸了一口气，想来是在调理身体的气息。他压低嗓音，形容沉郁地开了口："这是……渚莲告诉你的？"

他一身气息太骇人，我反应了一会儿才想起来，他问的是雪狼妖族的这个身份，是不是渚莲告诉我的。

我点了头，中间隐藏了点波折……虽然这是渚莲告诉我的，但我相信这个事，是在谢濯跟我确认完毕之后。

谢玄青抬眼看我，说："他还说了什么？"

"他还没来得及……"

谢玄青站直了身体，他拿走了我手里的项链，我等他将项链握在手中时才反应过来："你还没……"

我话没说完，谢玄青却夺走了话题的主动权："回雪竹林等我。"他说着，握紧手里的项链，项链发出月光一般美妙的蓝光，他的脚下倏尔起了一个法阵，然后眨眼间人影就消失了。

我眨巴着眼，看着空荡荡的山路，什么情况？这就找人去了？

他这刚能走，拖着一个残破的身躯追了我大半天后，又一副赶着去打架的模样，不嫌累吗？

那个渚莲就给我透了句他的原形，瞧给他整出了多大气性……

不过我顺着他的态度，也忍不住开始琢磨，看来这个雪狼妖族的身份，不到万不得已，他是真的不想告诉我。

我这五百年宛如结了个假婚，一方面是我自己没太研究，另一方面是谢濯实在藏得紧实。

他与我"打架"的时候只守不攻，全然不露功法修为，生活上，他本就话少，偶尔说一句也是在告诫我这不行那不行，与我聊天的次数那更是少之又少，更别谈与我闲聊他的过去了。

要论交流，还真是我与他初遇时与和离后的现在，算是说了最多的话。

他在与我成亲的日子里，似乎想将自己与过去彻底割裂，也很细心地没有让我知道任何信息，或者可以说……

如果我知道了一点，搞不好就可以顺藤摸瓜发现一连串的我前夫的秘密……

这个想法一冒头，我立即拍了拍自己的脑袋。

我在想什么，我膨胀了，都和离了，我还想着去了解他做什么……

五百年了！

还学不乖吗？

我原地反思了一下自己今天的行为，我不是该为了回到五百年后而行动吗？抢项链也好，拿项链威胁谢濯也好，都是以回去为目的，但怎么走到半道偏了呢？这还想着拿筹码去换谢玄青的秘密了？

不应该。

是我太飘了，还是谢玄青操作太"骚"了？我竟然开始找回"曾经的感觉"了。

这很不妙啊！

我好不容易才下定决心从婚姻这个泥潭当中挣脱出来，我不能因为时空偏差了一下，就动摇了。

回去还是得回去，谢濯不管瞒了什么，那都是他的事了，我和他已经结束，不该再去探究。

我定住心神，捋清自己的终极目的，想了下现在的情况，然后敲了敲自己的耳朵，我问阴阳鱼那边的谢濯："在哪儿？有事聊。"

那边没有回应，过了一会儿，那边传来了谢濯的声音，但却像是隔得很远似的，带着沙哑与隐忍。

"渚莲，没有下次。"

过了一会儿，我才终于反应过来，这并不是谢濯的声音，而是刚刚离开我这边的谢玄青的声音！

"什么情况？"我震惊，连忙问那边的谢濯，"你和谢玄青在同一个地方吗？你们没有撞见吧？你们都没事吧？"我心急："你快打开画面让我看看！"

那边沉默着。

我以为谢濯又要瞒我，不打算给我看，正要再唠叨两句的时候，我脑海中的画面出现了。

我看见了谢濯眼睛看着的画面，那是一片熔岩地狱般的地方，四周皆是炽热的红色，脚底宛如有岩浆在冒泡，谢濯看着前方的石壁，石壁上流淌着鲜红的熔岩，仿佛大地的血液被挤压了出来。

但谢濯的视线里面没有谢玄青，想来他是找了个角落躲避起来。

果然，我听到了渚莲的声音从另一边传来。

"很紧张？"渚莲在笑，"我被你封印在这个鬼地方，我能对她做什么？"

谢玄青没有说话，我听到了渚莲压抑着痛苦的几声闷哼，但很快他又笑了起来，只是声音比刚才更虚弱了一些："你加强封印，身体也吃不消吧？不如一劳永逸，杀了我，更痛快。"

"我不会杀你。"

"好啊，那你可就得小心了，谢濯，你记住……"渚莲的声音宛如一条蛇，只是通过阴阳鱼传到我脑海里，就已经让我浑身战栗，他像说一句诅咒一样说着，"只要有机会，我一定会用最残忍的手法，把这个昆仑的小仙子，撕碎给你看……"

我打了个寒战。

我怎么了？我做错了什么？为什么要这么对我?!我一脸蒙。

谢濯这不动手杀了渚莲？要不要我帮他？

我忽然受到生命威胁，一时有点慌张，但想到我这不是安安稳稳活了五百年吗？想来这个渚莲也没掀起什么大风浪。

我稳住心态，继续专心听他们那边的声音。

但我却没有听到渚莲再多说一个字了，他的声音在一阵咳嗽中渐渐消失，他仿佛陷入了沉睡。

在安静的空间里，我又听到了谢玄青咳嗽的声音。

与渚莲不一样，他连咳嗽都在隐忍，只咳嗽一声，他就忍住了。

谢玄青话少，但在这时，他却说："你得逞不了。"

我心口一动，听他说："我会护住她。"

心口位置莫名一暖，宛如被什么东西烫了一下，暖暖的，麻麻的，一股形容不上来的感受。是我多年未曾体会到的一种情绪。

原来，在我不知道的时候，谢濯是这么说话的。

但这个谢濯，几乎不这样对我说。

接下来，那边安静了很久。久到我以为谢濯已经切断了与我的联系，他忽然开口，吓了我一跳："他回去了。有话快说。"

"哦……"我还沉浸在刚才的情绪中，有点蒙，一开口，一串问题就出去了。

"你怎么也在那儿？那是封印渚莲的地方？你脖子上的项链原来是通向封印的钥匙啊，你是什么时候去的？刚才我推你下山后你就去那儿了？你去做什么？谢玄青又去做什么？加固封印？哦，对了，这个渚莲是什么人啊？邪门得很，他怎么还要杀我了？你为什么又不杀他？……"

我没问完，谢濯说了三个字：

"你有事？"

他一个问题都没回答，但这冰冷的三个字却点醒了我。

我怎么又犯毛病了，我好奇他的事情做什么，这都是过去式了，谢玄青再好也只是好在五百年前。

当年的谢玄青，经过五百年的时光，最终也会变成谢濯。

从白月光变成饭粒子，从红玫瑰变成蚊子血。

我想，我在他眼中也该当如此。

我清了清嗓子："我是想说，项链还回去了。"

"我知道了。"

"你应该庆幸，我也威胁不了你了，咱们继续咱们的任务吧。"我看着远方沉下去的夕阳说着，"谢玄青这次没生气，项链下次估计也没那么好拿了，他现在可以走动了，我们不能再用之前的方法，这么简单地去刺激他。"

"嗯。"

"我叫你本来是想找你商量一下的，但我刚才有了一个新思路，我明天自己去实践。你今天彻底把夏夏得罪了，做得很好。但明天我要带着谢玄青去昆仑集市，你去仙府，把夏夏盯住了，可千万别让她出门。"

谢濯沉默许久，半天憋出了一句话："你想做什么？"

"你做好你的事，我会做好我的事。"

结束了与谢濯的通信，太阳已经彻底沉下，夜幕降临，我披着星辰与月色回到雪竹林的山洞里。

谢玄青已经在山洞里等我了。

我路上随手扯了几根雪竹笋来打掩护："我刚去拔了些笋，玄青你今晚将着吃点，明天我带你去昆仑集市玩，你现在能走动了，我带你去逛八条街！你要是走不动，我给你买个椅子，推你。"

我故作轻松，但谢玄青看着我却一直没说话。

"嗯？"我看着谢玄青，"你一直看着我做什么？"

他挪开了目光。

"我以为你不回来了。"

我一愣，山洞中升起的篝火跳跃着映在他脸上，将他脸上的阴影不停拉扯。

他黄昏的时候跟我说让我在山洞里等他，但我却比他晚来，所以在这段时间里……

他以为，我走了。

他拖着这残破的身子去找了渚莲，去加固封印，去警告坏人，说坏人的阴谋不会得逞，因为他会保护我。但当他回来的时候，我却不在，他以为我走了，他刚才肯定很难过。

我看他垂着眼眸，心口的那种感觉便又起来了。

和那时听到他会护住我的暖暖的感受不一样，这一次是带着点咸咸的味道，就像是割破皮的伤口上，被人撒上了盐。

我知道，这个感受叫心疼。

这是我当年最常对谢濯产生的感觉。

我心疼他的隐忍与孤独。

"我没有的。"我撒谎骗他，"我去寻笋了。我没有要走……"

说完这话，我有些愧疚，因为我就是为了"走"现在才会在这里骗他。

他和渚莲说他会护住我，但他可能没想到，我现在并不需要他护，我反而是来毁掉这段姻缘的……

我之前一直认为谢玄青就是谢濯，我骗起他来毫无负担，但今天我的良心有点痛了。

我说话时的心虚或许被谢玄青感受到了，他沉默地盯着我："我不会伤害你。"

他以为我是害怕他雪狼妖族的身份。

"我瞒着你，是因为我不想你……害怕我。"

完了。

我更心疼了。

"我不怕你，真的！"为了展现我的真诚，我握住他的手，"关于雪狼妖族的传说我听过，无非是最后一个雪狼妖吞噬了全族的魂力这样的浑话，你不是那么嗜血残暴的妖邪，我相信你。"

谢玄青看着我，他眸光沉静，唇角微抿。

在这慢慢变得诡异的沉默中，我心里咯噔了一下。

"如果……"他问我，"传闻都是真的呢？"

我傻了。

当场傻掉。

谢玄青这话我没法接，我下巴都被吓得一时没有力气合上。

"你……为什么？"我问出了个是人都会问的问题，但当我看见谢玄青垂下的眼眸，以及眸中忽然黯淡的颜色时，我忽然又觉得，我问了一个不值一提的问题。

并不是轻贱那些逝去的生命，也不是觉得谢玄青可怜了，杀人这事就变得无所谓，而是因为如果当年的谢濯会那样做，那肯定就有非那么做不可的理由。

我和他生活了五百年，我不了解他的全部，但我相信他，真的相信他。我知道，他并不是一个嗜血残忍的妖怪。此时此刻，我也知道，除了雪狼妖这个身份，谢濯一定还有更多匪夷所思的事情，都在瞒着我。

想到此处，我有些难受。

"你等等。"我松开了拽着他手腕的手，先捂住脸稳了稳情绪，"你先当我没问。"

我在反思我自己。

为什么？为什么！整整五百年！我竟然对谢濯一无所知到这种地步！

难道我是个傻的吗?!

自打和离后，来到这边，我一直在思考这件事，我首先不知道他力量这么强大，其次不知道他是个什么妖怪，现在我发现，我还不知道他身上背负着这么厚重的血腥过往。

我知道什么？

我就知道他的名字、长相和性格?!

我……我到底是凭什么活着？人家成亲过日子，而我成亲过了个家家……

我捂着脸，忍不住长长叹息。

谢玄青本来就安静，现在更是安静得仿佛不存在。

我终于定下心神，再次抬头看他，打算跟他谈谈心，但没想到谢玄青现在正一只手扶着墙，另一只手撑着腿，一副要站起来的模样。

我愣住。"你做什么？"我问他。

谢玄青转头看我，而此时，在他眼中，是一片冰封般的沉寂。

他没有透露丝毫情绪，只一如往常地冷着嗓音对我说："昆仑很好，这些天，多谢你……"

"等等。"我下意识地抬手拉住了他，"我没有要赶你走的意思。你先坐……"

谢玄青愣住，然后顺着我手上的力道坐了下来。

我看着他坐下，又反应过来……

我的目的不就是让他走吗？我拉他坐下干什么？我就该表现出恐惧害怕的模样，然后让他离开昆仑啊！这不是顺势而为的事情吗？

我在干什么?!

我呆呆地看着同样呆滞的谢玄青。

然而，在对视当中，谢玄青的神情慢慢有了些变化，我看见他冰封的眼瞳里，渐渐流露出了不解与不安。"我会安静地离开。"他说，"不会有人知道我来过昆仑。"

我完了。

我又动了恻隐之心了。

"我……"我不知道说什么，憋了半天，短短地叹了一口气，有些无奈地看向他，"谢玄青，你都经历过什么啊？"

他愣愣地看着我，有点迷茫与忐忑，像个无措的孩子，等着我给他宣判。

我不忍看他眼中神色，于是垂头，瞧着他那双修长却过分苍白的手，我忍不住轻轻抚摸了两下，他的手背凉凉的，我停下手焐住他的手背，希望能让他温暖一点，我情不自禁地开口："谢玄青，你过去一定很难熬吧。"

谢玄青的手微微颤抖了一下。

"真希望以后……"说了这几个字，我就顿住，然后清醒过来。

谢玄青的以后就是谢濯。

想到这里，我心绪一时间极度复杂。因为我还回忆起来，在我久远到模糊的记忆里，这句话我也曾对谢濯说过，或者说，就是现在这个谢玄青，曾在我们成亲的那一天听夏夏亲口说过："谢玄青，希望以后你不要那么孤独了！"

我还说过："咱们以后一直在一起。我陪你说话，逗你笑，我会一直、一直、一直都像现在一样喜欢你。"

那时候的谢濯，眼中仿佛被点了根蜡烛，慢慢亮了起来。

谢濯很少笑，但那天我看见他笑了，微微勾动了唇角，温柔了目光，他回应我说："好。"

言犹在耳，五百年的时光如白驹过隙，转眼即逝，不知为何，我猛地回忆起了我们和离当天，我剪断红线的那一瞬，谢濯略显苍白的脸与那一刹空洞的目光……

那根在他眼中燃烧的蜡烛，仿佛在那瞬间，灭掉了。

我忽然回味过来，原来那是一个那么令人难受的时刻。

那是许许多多誓言的破碎，也是对过往美好的全盘否认。

谢濯他，当时就感受到了难过吗……

手被人一捏。

这力道让我回过神，我有些愣怔地抬头，望向面前的谢玄青。

他回握住我的手。"我……是雪狼妖族，我也如传闻所说，灭全族，杀至亲……"他微微抿了一下唇，说这些话，让他煎熬又挣扎，"我的过去有许多不堪。但……如果你想知道，我就告诉你。"

他如此说，而我此时此刻却一个问题都问不出来。

我认为我不应该从谢玄青这里知道这些事，我应该从谢濯那里知道。

从那个与我成了五百年的亲，产生了故事与误会，最后又和离了的人口中知道。

因为现在的谢玄青告诉我的，只是他的过去，而只有谢濯才能告诉我，在我们的过去里，他瞒了我什么，藏了我什么，我们又是为什么一步一步走到现在的。

我或许不应该被谢濯带着节奏，一直按照他想要的结果走下去，我应该自己去发现我们之间的问题，然后找到解决问题的根源——谢濯为什么一定要毁掉我们的姻缘？

我应该搞清楚这件事后，再来考虑要不要帮他，怎么帮他。

我一开始就把事情搞偏了！

把路走窄了呀！

我猛地站起了身。

谢玄青愣愣地看着我。

我道："我忽然有点急事要离开一下。"

"嗯？"

"我不是为了躲你，呃，我……我今天出门的时候好像还炼了丹，我现在忽然想起来了，我怕炉子炸了，得赶紧回去看看，明天我再来找你！"我转身就跑，因为害怕他起身追来，我又转头嘱咐了一句，"你好好休息啊！别送了！早点睡！"

我疾步跑了出去，一出山洞，我就直接御风而起，在雪竹林间飞过，我敲了一下耳朵。"谢濯！"我喘着气喊他，"你在哪儿?！"

我话音刚落，就看见前面的雪竹林间站着一个黑衣黑袍的人影，不是谢濯又是谁？

我连忙落了地，两三步迈到他面前。

谢濯看了我一眼，又扫了眼我身后："有人追你？"

"没有。"

"急什么？"

"我想见你！"

谢濯一愣。

我平复了一下呼吸，抬头看他："刚才谢玄青和我承认了，他是雪狼妖族，也承认了传说中的那些灭全族，杀至亲的事情……"

谢濯瞳孔微微一缩，周围雪竹林的竹叶被昆仑山间的凉风吹得簌簌作响。

"我要说的重点不是这个，我想说的是，他还告诉我，如果我想知道他过去的事情，他都可以告诉我。说实话，我觉得我们的婚姻出问题，一大半都出在你什么都不告诉我这件事情上。我认为，我们之间，一直都没有做到坦诚相待。"

谢濯眉梢微微一挑："所以？"

"所以，你愿意把过去的事情都摆出来，讲明白，和我聊聊清楚吗？"

谢濯听到我的话，是熟悉的沉默。

我没有放弃，继续道："我其实可以从谢玄青的口中问到一些我想知道的事情，但我觉得，你过去的事情，不应该由过去的你来告诉我，而应该由现在的你来说。因为，曾与我成亲的人……"

"呵呵……"

一声冷笑，将我口中还没说完的"是你"二字堵了回去。

我从山洞里出来后的一腔激情被当头浇了盆冷水，灭了三分。

我仰头看谢濯。

今夜月色被黑云掩盖，所以他一双眼瞳中没有透露出丝毫光彩，晦暗犹如深渊。"伏九夏。"他声音冷冷的，"晚了。"

他这个反应，也不是很出乎我的意料。

毕竟当年我们成亲的事是我提的，和离的事也是我提的，是我先说的喜欢他，又是我先说的不喜欢他，所以在感情的事情上，不管怎么说，我对他或多或少都有些心存亏欠。

对和离这件事，谢濯的怨气一直比我大，我也是理解的。

我按捺住情绪，想想我对当年的他的感情，心平气和地再次开口："我知道，我们和离了，红线也剪了，但我们为什么在这儿？我们为什么要回到五百年前搞出这么一摊子麻烦事？"

"因为做错了事，就要改。"谢濯难得积极地回答我的问题。

但他的回答和我想要的回答简直南辕北辙。

于是我否定了他的回答："不！不是的！是因为我们还心不甘气不平！"

谢濯又冷笑了。

我没理他，继续说："改变过去不是解决这些情绪的唯一办法！谢濯，我们根本不需要回到五百年前，我们不需要斩断过去的姻缘，我们要做的是和彼此还有内心的自己和解！"我真诚地看着他："谢濯，我们开诚布公地聊一次，聊清楚，让我们更明白彼此到底在想什么，让我们少一些……"

"怨怼"这两个字我还没来得及说出口。谢濯再次打断我："伏九夏，剪了红线的你，有什么资格说这些话？"

我愣住了，愣了很久，道："红线是我剪的，但我们的姻缘无法延续，本质是我们两个人的问题……"

"本质是你剪了红线。"

我一咬牙，嘴一抽，闭着眼，忍住情绪："剪红线只是个动作。本质是我们过不下去了。"

"是你过不下去了。"

"我是过不下去了！"我心态有点崩了，"这日子你过得下去吗？"

"过得下去。"

"你今天非得跟我抬杠是吧！"

"我没有抬杠，伏九夏。"他盯着我，与我较真地强调，"是你做错事了。"

你妈的……

"你这是怪我喽？全都怪我喽？"

谢濯在挑动我情绪这项技能上，真的是满分！

我全然没了在山洞里与谢玄青相处时的那种平静、心疼、怜惜的感觉，我整个情绪直接炸掉了。

"我做错什么了？我当年喜欢你是错吗？和你成亲是错吗？这是情不自禁，是自然而然，这算什么错！如果这美好不算错，那美好的破碎又算什么错?！"

谢濯抿着唇，绷着情绪，他和我一样都在生气，但他和我不一样，他向来话少，在这个时候，也少。

我继续骂他："好，我退一百步，就算我错，那你就没错？这些年你但凡信任我一点，话多说一点，不要那么闷，我们也不至于变成现在这样！"

谢濯气得转身就走。

我冲上前拦住他："你又来！你每次都这样！什么都不说！这五百年从头到尾你瞒了我多少事？正常人谁受得了！你说话会疼是吗?！"

"是！"

谢濯终于大声地说出了这个字。

这次，在雪竹林的凉风里，是我沉默了。

我看着谢濯，像在看一个傻子。

"你知道你在说什么吗？"

他盯着我的眼睛，说得很认真："我说话，会疼。"

我气得拳头都捏起来了："你……你很好，为了逃避，你都会说这种话了。"我点头："行，可以，不聊了，就这样。明天该干啥干啥。"

我看了谢濯一眼，扭头离开，心想，我爱的，可能始终是当年的那个少年，不是现在这个相看两相怨的谢濯。

他说我和离是错，剪红线是错，但吵完这一架后，我打从心眼里觉得这婚就该离！

老子没错！

第五章

试真心

我对谢玄青的恻隐之心彻底被谢濯毁掉了。

一想到有朝一日那个少年会变成与我吵架的这个眼前人，我就恨不得以石灰水洗眼三百遍，干脆弄瞎我这双眼了事。

晚上我怀着愤恨将明天要干的事琢磨了一遍，然后第二天就起了个大早。

我没有跟谢濯打招呼直接出了门。我也没有去找谢玄青，而是回了这五百年前的，我自己的仙府。

现在夏夏被谢濯伤透了心，正是伤心得闭门不出的时候，我冒大风险来这儿，只因为我今天要对谢玄青做的事情，别的不需要，但灵石可是要花不少的。

本着偷自己不算偷的理念，我熟门熟路地摸到自己仙府里藏钱的地方。

西王母在昆仑一直倡导自然节俭的修行之道，不管是小仙还是大仙，贫穷还是富有，大家仙府里都极力精简侍从人员，像蒙蒙府里就一个仙侍也没有。而我当年贪嘴，仙府中就养了一个做厨子的小猪妖，除此之外再无他人。后来谢濯进府，不喜外人，便将小猪妖也遣散了。

我一路摸进来，顺利得不寻常，甚至连靠近夏夏后，那身体的疼痛也没出现。

我没琢磨太多，在自己的小金库里将灵石全拿走了。

不是我对自己狠，而是我知道我很快就要飞升上仙了。等晋升了仙位，昆仑可有一堆人要给我送礼物呢。

穷个三五天的也死不了人。

揣着一兜的灵石，我也没急着去找谢玄青，而是直奔昆仑东市，找到了一个不正经的营业地点——翠湖台。

我很熟悉的一个地方。

昆仑是仙家之地，主神西王母，下分二十四上仙之位，到如今，昆仑立山八千年，算上我，二十四上仙共有十九位，还有五席空缺，二十四上仙分管昆仑不同职务，尚空缺的席位交由其他上仙轮流管辖。

我在飞升前，是昆仑守备军的将领之一，飞升后，昆仑守备工作便从由各上仙轮值，变成了由我统一管理。

看似是个要职，其实却是个闲差。

毕竟……

都是修了仙的人，除了我和谢濯这样的另类，一般情况下，大多数仙人是非常心平气和的。偷抢盗窃是几乎没有的，打架斗殴偶尔有几起，但人家也能点到为止，不至于闹出人命。

防御外界的妖邪入侵有盘古斧的结界，我们只需要每日巡逻守卫好结界就可以了，而这个工作，昆仑的守备军已经干了几千年，早就有了自己成熟的运转体系，轮不到我来改变和提意见。

所以，上任之后，我来得最多的，就是昆仑内部的这个东市。

昆仑东市是整个昆仑里最鱼龙混杂的地方。

相比于都是常驻在昆仑内的人开的西市，东市里不仅有外面来的仙人，还有外面来的妖怪与各种奇人异士。

昆仑从来不禁止外面的仙妖人怪进入交易，但为免妖邪伥鬼等身带邪气者混入，每个月守备军都会着人来东市例行检查。

我还没飞升的时候是要亲自巡查的，而在我当了守备军主将之后，这些事自然就交给了下层的将领们。

当年，我们来这里查得最严的一个地方，就是翠湖台，因为这里是一个美其名曰客栈的地方。

里面全是貌美的狐妖在营业，男的女的不男不女的全部都有，他们的口号是包君满意。因为里面的营业者太过敬业，他们的名声都传到昆仑外面去了，不少外面的仙妖精怪奇人异士慕名而来。

但也正因为是这样的地方，人们的杂念丛生，最易让妖邪伥鬼藏匿其中。所以我们守备军每次来查，都要让他们歇业一整天，探个彻底，这一来二去，倒是还与里面管事的掌柜熟悉了起来。

我一走到门口，便有迎宾的男狐妖看见了我，他打扮风流，胸膛半敞，一声"仙长"还没喊出口，看见我的脸，他愣了愣，不自觉地站直了歪靠在栏杆上的身体，将自己的衣服整了整。

"伏将军。"他笑得有点僵硬，"今天是来检查吗？"

是的，我之前来这儿从来都是做检查的，但今天……

我绷着脸，撑住场子，拍了拍腰间鼓鼓的灵石。

男狐妖又愣了愣，然后面露难色，想来是害怕来伺候我。

我也不为难他，开口问："老秦呢？"

老秦是他们的大管家，管钱也管人，每次来检查，都是老秦陪着我们。

男狐妖弱弱应了声："秦管家也在接客呢。"

瞧瞧，多敬业。管事的还亲自上呢！难怪名扬天下。

"让他来见我。"

我为了检查实在来过太多次，以至于回到这五百年前，之前的路都还记得清楚，我轻车熟路地找到老秦的房间，自己坐下来倒了杯茶，等他来。

在喝茶的片刻时间里，我忽然觉得这感觉陌生又熟悉。

五百年前，我常常与军士们饮酒切磋，偶尔相约友人去昆仑高山上赏雪煮茶，在例行公事检查完了之后也会与这些老板伙计闲聊八卦……

在和谢濯成亲……或者说不是成亲，而是在认识之后，我这样独来独往的时间一下就少了很多。

一开始遇见谢濯后，是我爱缠着他，没时间搭理其他人，后来成亲了，变成他爱跟着我。

在别人眼里，我们出双入对，如胶似漆，但我却失去了很多独处的时间。

这也本是成亲前该做好的心理准备，成亲后哪儿还能跟自己一个人时那样。我拿出了我的时间，谢濯也拿出了他的时间，我们成亲了，过得就不再是一个人的生活，而是两个人的日子。

我虽然与谢濯成亲成得突然，但我心里却想得很清楚，所以在婚后我并没有什么落差，很快就适应了两个人在一起的感觉。

谢濯在我们的婚姻当中是一个没有过去的人，所以我想尽可能地让他融入我的生活。

我也曾带着他与朋友们一起玩。

但他总是冷着脸，不喜欢说话，每次出去，朋友们总觉得看着他就感到莫名的压力，唯独迟钝的蒙蒙还顶得住，其他友人却渐渐与我疏远了。

随着时间推移，慢慢地，我就成了一个成了亲的昆仑上仙，守备军的主将，离这些烦琐又真实的生活也越来越远……

"当当"两声，一根白皙得有些离谱的修长手指在我面前的桌上敲了敲。

我抬眼，看见了面容过于姣好的狐妖老秦。

他披着头发，一双妩媚的眼睛似笑非笑，像含着春水一样，笑着问我："九夏将军，今日单枪匹马赴我翠湖台，是打算怎么个检查法啊？"

这个狐妖，媚得有些过分了，哪怕他是个男的。

除了与军营将领切磋之外，我已经太久没有离谢濯以外的男子如此近了。

我眨巴着眼看了看他半敞的胸膛，那形状近乎完美的锁骨上，垂着几缕头发，飘飘摇摇的，让人想帮他撩一撩。

我轻咳一声，找回理智，喝了口茶，压了压惊，然后后退了一点，做了一番心理准备，才抬眼看他。

"今日，我是客。"

老秦挑眉，随后在我旁边缓缓坐下，用手撑着下巴，凑近我的脸打量我。

我忍不住又后退了一点。

老秦笑我："九夏仙长，你这般生涩害羞，哪里像是来做客的？"

我定了定神，心里想着，这是一只比我还要老八百岁的狐狸，不能被他的美色乱了心。

"我确实不是你要招待的客。"我掏出身上的袋子，从里面拿了七块上好的灵石出来。

老秦又挑了挑眉毛，他是只爱财的老狐狸，此时看着我，他脸上的笑更真诚妩媚了："这灵石好啊，九夏仙长要我帮忙招待什么贵客。"

"一个不爱说话的妖怪。"我将灵石一块一块推到他面前，"把你们这儿最漂亮的七个狐女都找来。"

老秦漂亮的手指便一块一块地从桌上拉过这些灵石："是什么妖怪，值得九夏仙长如此大费周章地招待，真让小妖我有些羡慕了。"

"一个我喜欢的妖怪。"我说着。

老秦手一顿，抬眼看我。

我摆出严肃的表情，希望老秦重视我的诉求："我今天要把他从我身边逼走。"

我心想，我现在贸然地跟谢玄青说我不喜欢他，让他离我远点，他肯定不相信，说不定还以为我有什么难言之隐，既然如此，我干脆将我对他的感情，误导为兄弟情，我带着我兄弟逛窑子，给他点漂亮的姑娘，这还不能说明我不喜欢他？

谢玄青领悟到了这层意思，之后也定不会想与我成亲了。

但情场老手老秦看了我一会儿，却捂着嘴笑了："九夏，你要逼走一个人，这钱可花反了呀。"

我一愣，听他指点我："你不如给自己找几个人来玩玩，让他误以为你风流轻薄，这才能将人逼走不是？"

我琢磨了一会儿，深觉有理啊！

于是我将那七块灵石从中拨了三块出去，指着左边的四块说：

和
离

"给他找四个。"然后我又指着右边的三块说："给我来三个。"

老秦一把就将右边的三块灵石握在手里。"巧了。"他说，"我正巧值三块。"

我觉得老秦毛遂自荐得很有意思，于是用三块灵石预订了他两个时辰的时间。

但当我要离开的时候老秦才告诉我："你要走呀，时间已经开始计算了哟。你得抓紧时间回来哟。"

"你这还要计时？"

"我们是付费服务，你付费了，服务自然就开始了。"

"那你把钱先退我，待会儿我来了再付费。"

"我们是特殊服务，概不退款哟。"

我指着老秦："你是个奸商吧？"

老秦一甩手里的折扇，挡住半张脸，只有那狐媚眼睛笑眯眯地看着我："明码标价，童叟无欺。"

妈的……

我骂骂咧咧地从翠湖台出来，但还是不忘对老秦叮嘱，让他务必给我准备好四个绝色狐女。

我心想，她们最好是能一举迷倒谢玄青，实在迷不倒了，再让她们带着谢玄青来看看我"放浪形骸"的模样。

左右我还是个守备军的将领，我还是想要脸的，不到万不得已，不能出绝招。

安排好了这些事，我终于来到了雪竹林的山洞前。

在走进去之前，我把谢濯讨人厌的嘴脸在我脑海里翻滚了一百遍，直到确定，我已经对这张脸感到极度厌烦的时候，迈步踏入了山洞之中。

哪怕是白天山洞里也是有点阴暗的，带着抹不去的潮气，山洞里隐隐传来了一些奇怪的声音，"嘎吱嘎吱"的，令人耳朵有些难受。

"谢玄青？"我唤他的名字，终于走到了他身前。

光影昏暗，谢玄青靠着石壁坐着，他正放在怀里的，是一根做了一大半的雪竹笛子，他还在给笛子打孔……

我都完全忘了这茬了，他怎么还……

"九夏，你先等等，马上就做好了。"

我看着他认真的模样，心头刚要软，另一个名为理智的东西便狠狠揪住我的心尖。

不！硬起来！你不想软！

钱都花了！算着时间呢！赶紧带他去！

我一抿唇，从他手里夺过雪竹笛子，将它放到他身侧的地上，在谢玄青略带错愕的神情中，我一把拉住他的手，将他拽起来。

"等不及了，我带你去玩好玩的！"

我不由分说地将他从阴暗的山洞里面拖了出来。

谢玄青倒是没有反抗，一路蒙地被我拉到了东市。

然而到了人员混杂的东市，谢玄青的状态显然一变，他不再任由我拉着他瞎走，而是站到了我身边，亦步亦趋地跟着，神色间带着戒备与冷漠，不停地打量与我们擦肩而过的仙妖们。

他这个状态……

忽然有点谢濯化了。

我不明所以，但迫于时间压力，我也没有多问他，直接将他带到了翠湖台大门前的廊桥处。

廊桥上已经三三两两地斜倚着一些狐妖了，有男有女，每个狐妖都衣衫半褪，香肩外露，头发松散地扎着，让这光天化日显得有些旖旎暧昧。

我和谢玄青站在廊桥前，我打量了一眼谢玄青的脸。

他脸色宛如他的名字，黑成一片。

我没有解释，迈步往里走，谢玄青终于拉住了我，手指捏住我的手腕，我都感受到了胀痛的压力。

"你来这里做什么？"

"带你玩"这三个字在嘴边一转，我又吞了下去。我保证，我要是现在敢说出这几个字，七块灵石一定打水漂！没得商量的那种。

我心下一转："来办事啊。"

谢玄青皱眉，转头看我。

我张口就来："我不是昆仑守备军的将领嘛，我们日常要到这里来巡查的，今天我是微服私访，假装玩乐，打入内部，看看里面有没有乱七八糟的仙妖精怪在做乱七八糟的生意。"

谢玄青眼睛都没转一下。"站在外面就能看。"他冷漠地说着，"他们一定有。"

这时候他身上那股谢濯的味道又出来了。

我轻咳一声，继续瞎编："乱七八糟的生意肯定是有的，昆仑理论上也是特许狐妖做这门生意的，但我今天主要是来看看他们里面有没有藏匿妖邪伥鬼。"我不打算给他继续思考的时间，反向拉了他的手就往里面拖。"走吧走吧，你陪我看看。"

谢玄青皱着眉，冷着脸被我拖上了廊桥。

许是他这身气势太过吓人，那些站在廊桥上唠嗑的狐妖见他和我来了，都不由自主地拉了拉衣裳，摆出了正襟危坐的姿态。

直到老秦出来相迎，千年的狐狸，丝毫不惧谢玄青的冷脸。他笑着迎上来："来啦？"老秦手里拿着把折扇，微微摇着，吹着他披散的发丝，更显那一张脸妩媚至极。"九夏，这就是你的贵客？"

我转头看谢濯，和老秦的如沐春风相比，他简直是昆仑的巍巍雪山，一张脸又沉又冷，压得人喘不过气。

我打定主意视若无睹。

"是。"我点头，"去里面吧。"

老秦笑眯眯地在前面引路，我和谢玄青跟在他身后。

我现在是不敢碰谢玄青了，怕他冷得扎手。

好在谢玄青没有扭头离开，他沉默地跟在我身后，转角时，我还能看见他往远处看，不知他在戒备些什么……就像很多时候的谢濯一样。

老秦将我们带入一个房间，一拉开木制的滑门，说实话我是愣住了的。

四个绝色狐女已经美美地待在屋内，美不足以让人惊艳，但美得各有特色却让人很是惊艳！

我们一进去，她们就都带着暖暖的笑意迎上来，一个圆脸的狐女尤其可爱，肉嘟嘟的脸颊让人想捏，她见我看她，便笑嘻嘻地走到我身边："仙长别站着，快坐下吧。"

她身上的香味像水果，香香甜甜，她软软的手轻柔地握住了我的手腕，头发拂过我的手背……

啊，跟云一样……

"姐妹们方才帮你们调好了仙果玉饮，要尝尝吗？"她给我奉上一杯粉粉的玉饮。

啊，花钱真快乐！

我美滋滋地接过，正要喝，旁边横来一只手，挡在我的嘴巴前。

我转头一看，谢玄青冷着脸将我手上的杯子拿了过去，他也不喝，只"哐"的一声把杯子放在了桌上。

屋内软软的气息瞬间被他这冷硬的一声打破。

他看了我一眼，那神色间的情绪真是说不出的怪异，有点不悦，有点懊恼，还莫名其妙有点委屈。

我不知道他在委屈什么，我不就让狐女捏了捏手腕吗？

谢玄青看向狐女时，情绪一收，大马金刀地坐下，来了一句："都坐好。"

四个又萌又软又漂亮的狐女面面相觑，然后千娇百媚地坐了下去。

房间里全然没有愉快的氛围。一如我们平时带兵来检查时一样，一个两个抿着唇，睁着大眼睛，无助又可怜。

谢玄青又扫了她们一眼，强调："坐好。"

狐女们愣了愣，有的收起了自己跷起来的腿，有的拉了拉自己的裙子，有的正了正自己的衣服领子，像学生在夫子学堂上课一样，都坐直了身体。

我想了想我的四块灵石，有些看不下去了。

我凑到谢玄青耳边："这有点不合适吧？"

谢玄青转头看我，神色比刚才更复杂，他憋了半天，憋出一句："这里不是好地方。"

"我知道。"我大脑飞速旋转着，"你帮我个忙，看看这几个狐女身上有没有邪气。听说她们是这里最好看的四个狐女，搞不好有所伪装呢。你帮我好好看看。"

谢玄青闻言，目光果然重新落到了四个狐女身上。

狐女们巴巴地看看我又看看谢玄青，最后求救一样看向老秦。

老秦面不改色地微笑着："仙长与你们开玩笑呢，别怕。"安抚完了，老秦看向我："九夏，你随我去三楼吧。"

我应了一声，刚想随便扯个什么理由离开谢玄青，却觉手腕一紧，谢玄青不由分说地拉着我往他旁边一坐，替我开了口："她哪里都不去。"

这一派强硬作风，恍惚间让我以为谢玄青瞬间变成了五百年后的谢濯。

老秦见状也是眉梢微挑，他笑眯眯地看了谢玄青半天："哎呀，这可怎么是好，我楼上的酒宴可都为九夏准备好了。"

谢玄青眉头一皱，目光如刀，扫向老秦。

老秦不动声色。

我连忙安抚谢玄青："微服私访，暗中调查！公事公事！"

我握着他的手腕，将他的手放到了桌上，给他手里塞了一个杯子。

我拍拍老秦，让他赶紧出门，然后回头对谢玄青交代："我一会儿就回来了，真的，你先帮我的忙，弄完我们赶紧走。"我向谢玄青比画了一下娇滴滴的四个狐女。

谢玄青却只紧紧握住手里的杯子，目光死死盯着我，直到我将木门拉上，与老秦走了出去。

到我们关门的那一刻，房间里的狐女与谢玄青都如死一般安静。

我揉着眉心和老秦上楼，心想那四块灵石可能是白花了，这谢玄青怎么是这种妖怪呢？

心如玄铁啊！

老秦在旁边用扇子掩着唇，轻声笑我："九夏，你是真的想将人赶走吗？"

"不然呢？"

"那你还哄他作甚？"

"我哪儿有哄他？"

"这不是哄着他来，又哄着他叫他别生气，现在与我走了，还战战兢兢宛如做错了事。"老秦笑我，"要我说，你这与其叫布局赶人走，不如叫布局试试他的真心。"

我一愣，停下爬楼梯的脚步，看向老秦。

老秦一双狐狸眼睛魅惑诱人，却又似看清世间所有人情那般清亮透彻。

"你喜欢他吧？"

我闭着嘴，不说话。

我当然喜欢他，不管是当年还是现在，我都喜欢谢玄青喜欢得不得了，不然我和他结哪门子婚。

"我必须赶他走。"

老秦笑我："换作我，下定决心要赶人走，才不费这些口舌。"

老秦靠近我，忽然伸手抓住我的手腕，在我愣住的瞬间，他抬手就将我的手摁在了身后的墙壁上，错乱间，我的大拇指隐约碰了一下我的耳朵，他没给我任何反应的时间，那嘴唇就凑到了我的耳边，轻声说了一句：

"我只要叫人看到这一幕便妥了。"

狐狸魅惑的话语带着暖风吹动我的耳朵，当即将我脸闹得一片通红，在我还没有反应过来之际，老秦忽然松开我，他一侧身，避开了一记斩在楼梯上的杀招。

妖气化作锋利的刀刃在楼梯上轰隆砸过，将楼梯砸出了一个深坑。

我呆呆地看着面前的老秦，而老秦则转头看向楼梯下方的谢玄青。

谢玄青目光阴鸷，一言不发。

他像一匹被激怒的狼，眼睛直勾勾地盯着猎物，只待下一刻出手，就要取人性命。

我贴着楼梯僵硬地站着，在这接二连三的冲击中有些没缓过神来。

我看了看谢玄青，脑中第一个闪过的念头是，他生气了，我回到五百年前想做的事终于做到了。

随后我又转动眼珠看了看面前的深坑，又想，完了，他的气好像生得比我想象中大，我以前可以不怕，但我现在能不怕吗？他可是能劈开时空的男人，我和老秦他能劈不开？

最后我看向了老秦。也得亏他是千年的狐狸，这时候就他笑得出来！

他不禁笑了，将我的手拉着，跨过楼梯上的坑，站到我的身后，贴着我的耳朵说："你想让他滚，现在说就可以了。"

他是贴着我耳朵说的，但他声音并不小，谢玄青只要不是个聋子就能听见。

我的目光兜兜转转一圈，终于又回到谢玄青的脸上。

谢玄青这次也看向了我。

在破损的楼梯上，我们四目相对，他的眼神从冷怒，到领悟，再在受伤的情绪上停留了一瞬之后，很快，所有的情绪都在他身上消失。

他平静地看着我。

"你想让我走，昨天直说就行。"

他以为我是昨天知道他的身份后，今天故意布局逼他走的……

我张了张嘴，百口莫辩。

我是一直在逼他走，但我没想到，我会在这个最不好的时机达成目的，但……想来也对，我和谢濯的目的，本来就是要在最刺痛人心的时候，才能达成的。

这个时机分明是最好的时机。

谢玄青被我这样刺伤之后，一定会头也不回地离开吧，从此以后，夏夏和谢玄青也不会再有任何故事了。

于是我忍住心头所有情绪，闭上眼，想了一万遍谢濯昨天晚上和我吵架的画面，最后我睁眼，盯着谢玄青，开口说："你走吧。我害怕你。"

他像被一把利刃穿透了。

他望着楼梯上的我，他明明一步也没退，但我却觉得我们之间的距离变远了。

他垂下眼眸，只最后开口说了一句话："你不用这么不爱惜自己。"

他转身离开了。

我看着他离开的地方久久没有回过神。直到身后的老秦放开我。

他微笑着说："你看，我没叫你的灵石白花不是。"

我看着老秦，一时间不知道该夸他，还是该骂他。

半天后我才说了一句话："那几个狐女的伺候我还能享受吗？"

老秦依旧笑眯眯的："时间还没到呢，仙长自便。不过我的孩子们，可是卖艺不卖身的哟。"他走下楼梯，转过身来，抬手要扶我，我现在神魂皆乱，没想什么，直接把手放到了他的掌心。

老秦捏了捏："这一次我没想到的是，九夏仙长的身体抱起来如此柔软……"

"你……"

我话刚开了口，忽然面前一阵风横扫而过，老秦像一道残影一样，直接从我眼前掠过，然后"咚"的一声撞在墙上。

他撞击在墙上的气都让楼梯上的残破木头翻飞而起。

黑衣谢濯掐着他的脖子，将他摁在墙上。

老秦一张绝色的脸被掐得乌青。

我倒吸一口冷气，终于反应过来，我几步迈下楼梯拉住谢濯的手："你做什么！"我凶他。

他眉眼带着杀气，同样恶狠狠地瞪向我："你在做什么？"

老秦一张脸憋得乌青，但他还在煎熬中说了一句："这……是……做什么……"

他可能万万没想到，刚落寞离开的人，怎么换了一身衣服回来就忽然将他摁在墙上打……

我没时间搭理老秦，只拼命拉着谢濯的手："你先放开他！"

谢濯没说话，他目光阴鸷地盯着我，仿佛想将我也摁在墙上一起打。

但他说过他不会打我，他现在果然没有动手打我。

我看老秦那张快被掐死了的脸，好歹是给我办事的人，卸磨杀驴也不是这么杀的吧！我心头生气，掌中蓄力，动了功法去拉谢濯的手。

"叫你放开！"我一声怒喝，拼尽全力去拉他的手。

我的功法是敌不过谢濯的，如果他此时就是要与我赌气硬碰硬，那我肯定完蛋，弄不好就是个内伤。

所幸他没有。

他松手了。

我拽着他的手，气喘吁吁。

老秦靠着墙滑坐在地，他捂着自己的脖子，连咳嗽都几乎无力。

四周屋子里的狐女与客人们都将脑袋探了出来，在缝隙里悄悄看着热闹。这里面有不少认识我的人，如果回头我和谢濯在翠湖台的事情闹大了，搞不好会传到夏夏的耳朵里，那到时候又要怎么去解释。

我拉着谢濯的手："先走。"趁看热闹的人还没那么多，到以后来个死不认账也不是不行……

谢濯没动，他目光扫过四周，很明显他知道了这是什么地方。

他不走，我一咬牙，动用功法，冲破翠湖台的窗户，直接带着谢濯御风而去。

一路奔回雪竹林，落到院子里，我指着谢濯就开始骂："你今天闹这出是干什么呀！我让你今天看着夏夏不让她出门！你来我这儿做什么？我昨天就跟你说了，你的事你做好，我的事我……"

谢濯一把拉过我，将我推在院子里用雪竹搭的墙壁上，唇齿间一凉，我感觉到……

他吻了我……

是他难以言喻的愤怒，无法启齿的焦躁，还有……控制不住的在意。

谢濯竟然吻了我？

我呆愣当场，他离我太近，我的眼睛已经无法将他看清，我只觉在一片模糊的视线里，唇齿之间，呼吸内外，全是他的气息。

他头发的拂动，他指尖的压力，他衣袂的柔软触感，一切都带着凉意，却又莫名炙热。

然而，在短暂的错愕和怔愣之后，我动手了。

我反手就是一耳光，直接将谢濯的头打得偏向一边。手收回来，我双手推在他胸膛上，用力将他推开，丝毫没有吝惜力气。

他退了两步，没有去触碰被我扇红的脸颊，他转头看向我时，目光晦暗一片，仿佛还在酝酿一场暴风雨。

而我回他以同样六亲不认的眼神。

"离都离了，你整这出是要做什么？"

"你离了，我没有。"

"你在说什么废话？"

"你饮过我的血，只要契约没解除，你就永远是我的仙侣。"

他这话信息量有些大，我闭上了即将张开想要岔他的嘴巴，将思路捋了捋。

上次我知道了谢濯是雪狼妖族，上上次我知道了五百年前，我飞升渡劫时，谢濯给我饮过他的血，现在我知道了，我饮过他的血，就是他的妻。

通过以上三个消息，我可以推断出，雪狼妖族给人喝了他们的血，那人就会成为他们的伴侣。

由此可推断出，我们缔结姻缘，不是在月老殿前的相思树下，而是在我飞升渡劫时他给我喂血之际。

和离

120

还可得出，我剪了红线，是我剪断了我的姻缘，而他的姻缘还跟我连着。

难怪谢濯之前说，斩断姻缘的成功标志就是不让谢玄青给夏夏喂血。

当我终于将这些信息联系起来以后，我那闭上的嘴又被胸口喷涌的情绪撑开了："就这么点破事你瞒我这么久！"喷完第一个层次，我第二个层次马上续上："别说我已经把红线剪了，就算我还是你的妻，我逛个翠湖台又怎么了？"

谢濯眸光阴鸷，我给自己续了一波气焰，压着他继续骂："咱俩结婚五百年，一次都没睡过，我离了半个婚，出来亲亲别人脸蛋怎么了？我这还是被人亲的！三年大旱，君王都是要祭祀求雨的，五百年了！天王老子也拦不住我……"

"伏九夏！"

他眼里的暴风雨都被气得蒸发了，他瞪着我，一把抓住我的手，眼眶泛着红，指尖也在颤抖，但他却还是没有抓疼我。

我不疼，他又不放，他就这么盯着我，仿佛想拿我的手将我的嘴堵上。

我笃定他是真的不会打我，于是更加有恃无恐："别那么大声地叫我名字！我还没聋！五百年里光明正大的你不亲亲抱抱，非得等现在我爱跟人家亲亲抱抱了，你在这儿要找补回去？晚了！"

"再有，我今天是去逼谢玄青离开的，我为什么非得逼谢玄青离开，你心里没点数吗？我们为什么回到五百年前搞这一堆破事，你心里也没数吗？我不就是为了帮你斩你那一半的姻缘吗？现在眼看着事情成了一半，你跟我在这儿闹这出？！"

我吼完他，喘了两口气，平静了些。

谢濯被我吼了一通，也平静了些。

他还握着我的手腕，只是唇角紧抿，脸色铁青。

我看着他，没那么愤怒了，倒起了点冷笑嘲讽的心思："怎么？谢濯，你别告诉我，一路走到现在，你又醒悟过来，你是爱我的。"

我盯着他的脸，不放过他神情的丝毫变化。

这个问题，从我们成亲之前，到我们没有完成的洞房花烛，到五百年后的今天，我都在不同的时间节点，不同的情景和情绪下问过他。

"谢濯，你喜不喜欢我？"

有满怀期待的时刻，有悲伤乞求的时刻，还有歇斯底里的时刻。

但从前谢濯的回答都是一句平静的"不知道"。

今天……

谢濯放开了我的手腕。

我垂下眼眸，懒得再去打量谢濯的神情，心里已经平静如一潭死水，我转动了一下腕关节。"该高兴了，谢濯。"我说，"谢玄青已经走了，待过了夏夏历劫当日，谢玄青没有出现，我们就可以回去了。值得庆祝吧，咱们这亲终于要和离完了。"

终于……不用再折腾了。

转身准备回屋，我不想去追究谢濯今天的失控到底是为了什么，反正日子已经过成了这样，再说什么都没有意义。

但我没想到，当我一只脚即将迈进大门的时候，空中一道似曾相识的惊雷骤然响起。

我错愕地回头，只见昆仑上空劫云密布，那乌泱乌泱的阵势，不是飞升上仙的劫云，还能是什么?!

而据我了解，现在这个时间的昆仑，除了我伏九夏，现在的夏夏，并没有哪个仙人修到了该历劫的时候。

"今天什么日子了？"看着这有点熟悉的劫云，我紧张得忘了方才还在跟谢濯吵架，直接问出了口。

谢濯也将方才的情绪全部收起，他皱眉看着天上的劫云，低声回答："五月二十四。"

"劫数提前了？"我一脸蒙地看着谢濯，然后陡然反应过来，"难怪我今天去偷钱的时候身体都不痛了！"

飞升上仙的劫数之所以难渡，是因为这劫云会在历劫者最弱的那

和离

122

天到来。

我还以为是我适应了，原来是夏夏已经到了最弱的时候，我去府里的时候，她比我弱，所以感到那些疼痛的就是她！

"不好。"我慌如热锅蚂蚁，来回踱步，口中念念有词，"五百年前我历劫难是因为我将时间都花在了照顾你身上，荒废了修行，在昆仑集市上我表白于你，被你含糊不清的回答刺激得伤心过度，所以扛不住劫雷，虽然之后稀里糊涂地过了，但应该是你喂了我血的缘故，这一次……"

"这一次，夏夏好像被伤得更深，身体更弱，她铁定是渡不了劫了，你又不去给她喂血，她大概要完，她完了我就完了，但我亲自去帮忙又是雪上加霜，得想个办法得想个办法……"

我这边急得要挠墙，谢濯那边脚下已经御风而起。

他飘在空中留下一句："我去帮你。你去找到谢玄青。"

"我找谢玄青做什么？"

"拦住他。"

"他今天都被我气死了，一定不会去帮夏夏的。"

谢濯很笃定："生死攸关，他会去。"

我沉默片刻，一咬牙："那我上哪儿去找谢玄青？你给我指个方向，猜猜你那时候到底会去哪儿？"

"我不是那时候的我了。"

谢濯直接御风而走，我看着谢濯的背影气得想问候他全族，但想想他亲手将他全族灭掉的事……

我抓了抓脑袋，还是一闭眼闷头就往山洞跑去。

之前在翠湖台，谢玄青才被气走，谢濯就来了。谢玄青离开的时间不长，但按他的功法，如果铁了心要走，此时应该已经离昆仑几万里了。

但不知道为什么，我的直觉却告诉我，他一定没走。

他伤了心，或许还是会回到那个我救他的地方。

我心急火燎地跑到雪竹林的山洞。

我还没到，远远地便瞅见了站在山洞门口的谢玄青。

他果然没走！

他手里拿着那根雪竹做的笛子，他是回来拿笛子的……

我说不上此时心里是什么感觉，也没时间去理清，只见谢玄青严肃着一张脸，御风便要往劫云的地方飞，我连忙大声喊住了他："谢玄青！"

谢玄青周身御风术散去，他转头看我，随即皱起了眉头。

我气喘吁吁地跑过去，听他问我："你怎么在这儿？"

"我……"我在脑中想着狡辩的借口，"我刚才虽然赶你走，但我……我还是……"

"你知道我问的不是这个。"

我愣住："你问的是什么？"

"那是你的劫云。"他指着天边已经开始下劫雷的云。

我矢口否认："不，那不是我的。"但否认完了，我就觉得谢玄青看我的眼神不太妙。我撑住场面，强行解释："我现在就在这儿，那劫云怎么可能是我的。"

都没听我说完，谢玄青周身御风术再起。

我立即抬手一把拽住他的手腕："你等等！"

他不等。

他反手就把我的手扣住，拉着我要往空中飞去！

我心头一慌，谢濯在那边，夏夏也在那边，谢玄青要是拉着我过去，到时候别说喂血了，直接先死两个！

那还玩什么！

我当即一个运气，直接在脚上挂了个千斤坠的术法，死死地将谢玄青拉住："不能过去！"

谢玄青不说话，却是铁了心地要走。

他拉着我的手更用力，我脚下的千斤坠眼看就要坠不住了，危急关头，我不管不顾直接开口喊道："劫云那边的我不会有事的，有人过去帮忙了！我会渡过劫数的！"

拉拽我的力量变轻，与此同时，我在面对谢玄青时一直沉甸甸的心绪也变轻了。

我一声长叹，心想，事情都走到这个地步了，实在没必要瞒他了。

我仰头望着谢玄青："我实话告诉你吧，我不是现在的我，我是五百年后的伏九夏。我知道我的命运会变成什么样，你不用担心。"

谢玄青脚底还有御风术在运转，他居高临下地看着我，听罢我这番话之后，御风术这才算是彻底消失了，他站在地面上，与我沉默地对视着。

我有些回避他的目光。

"抱歉，之前一直想方设法折腾你的，是我。"

"我早就知道了。"

他的回答我是万万没有想到的。

我呆呆地望着谢玄青，他神色间没有了方才的着急，恢复了一如既往的平静淡漠："你身上有我的血，但我没有给过你。所以，我早就猜到你不是现在的伏九夏了。"

我张着嘴，不知道该说什么。

细细想来，我在这边第一次见到谢玄青的时候，他确实问过我一句"吃过什么"，但那时候我并没将这句话放在心上。想来，他那时候就起了疑，然后慢慢地知道了我和现在的夏夏不一样。

"先前，我并不知道你回来做什么，但今天在翠湖台，我知道了……"他垂下了眼眸，看起来有点落寞，"你之前的奇怪胡闹……都是想逼我离开。"

我嘴巴动了动，看着此时谢玄青的脸，我觉得我对不起他，但道歉的话又不知道该怎么说出口。

此时我忽然有些理解，谢濯为什么说一句话憋那么久。

因为有时候，想说的话太多，反而会堵住喉咙。

我没言语，他却自嘲了一句："看来，我未来对你很不好。"

我捂住脸叹息了一句："是的，我们成亲了，又和离了。"

谢玄青沉默着，他没什么表情，但我却见着他眼瞳微微颤了一下，不像谢濯与我和离那天那么剧烈，却也真实地让我觉得，他其实有些感慨与悲伤。

"抱歉啊。"我道，"虽然现在信誓旦旦地说喜欢你，要一直陪着你，但最后，还是没办法坚持到愉快的结局。"

他闻言，轻轻闭上眼，眼睑遮住了他某种情绪。

"我为什么……对你不好？"

"你什么事都瞒着我。"

他沉默了，似乎想到了，这确实是他会做的事。

我冷静平和地告诉谢玄青："但这一次来，我也想明白了。你瞒我所有的事，最终的症结是在于你要瞒我你雪狼妖族的身份。你不想让我知道这个身份，所以一次隐瞒，要用无数次隐瞒去填补。"

那些没对谢濯说的话，我终于现在告诉了谢玄青：

"我们开始相遇的时候，我觉得无所谓，因为我总会想，以后就知道了，以后就了解了。但成亲了就不一样了，五百年时间，我还是对你一无所知。谢玄青，我已经耗尽我所有的勇气了。"

"所以……你回到这里，是为了改变过去，不再缔结这个血誓？"

听闻此言，我不由得无奈一笑："谢玄青，你不知道你未来隐瞒我所有事隐瞒得有多好，在来这边之前，我甚至都不知道你雪狼妖族的身份，更别提咱们之间的这个什么血誓了。我们和离是我提出来的，只是我单纯地认为日子过不下去了。"

谢玄青微微皱起了眉头，他有些困惑。于是我好心地解答了。

"来这里，是你自己要来的。"

谢玄青微微怔愣。

但他是个聪明的妖怪，不过片刻后，他就转头看向空中的劫云。

我猜，他猜到了。

我索性将事情和盘托出："在那边帮另一个我渡劫的人，正是五百年后的你自己。"

谢玄青望着劫云，不知道在想些什么，神情严肃了起来。

"谢玄青，就算我们和离了，我也从来没想过要抹去你我的过去。

因为我相信，总有一天，这些事情我可以笑着与人聊起，我所经历的，不管好坏，皆令我更完整，但你可不一样了……"

提及此事，思及过往，我话锋斗转。

"你也不知道对我哪儿来的深仇大恨，我们刚和离那一晚，你就盗我昆仑盘古斧，劈开时空，非得回到五百年前，斩断你我姻缘，阻止你在今天……"我指了指天边的劫云，"喂我一口血。"

谢玄青沉默地望着那黑云汇聚的中心。

"甚至……"我想到这事，还觉得有点搞笑，"来这边之前，你还扬言要杀我……"

谢玄青身形一顿，他猛地回头看向我。

他神情严肃："我说，我要杀你？"

"对，你拿着盘古斧劈开时空，说你要回来弥补过错，还说等你回来以后，你就可以杀我了。"我笑他，"和离而已，何至于喊打喊杀，未来的你，心态不好……"

谢玄青脸色更严肃了："我真的要杀你。"

我蒙了："你说什么？"

"我或许，是真的想杀你。"

我呆住。

我看看谢玄青，又看看那风暴的中心，一脸茫然困惑不敢置信地回头盯着他："你为什么想杀我？"

"我不知道。"谢玄青说，"但借用盘古斧，劈开时空，回到过去，我如果这样做了，还这样说了。我或许，是真的想回来杀你。"

他一脸正色，说出了震得我脑仁生疼的话："我不会平白无故说这种话。"

谢玄青就是谢濯，他不一定完全懂谢濯，但他肯定比我更懂！

我听他这么说，有点怕了。

联系前后细细一想，谢濯似乎真的有点危险……

但是！

"为什么?！"我震惊后，心里是满满的疑惑，"为什么？谢濯为什么要杀我？他打算怎么杀我？"

谢玄青显然是觉得没时间解释了，他一把抓住了我的手，御风术再起，我这次也不扒拉他了，赶紧收了脚下的千斤坠，恨不能再给他扇点风。

劫云之中，雷电交错，紫蓝相间的雷电甚至能劈出猩红色的光，在我们身边噼啪乱响。

谢玄青一边拉着我顶着雷暴疾速向前，一边和我解释："契约血誓于我族而言，是一生不可更改之誓。"

"所以谢濯只有回到过去才能改变这件事，这我明白，但我不明白，谢濯为什么要杀我？"

"在契约中，我的血脉之力会让我保护你，不允许我伤害你。"

我愣了愣，这我倒是第一次听说。

所以，谢濯是雪狼妖族的身份对他的限制就是，他给我喂了血，我就成了他的伴侣，一生不能更改，并且他注定要保护我，这是写在他命中的命令。

所以，谢濯一遍又一遍地和我说，他不会打我，这是真的。

所以，成亲这五百年以来，我每次和谢濯打架，从来都是我单方面地打，他从不还手，只闪躲，直到我打得没力气了才消停下来。到这边来后，谢濯气炸了也没弄疼过我，我流了血之后他也很快就能找到我所在的地方，过来帮我。

这一切举动，都是他身体里的血脉之力在作祟。血誓让他不得不收敛自己，不得不保护我。

我以为我们在月老殿剪了红线就是和离，但对他来说，我们昆仑的红线根本没有任何实质性的约束力，真正束缚他的，是他的宿命。

要彻底和离，必须回到过去，阻止喂血。

他如果真的对我动了杀心，那也必须阻止当年他喂我血。

这样，等回到五百年后，我身体里就没有了他的血。没了血就没有血誓，没有姻缘，没有束缚……

他就可以杀我了。

我脑中切切实实地回忆起了我们来五百年前的那一天。

那一天，昆仑山巅，狂风拉扯我与谢濯身上的衣袍和头发。我问他到底要做什么。他冷漠地说：

"我要去弥补我的过错。"

他还说："等我回来，我就可以杀你了。"

谢濯原来不是在开玩笑，而是真的想搞死我?!

我以为是和平和离，结果他要搞个情杀?!

"你到底为什么要杀我?!"我愤怒又害怕，忍不住提高了声音质问谢玄青。

但谢玄青在沉默之后，只回答了我五个字：

"我还不是他。"

我沉默了。

谢玄青确实还不是谢濯，他还没有与我成亲，我们没有一起生活五百年，他也没经历过和离，所以，他不知道谢濯在这件事情上到底是怎么想的，这很正常。

一如我无法体会幼时的我摔一跤为什么会号得那么大声，幼时的我必定也无法理解现在的我摔一跤，为什么要尴尬地先看看周围有没有人看见……

哪怕是同一个人，在不同的时间，因为经历的不同，也无法感同身受。

现在的他想救我，未来的他想杀我。

同一个人，在不同的时间里，对同一件事竟有截然不同的态度，既相对，又统一。

这个世界真是充满了令人无法理解的矛盾……

谢濯到底为什么要这么做，或许只有此时此刻的谢濯本人，才能回答出来。

"必须让你喝到我的血。"谢玄青像立誓一样说着。

我在心里权衡了一下。

谢濯想不想杀我，其实我还不能确定，现在这只是一个可能性的问题。

谢玄青可能猜错了，也可能猜对了。

我如果按照我和谢濯的计划，阻止谢玄青给夏夏喂血，我得到的是——谢濯达成了自己的目的，他心满意足。

而万一，只要有万分之一，谢濯是真的想杀我。那我帮他阻止了谢玄青，夏夏没喝到谢玄青的血，等我们回到五百年后，我们的血誓就消失了，等于是我亲手把刀递到了谢濯的手里……

我得到的，就是死路一条。

这两相比较……我当然是选择保命啊！

生死攸关！我管谢濯能不能斩断我们过去的姻缘！

我本来就是稀里糊涂被拖过来的，为了回去，我才给他忙里忙外地瞎折腾。我哪儿能为了他的诉求，搭上自己的一条性命？

好在谢玄青看起来是靠谱的，他在我身边想解决办法："我不能与他相见，你也不能见到现在的你，所以，必须把他诱出来。"

梳理关系，权衡利弊之后，我也放下心头的所有情绪，理性地想了个法子："你先将我放下去，不要太靠近劫云中间，不然不知道会出什么事。"

谢玄青依言将我放到了地上。

此处离劫云中心噼里啪啦打雷的地方，也就是我的仙府，大约还有十里地的距离，不远也不近。

我掏出匕首，直接对着自己的手掌划下去，但在匕首刺破我手掌之前，就被谢玄青拉住了。

果然，我身体里有他的血，保护我就是他下意识的事情。不管是哪个他。

"你做什么？"他问我。

我推开他的手："这还不明白吗？利用你们雪狼妖族的血脉之力啊！我受伤流血了，威胁他我要自尽，能让谢濯赶紧滚出来。"

谢玄青沉默。

"你别管我，眼不见为净，你赶紧去别的地方待着，等谢濯出来了，我给你搞个大动静，你听到动静，就赶紧去劫云中心。"我用从未有过的严肃态度认真注视着谢玄青。

"谢玄青，你一定要给另一个我喂上血。"我像托孤一样嘱咐他，"我们的关系，不能就这么断了。"

天上雷云翻滚作响，谢玄青看了我片刻，他不是个犹豫的人，随后便点了头。

"好。"

他许了我一诺，我知道，他一定会做到。

我目送他的身影消失在我能看到的最远处。我不再犹豫，一刀划下，手掌当即鲜血直流。

不过片刻，我耳朵一热，耳垂泛光，脑海中响起谢濯的声音："你在做什么？"

我将两只手都举起来，我一只手拿着刀，一只手流着血，我把匕首放到我的手腕上："谢濯，滚出来。"

谢濯没有说话，但下一刻，谢濯眼前的场景就出现在了我的脑海里。

他那边，天空中是漆黑的劫云，地上是昏迷的夏夏，身侧是谢濯布的结界，结界将天空中的劫雷一道一道地全部吸纳进去。

"你想死吗，伏九夏？"

谢濯低沉带怒气的声音，仿佛就在我的耳边。

我心底又是一权衡，让"我"挨两道劫雷，"我"可能不会死。

但谢濯真的帮我渡过了劫数，谢玄青没能将血喂进夏夏嘴里，我与谢濯身上的血誓消失……那等他出来，我或许就真的会死了。

过去的我对不起了！

为了活下去"我"还是挨雷劈吧！

我的刀刺破手腕皮肤，我慢慢吐出两个字：

"出来。"

谢濯何等人也，做戏是骗不了他的，我当即右手一用力，眼看匕首手起刀落就要将手腕上的经脉划断，天空中一阵狂风大作，脑海中谢濯那边的场景陡然一转。

我在我脑海中看到了我自己的模样——发丝乱舞，衣袂翩飞，鲜血与匕首在狂风与雷暴中，带着穷途末路的决绝。

而谢濯或许也在他脑海中，看到了他夺下我匕首的模样——盛怒、惊诧、不敢置信与咬牙切齿。

我与他，可能从来没有在彼此的眼中那么清晰与重合。

客观来说，他眼中的我，还挺好看的。

我的匕首被谢濯夺走了，轻而易举。

但谢濯明显气得够呛，他死死盯着我，唤我的名字："伏！九！夏！"

我听着，我知道，他现在不仅不能对我动手，还得护着我。当我将我的性命彻底交给谢濯的时候，我发现，竟然比交给我自己还让人放心。

于是我一切动作都变得泰然自若，我不徐不疾地关掉了耳朵上的阴阳鱼，抬着被划破的掌心，对着谢濯。

术法在我掌中聚集，我对着谢濯的脸放了一记仙术，光芒杀去。

我没有控制自己的灵力，光芒汹涌澎湃，如箭般射向谢濯。

我当然知道这样面对面的攻击根本伤不了谢濯。他反应极快，只一偏头，那记光芒直接擦过他的鬓角耳边，直冲天上劫云而去，在劫云中形成一片白色的亮光。

他皱眉盯着我："你到底要做什么？"

这个问题终于该他来问我了。

"给谢玄青发个信号。"我说，"让他给夏夏稳稳当当地喂上一口血。"

谢濯的目光变得更加危险，他盯着我，漆黑的眼瞳中仿佛也有一场劫雷要降临。

他当然不能再回到夏夏身边。

他的动作快，谢玄青动作不快吗？都是他，谁还能比谁差一点？

谢玄青接到我的信号就出发了，铁定比他先到夏夏身边。此时谢濯再莽撞过去，两个人一见面，他弱他死，谢玄青弱，谢濯也会死，毕竟过去的他都死了，现在的他也苟活不了。

所以他现在只能待在这儿，再气也只能干瞪眼。

而我刚才送上劫云的仙术光芒也出现了后续反应——天空中的劫云本是劈"我"的，它劈了这么久，"我"非但没示弱，反而给了它一记"重拳"，它显然被激怒了。

它翻滚，低哮，一如我与谢濯之间的关系。

劫云我不怕，因为我知道谢玄青会按照我们历史的宿命，去给"我"喂上一口血。至于谢濯……

只要谢玄青喂了血，我又有何惧？

风云涌动，劫云终于积蓄好了自己"报复"的一击，白光大作，巨大的劫雷在我与谢濯身后劈响。

这是最大的一记雷，也是最后的一记雷，它将天空撕裂，让一切都埋入炽白之中，我和谢濯在我们曾经经历过的时间里，各自带着情绪，注视着彼此。

我讥讽，他愤怒，直到雷声与光芒都尽数消失。

天地宛如新生，霞光破云而出。

我和谢濯彼此都隐忍情绪，控制表情，他垂头，闭目，深呼吸。而我则拍了拍衣服，站起身来。

"谢濯，我就问你一句话。"我盯着他，"你回到五百年前，是不是为了杀我？"

谢濯睁开眼睛，也盯着我，没有丝毫多余的动作和废话。

"我一开始就告诉你了。"他说，"我要杀你。"

我点了点头，平静又坚定地对他说："谢濯，你真是个狗东西。"

谢濯接受了我的辱骂并且面无表情。

他先前来的时候或许不知道我为什么逼他出来，但现在，这劫雷消失的时间和我方才的问题，已经足够让他明白，谢玄青都告诉了我一些什么信息。

"你差点就让我亲手杀了我自己。"我甚至想为谢濯的战术鼓掌，"好，你真的好！"

"意见都是你自己提的。"

是!

我闭目一想，脑中全是来到这边之后，我跟谢濯提议怎么拆散夏夏与谢玄青的画面，我真是蠢得可以！不怪他谢濯！只怪我太会递刀！要不是临门这一脚我撤了！我现在人都凉了吧！

能战胜我的果然只有我自己！

递刀侠伏九夏！我甘称其名！

想到此处，我心跳都有些紊乱了，我连连吸了几口气，捂着心口，稳住自己的情绪。

过了很久。

"罢了！我认了！我也不想追问你为什么要杀我了，你总有千万种理由，但都不重要了！"我咬牙，将愤怒不满和对谢濯的怨恨都封存心底，"所有阴谋阳谋我都认！"

打落牙齿和血吞，不认我能怎么办，我又搞不死他！

至少在这边搞不死……

我阴恻恻地看了谢濯一眼。"现在谢玄青已经给夏夏喂血了，你我宿命终成定局，你的谋划失败了，再待在这里，没有任何意义。"我伸出手，"盘古斧拿出来，回去。"

谢濯保持了他不爱说话的一贯作风。

挺好的，我想，现在哪怕他多废话一个字，我都要跳起来和他打到同归于尽。

他垂下眼眸，看着我向他伸出的手，我掌心匕首划出的伤已经止住了血，他不知在沉思些什么，终于抬起了眼眸，看我："再来一次，红线还剪吗？"

此时此刻，此情此景，他竟然还有脸问这种屁话?!

我们之间，剪不剪红线还重要吗？我们昆仑的红线对他又没有任何约束力！我和他之间，是那根红线能厘清的事情吗？

但这些话，我现在觉得就算拿来骂谢濯也是对牛弹琴。我不想和他废话，却又实在忍不住发出一声冷笑："再来一次……"

"我，拿，刀，剁！"

谢濯没有关掉他耳朵上的阴阳鱼，所以此时我清晰地在我的脑海中看到了他眼中的我自己。

我这话说得太果断，以至于我自己看着都认为过于决绝。但在这边的斗智斗勇，让我对谢濯的忍耐实在是到了极限，我忍无可忍了，催促他："盘古斧拿出来！"

他低着头，没多久，他掌心一转，盘古斧出现在他手中。

看着这把让我差点搭上命的斧头，我心情是难以言说的复杂。我揉着眉心，催促谢濯："回去吧，赶紧地。"我忍不住冷漠地说道："我不想再在你我之间多纠缠片刻。"

我看向远方劫雷消失之处，那里是我的仙府，在那边，谢玄青和夏夏的关系才开始。而在这里，我与谢濯的关系，终于要结束了。

姻缘，真是令人精疲力竭。

"伏九夏，你问我为什么要杀你。"谢濯开口，声音略带几分喑哑。

我心里觉得稀奇，这个人还会自己解释事情缘由了，天劫劈完，莫不是把太阳劈到打西边升起了？

"因为你剪掉姻缘线的那一刻……"谢濯深渊一样的眼瞳注视着我，"我感到了无可比拟的疼痛。"

我闻言，终于再次看了谢濯一眼。

他脸色不太好，一如我剪断红线那日。

他手中盘古斧微微泛出光芒，他继续说着："我一族受邪神诅咒，我说话会痛，但那一刻，比说话痛一万倍。"

谢濯话说得很慢，我很难得地真的从他的言语中，听到了他诉说的情绪，仿佛他真的在痛。

但……

"你现在与我说这个做什么？我现在不仅不想知道你族人的事，我也不想知道你的事，你痛不痛与我无关，你的感受我也不再好奇缘由。"我冷笑，"你莫不是在对我下了杀手之后，还要跟我表白？不了，别整这不值钱的一出。"

我不知道谢濯有没有将我的话听进去，他沉默片刻，自顾自地说着："那天我回去想了很久……"他抬手，伸向我。

我皱眉，想往后退，但一股隐形的力量却抵在我的后背上，让我无法后退，我侧过头一看，谢濯的结界已经拦在了我身后。

面前，谢濯的指腹触到我的脸颊，移向我的颈项，被威胁的感觉瞬间蹿上我的大脑，我的身体几乎立即就下意识地进入戒备状态。

搞什么?! 谢玄青不是说血脉之力在遏制他，他不能杀我吗?!

盘古斧的光芒越来越亮，像个小太阳，在谢濯的结界里将我与他照亮。

我惊疑不定地盯着他，谢濯的手落到了我的颈项上："如果我杀了你，这疼痛，是不是就能结束了。"

妈的谢濯。

他是不是傻?

他这是什么清奇的脑回路?

他周身灵力膨胀，挤压在结界的空间里，我满肚子的牢骚挤在喉咙处，最后只拼命挤了两个字出来："当然……""不能"两个字我实在说不出来了。

灵力挤压我的胸腔与喉咙，我说完那两个字就几乎气绝，我感受到了，原来真的有说话会痛的时候。

窒息感让我咳了一声。

我心里痛骂谢濯不是东西! 忽然，谢濯也咳嗽了一声，然后一口血就直接喷到了我的胸口上……

我惊愕。

周遭灵力的压力霎时变小，我抬头看他。

"原来……对你动手，会比那时还要痛……"

听他此言，我心中一悸。

我很难言明此时听到谢濯的这句话到底是什么感觉。

我告诉自己，要清晰地认识谢濯，他现在说的痛，并不是我想的那种痛。他现在单纯是因为身体里血脉之力的限制，而感受到了真实的身体的疼痛。

果然，谢濯下一句就说："解除血誓，就不会痛了。"

"别想了，没用的。"我冷静克制地告诉他，"你的计划已经失败了！都是成仙成妖活了大几百年的家伙了，和离而已，不过是桥归桥路归路，何必喊打喊杀闹成如此。"

谢濯盯着我，像没有铠甲的军士，眼睁睁看着箭射向自己。

我继续说："你这根本就不是杀我能解决的问题。这是你的情绪，你要自己去处理。"

谢濯嘴角挂着血，他的黑瞳寒光慑人，像一匹被逼到绝境的狼，像根本看不到退路一样，他凉凉的指腹在我脖子上轻轻掠过。

"伏九夏，我如果没有遇见过你，就好了。"

他说着，盘古斧在他手中光芒大作。

他轻轻一挥，时空再次被他劈开，时空的光芒从我身后射来，照在他的脸颊上，他轻轻推了我，我往后一退，一步踩到了时空缝隙里。

外面昆仑的场景瞬间变换，四周变成了光怪陆离的线条。

比起上一次的混乱坠入，这一次我清晰地看到了被劈开的时空的模样，我的身影仿佛被无限叠加拉长，纵伸向我根本看不见的深渊。

谢濯就在我的身侧，他的身影也被切成了无数个，他说："向左走，你自己回去。"

留下这句话，他转身就向右边而去。

向左是去五百年后，向右……

他没有放弃?! 他还要再来一次?! 他还想再去阻止夏夏和谢玄青?!

我看他一步迈出，抬手就想抓住他的衣袖，但谢濯显然不想让我得逞，他一把拍开我的手，身影一晃，消失在劈开的时空中。

我虽然没拉到他，但哪儿能真的就这么放任他跑了？我紧随他的身影，也从时空裂缝之中踏了出去。

一前一后，相差不过须臾，但当我出去的时候，四周已经不见了谢濯的身影。

我脚踩在地上，出于对昆仑的熟悉，我知道，这个地方就是我刚才与谢濯的立足之地，但此时，并不是五月底的草长莺飞，而是一片冰天雪地。

这是……冬月的昆仑。

谢濯竟然回到了五百年前的更早时间，他难道……想将我们的姻缘斩断在相遇之前?!

我以为游戏结束，他竟然重新开局?! 还开"前史"故事?

谢濯算什么雪狼妖族，他是条狗吧! 就这么一门心思想杀我? 不达目的，死不罢休?

和离

138

第六章

重开局

昆仑的冬月是冰天雪地的寒冷，没在这里看到谢濯，我猜想，他比我先从时空裂缝中出来，或许与我落到不同的时间点上了。

当务之急，我得搞清楚现在到底是什么时间。

我和谢濯的相遇是在冬日的二月十二，谢濯这次回来，如果我没想错，他应该是打算直接阻止过去的我和他相遇的，毕竟……

上一次他说他要杀我，我没放在心上。果然，我差点就把自己玩上绝路。这一次我还不得长个记性？

这次他来之前说，如果没有遇见过我就好了，所以，他一定是来阻止我们相遇的。

他要从源头上，斩断我们的联系。

只是我很奇怪，为什么先前那一次谢濯不直接让时间回到这里，他都起了杀我的心，难道还想保存我们相遇的记忆吗？

这记忆对他来说，很重要吗？

我搞不懂他，我也不想搞懂他了。

我只想赶紧解决了谢濯搞出来的这个烂摊子，妥妥地保住自己的性命，然后回到五百年后，过我逍遥自在的上仙生活。

我迈步，想去找个在这时节昆仑还有人活动的地方，我要先问问时间，只要回来的时间是在二月十二之前，我就还有机会阻止谢濯接下来的动作。

我从半个小腿深的雪地里使御风术飞起来，刚准备走，可从雪地里被御风术带出来的一个黑色的小物件引起了我的注意。

我将它捡起来一打量，这不正是本该戴在谢濯耳朵上的那个阴阳鱼吗?!

谢濯果然比我先到这里!

为了甩掉我，他把联系的工具都扔了!

他是铁了心要和我对着干啊!

我气得摸上了耳朵，想将这个别人不稀罕的东西也拆了扔掉，但是……

当摸到耳朵的一瞬间，我忽然想起一件重要的事。

先前那一次回到五百年前，夏夏一开始偶然闯入了谢濯的雪竹院，我用镜子反射看到了夏夏。后来很多次，我撞见了夏夏，而夏夏没看见我，我俩在"王不见王"的规则下都没出事。可见，只要我俩没有真正见到彼此，我们就都是安全的。

那么，如果借助谢濯改动过的这个东西，我是不是能直接和夏夏取得联系?!

想干就干。

我当即握着阴阳鱼，掐了个御风诀，往我自己的仙府飞去。

第二次从劈开的时空裂缝里面走出来，我已经不像上次那样不适应。又一次熟门熟路摸进自己的仙府，我在门口瞅到了现在的时日——

二月十一。

我与谢濯的相遇就在明天。

我不知道谢濯要做些什么，我只能在今天做好万全准备，确保明天夏夏一定要去和谢玄青相遇。

去救他，去保护他，去治疗他!

只有这样建立基础，之后谢玄青才会给夏夏喂上那口血。

走到我自己的院子外，我的心已经开始扑通扑通地狂跳了。

看来，目前为止，经过时空穿梭的我，还是比五百年前的我弱了那么一点。

我趴在墙头，往里面看了一眼，窗户前人影晃动，正是过去的我在里面走动。

我将自己的衣服撕下来一片，将黑阴阳鱼放进去，然后在上面用术法写了六个字"不要戴耳朵上"。

以我对自己的了解，不戴我是狗。

我运气直接将包裹着黑阴阳鱼的衣服碎片从窗户扔了进去。然后我就跑了，我怕夏夏好奇追出来。

一路跑到雪竹林里，我找了个僻静的地方坐下，静待耳朵那边传来的动静。

没过多久，风声一动，我的脑海里忽然出现了一个画面。

画面中，夏夏正坐在梳妆台前，铜镜里清晰地映着夏夏略带好奇的脸。她脑袋转来转去地打量着自己耳朵上的小黑阴阳鱼。

"这是什么啊？谁送的？搞得这么神秘。"

我一笑。

我这么了解自己，不愧是我。

我抬手，敲了敲耳朵。

雪竹林的风吹动我的头发，我眼前的场景是静谧的竹海与白雪。

"是我。"

夏夏猛地倒吸一口冷气，从梳妆台前弹起来。

她看着铜镜，但目光渐渐变得有些悠远。我知道，她脑海里看见了我这边的雪竹林。

我也同样在脑海中看着曾经的自己。

仿佛是我与自己，相遇在了一个奇妙的时间之海里。

我告诉她："我是五百年后的伏九夏。"

然后我脑中画面一黑。

是夏夏将她那边的阴阳鱼关掉了。但因为我没关，所以她脑海中应该还能看见我面前的画面。

我想了半天，为了让她相信我，我就地刨了个坑，将里面的雪融成了水，然后我探头到水面上，让清澈的雪水映出我的面容。

"我真的是你，你看。"

脑中黑了一阵，画面又出现了，夏夏还坐在梳妆台前。

我脑海中是铜镜里的她，她脑海中是水中的我。

镜花水月般的魔幻。

只是她有些沉默。

"夏夏。"我叫她，"为了区分你我，我只有这么称呼你了。"我严肃地告诉她："你的时间不多了……"

"你等等。"她打断我，"你不是五百年后的我吗？什么叫我的时间不多了？我这不是至少还有五百年？"

"你别打断，听我说。"

我沉着脸，一脸严肃地盘着腿，在雪竹林里，用手指给她在雪地里连比画带写的，终于给她讲清楚了我与谢濯穿越时空来断姻缘的这些事。

然后我告诉她："所以，明天你必须去救谢玄青，不管刮风下雨，谁家出多大的事，就算是西王母来拦你，你也得出门，来雪竹林救人。"

夏夏捏着下巴沉思了很久。"我有个问题。"她举起手问，"你——也就是我，我和明天要遇见的那个妖怪，我们成亲了五百年，竟然就只拉了拉小手，亲了亲嘴巴？然后……没了？"

"嗯。"

"我怎么忍得了的啊?！不是，你怎么忍得了的啊？你知不知道，外面精怪传说，凡间有的地方两年不同居都算事实和离了！五百年，够离个二百五十次了。你忍到现在？"

我沉默。

"你的生活出了什么变故？"她问我，"你告诉我，让我有个准备。这次我绝对不踏上同一条不归路。"

我又沉默了很久，然后颓然叹气："你生活里出现的唯一变故，就是喜欢上了一个妖怪。"

我当初对谢濯的喜欢，是没有遇见谢濯的自己不懂的。

我说不出为什么喜欢，但说得出很多细枝末节。

我喜欢谢濯给我承诺就一定兑现承诺的模样，他说了做竹笛，就一定给我做。我喜欢练兵累坏回家时，谢濯递上的那杯水。我喜欢冬日落雪的小院里，谢濯笨拙又认真地堆的小雪人，雪人是我和牵着我的他。

还有许多莫名其妙的小细节……

像有危险时，他总能及时握住我掌心的手，还有他听我说话时，只停在我脸上的目光，还有我偶尔捕捉到的，他在看我笑时，嘴角情不自禁上扬的弧度。

我喜欢的是那个谢玄青，沉静、温柔又充满力量。

可这些细节，终究磨灭在了五百年的隐瞒和不解里。

直到现在，我疲惫得已经对他的事再无探究的欲望。

说与不说，瞒与不瞒，都没区别了。

"我还有个问题。"夏夏充满好奇地打断我飘远的思绪，"你喜欢的这个妖怪，隐瞒所有的事情，只是因为他说话会痛？"

我沉默。

夏夏继续问："他不识字吗？他写不了字吗？手也痛？东市卖艺的河豚精都学会拿自己的肚皮撞一幅画出来了，手残，脚也可以写，身残，志不能不坚。"

我忍不住骂了："夏夏，动动脑子，我刚哪句话跟你说，他隐瞒我那么多事情，只是因为他说话会痛？他能给我念书念到我睡着，他要真想给我解释一件事，我怕是堵住耳朵，他也有办法撬开我的手说给我听。他瞒我的事，任何事，只是因为他不想告诉我而已。"

"那他为什么不告诉你？"

"我要是知道，能走到今天这步?! "

夏夏想了想，觉得也对。

但她还有问题："那个谢濯说，他见你剪红线的时候，他感觉比说话痛一万倍，所以他想杀你？"

"嗯，他说他痛，所以他认为杀了我，他或许就不痛了。"

夏夏骂人了："他是不是有病。"

"你还没听明白吗?! 他就是有病。"

"他有病你为什么还要我与他重蹈覆辙？"夏夏有理有据地推理，"你看，我和谢玄青还没有相遇，谢濯要阻止，那就让他阻止好啦，我和谢玄青不遇见，就不会成亲，就不会变成怨偶，就不会和离，他就不会杀你。等你回到五百年后，你跟谢濯说不定就是完全不相识的两个人，他哪儿还会记得杀你这件事。"

"你说得对，但也有另一种可能。"

"什么可能？"

"可能他阻止了你们相遇，喂血，成亲，但我和他回到五百年后，他依旧记得我曾经剪过红线这件事。唯一改变的，只有我，也就是你这具身体里，没有他的血誓了。"

夏夏似乎被这种可能吓到了："不会吧，他阻止了喂血，我的身体里都没了血誓，他的身体里还能有过去的记忆？"

"谁知道呢。"我撇嘴，"毕竟两次回到过去，我都还清晰地记得之前都经历过什么。若是穿梭时空，不会损坏记忆，只会改变身体状态，那伏九夏——你和我就彻底没奔头了。"

夏夏咽了口唾沫："这个可能性大吗？"

我反问："你敢赌吗？"

她沉默了。

我下了论断："所以，让谢玄青给你喂血，才是保住你我性命的唯一办法。"

夏夏思索了一会儿，随即坚定地摇头："要保住你我性命，这并不是唯一的办法。"

我挑眉，看着五百年前的我自己。我不信，我多吃了五百年的饭，她还能比我聪明。

她开口了："杀了谢濯，一劳永逸。"

是的，谢濯不能杀我，但没说我不能杀他呀。

夏夏或许没有我聪明，可在针对谢濯这件事情上，她是真的比我狠得下手。

但我不得不提醒她一句：

"你是不是忘了，故事的开始，是从一个雪狼妖，挡住所有昆仑仙人，只身抢夺盘古斧，劈开时空讲起的。"

我又问夏夏："你飞升的劫数都没渡过，你拿什么杀他？"

夏夏想了想："来，聊聊明天我遇见谢玄青要做什么？"

感情的事，我与以前的我聊不明白，但在保命这件事情上，我们还是很容易达成一致的。

夏夏同时也和我强调："这一次，我只保证达成结果，绝对不会让自己动心的。九夏。"她如此称呼我："我不会踏上和你一样的路。"

我祝福她：

"但愿如此。"

与夏夏取得联系的这一天，我绞尽脑汁，尽量去还原我与谢濯当年重逢的细节。

我告诉她，明天带着竹篓去哪片林子寻笋，也告诉她，她会遇到一个满身是血的谢玄青，之后还会有一道银光攻击他们，谢玄青会在这个时候保护她，我让夏夏在那个时候好好配合谢玄青的演出，依偎在他怀里，等他晕过去后，再把他扛到附近的山洞里。

在我的记忆里，之后谢玄青会昏迷个十来天，这就留出了时间，给我与夏夏去制订下一步的计划。

明天，只要按照过去发生的事情走就好了。

但我也不得不考虑一个变数——谢濯。

为了阻止夏夏和谢玄青相遇，不知道他会做出些什么事来。他没有阴阳鱼，应该是无法和过去的自己建立联系的，照理来说他应该来找夏夏，但我陪夏夏聊到夜深，也没看到谢濯出现。

他恐怕另有图谋。

我出于对谢濯的戒备，让夏夏一整夜都将阴阳鱼开着。

但就这么平安无事地来到了第二天。

谢濯什么也没对夏夏做。

越平静，越让人不安，我更加小心，时刻在脑海中关注着夏夏那边的动静。

一大早，我就催促夏夏出门了，让她谁也不告诉。

我让她在离谢玄青出现的位置二里地外的雪竹林里面猫着。只等"吉日良辰"一到，我就让她出发到谢玄青会在的位置。

偌大的雪竹林里，夏夏猫在一个僻静处，我猫在雪竹林的另一个僻静处，谢濯可能也在某个地方等待着，不知要捣什么乱。

在等待的时间里，夏夏悄悄通过阴阳鱼对我说："说真的，我觉得我渡劫也不一定非要靠谢玄青喂我一口血，只要我好好修行，靠自己的本事渡过劫数，不就得了吗？"

我又忍不住骂她了："你是不是脑子不太好使？你怎么还没明白，现在问题的关键，不是你能不能渡劫成功，而是你喝没喝谢玄青的血。如果你没有喝血，你与他就没建立血誓，没有血誓，等他拿着盘古斧劈开时空拉着我回到五百年后，我与他之间的血誓也消失了，到时候他就手起刀落把我宰了。也就是说，你真的能看见你生命的尽头了，就是死在五百年后的谢濯手里！"

"那我可以不与他建立血誓，但在未来五百年更加努力地修炼，搞不好我就能打败他了呢？"

"昆仑哪个人能拿盘古斧劈开时空？"

"西王母能。"

"西王母修炼多少年了？"

"好几千年了呢！"

"就你？五百年能？"

夏夏闭嘴了。

我看了看天时："差不多了，赶紧走吧。你记住，自然一点啊，谢玄青其实很敏锐的，你可别让他起疑心。"

"知道了知道了，我怎么变得这么啰唆……"

她话音刚落，我脑海中"咚"的一声，紧接着夏夏那边的视野忽然一黑，然后"扑通"一声，好像是夏夏的身体倒在了雪地上。

我一惊："夏夏?!"

那边没声音了。

谢狗！老贼！果然贼心不死！该来的还是来了！

我掀起衣袖，驾轻就熟地将匕首放到手腕上，刚要拉手腕想把谢濯引过来，就听见那边黑暗中传来的声音：

"你就这样打晕她不好吧？"这声音脆生生的，竟然是五百年前的蒙蒙的声音！

"这是为了她好啊。"

一个浑厚的男声传来，这声音对我来说有点久远，但听在耳朵里还是熟悉的！这是我曾经最得力的副将吴澄，这个铁憨憨，他在这么关键的时候打晕我做什么?!

"你接的密报说九夏在雪竹林里练妖邪秘法，但你没找到证据，也没与她对峙，就把她打晕了……"

"你没看见啊，这么冷的天，她一个人在这林子里自言自语唠叨半天，还说什么'血誓、西王母、几千年'的，怎么听都像是走火入魔了！"吴澄仿佛发现了一个大秘密，"她还说她自己啰唆，这不是走火入魔，难道是失心疯了吗？"

我："……"

我解释不了。

我的声音也没办法通过阴阳鱼传到吴澄和蒙蒙的脑袋里。

我只能无助地听着脑海中一阵窸窸窣窣的声音传来，我想，应该是铁憨憨吴澄将我扛了起来，声音的位置变了，有些模糊，但大致还是能听清楚："先扛回去让值守的上仙看看。"

蒙蒙问："九夏要是没有走火入魔呢？"

"没有不是更好？"

"那她醒了不会打你吗？"

"哈哈哈！我老大哪儿有这么小气！我都是为了她好！先回去让上仙看看，走火入魔了就治，没有走火入魔的话我让老大教训我两顿也没事。”

我气得直接把耳朵上的阴阳鱼拽了下来扔到雪地里，本还想踩上两脚，但忍住了，只在心中痛骂：谢濯可真是好算计啊！

他这一步，时间，人选，都挑得可谓是刚！刚！好！

谢濯密报吴澄，称夏夏走火入魔，吴澄为人正直，脑子却是个憨的，一根筋，直肠子，他一定会来找夏夏。

而身为夏夏的副将，凭他身上的昆仑将令，他可以轻而易举地知道夏夏的位置，我让夏夏躲到人烟稀少的雪竹林，雪竹林又大看起来又都差不多，谢濯当然找翻天都找不到，但吴澄能啊！

只要吴澄带走了夏夏，谢玄青他今天遇到个鬼啊！

而我又碍于"王不见王"的规则，不能亲自去将夏夏夺回来。带走夏夏的不是谢濯，我"以死相逼"让谢濯现身也是无济于事……

我左右一盘算，又骂了一句。

狗东西！

我咬着手指在雪地里来回踱步，雪地被我踩得吱呀吱呀直响。

忽然，一道灵光蹿入我的脑海。

夏夏被绑走了，但这里不是还有一个伏九夏吗？

我不就是夏夏嘛！

我不就是老了五百年嘛！

我皱纹都没多长两条呢！这五百年也没长什么肉呢！

事急从权，我还不能装个嫩重回个青春？

我当即刨了个坑，将雪融了，透过水面，我将头发盘成了五百年前的模样，用雪水在自己脸上拍了拍，让脸颊变得红润起来，随后一掐诀，我又穿回了当年的衣裳。

我望向记忆中谢玄青会出现的地方，深深吸了一口气，雄赳赳气昂昂地奔赴而去，宛如登上了独属于我的战场。

我一边急匆匆地往谢玄青出现的地方赶，一边戴上了阴阳鱼，夏夏那边的情况我还是要时刻关注着的。

万一她醒了，我还有机会与她将位置对调过来，毕竟，现在的我假扮夏夏最致命的一点就是——我身上带着谢濯的血。

谢濯的功法高出我那么多，这是我无论如何都掩藏不了的。

上一次谢玄青就说，他在第一次见到我的时候就发现了我的异样。只是那时候谢玄青已经认识夏夏了，所以并没有对我做什么。但这一次，我回到了我们相遇之前，我一个陌生女子，带着他的血去找他，这势必引起他的怀疑。

才相见，最好别让谢玄青对我有不好的观感，但这避也无法避，我只能寄希望于谢玄青身受重伤，神志不清，瞎眉瞎眼，辨识不出。

我只要今天能蒙混过关，未来十几天，谢玄青陷入昏迷的日子里，我有的是办法和夏夏再想对策。

这是莽撞的一步棋，但现在情况紧急，时间不多，也没有其他选择留给我，与其坐以待毙，不如赌一赌搏一搏，搞不好"小米还能变大鹅"！

我看着天时，一路疾行，没有等到脑海中传来夏夏的声音，临到头，我到底是要走被赶鸭子上架的这一步。

来到记忆中谢玄青出现的地方，面前是个小坡，阻挡了我的视线，记忆里，越过这个小坡，我就能看见他。他会靠着两根双生竹坐着。

我寻笋而来，看见他，第一时间是要跑的，但谢玄青拉住了我，然后会有一道突如其来的银光杀招袭来，但谢玄青会拉我一把，把我拉进怀里的同时，也会让我与那银光擦肩而过。

当年，我就是因为他救了我，所以才没将这个妖怪报给西王母与上仙们，选择私自照顾他。

算算，今天他与我初遇，不过就眨眼的时间，而且他现在重伤，更不会有时间看清我。

现在的初遇虽然重要，但对我和他的感情来说，他昏迷十几天后醒来，见到我照顾他更重要——毕竟，凡间那么多话本子里都写过，女孩救下男孩之后，如果男孩醒来看见的是另一个女孩，那男孩就会与另一个女孩在一起。

守着他，直到他醒来，让他知道我对他的恩情！这才是最重要的！

今天只是走个相遇的过场。

要有不被谢玄青发现猫腻的自信！

我深吸一口气，安抚自己的情绪，随即迈步上了雪地小坡。

一如记忆之中的画面，黑衣谢玄青就在坡下，他靠着两根双生竹坐着，他身上带伤，伤口有血，洁白的雪地也被他的鲜血染红。

画面完美！绝对匹配！是谢玄青没错了！

我要赶紧下去，不然待会儿有银光杀招射来，我就赶不上了！

我从坡上急急跑了下去，来到谢玄青身边，还贴心地站到了他比较方便能拉到我手的位置，然后我等着谢玄青伸手拉我，或者那银光射来。

但我站了一会儿……

时间流淌，光影涌动，雪竹林里的风吹得我人都有点凉了。

我没等来银光，也没等到谢玄青拉我……却等到了谢玄青睁开眼睛。

他一双漆黑幽深的眼瞳，犹如深渊一般凝望着我。

我望着他，他望着我。

场面安静，又有点尴尬。

我忍不住微微侧过了头，瞥了眼太阳，心想是我来早了吗？

不应该啊，是今天啊！时辰也该是现在啊！然后我又往后面偏了一下头，如果那银光是追杀谢玄青的人发的，我都有点想催促那人快些动手了。

再不动手，这画面就跟我记忆中的不一样了！

但就是没人动手。

只有靠着竹子，仰头望着我的谢玄青。我回视他，他嘴角还带着血，不动，不说话。

我忽然想到了一个可能。

"你……"

是不是谢濯？

我心头有了这个疑问，但我又不敢问，他万一不是谢濯，真的是谢玄青，我这话一问出口，那不就惹祸了吗？才见面的人，怎么可能知道他的名字！只要我一问就会让自己变得可疑！那不是给夏夏和谢玄青以后的关系埋雷吗？

我咬住嘴，不敢贸然开口，只能在心里疯狂地推理，他到底是还是不是……

憋了半天，我决定采取最保险的方式曲线救国。

我蹲了下去，让我的视线与他平行，降低我对他的威胁感，我尽量让自己的声音变得温柔，问他："你怎么伤得这么重啊？"

黑瞳微微波动。

他盯着我，那双漆黑的眼睛里，映着的都是我的脸。

"你痛不痛？"我继续问他。

我想，如果他是谢玄青，我这样问完全没有问题，甚至还可以建立他对我的好感。虽然不知道他盯了我这么久，有没有察觉到我身上他血的气息，但这雪地上都是他的血呢，回头再糊弄吧。

如果他是谢濯，那就更没问题了。

谢濯知道自己设计让人绑走了夏夏，所以一定能推断出这里的是我。他听到我这样与他说话，肯定是要憋不住嘲讽我的。

等他开口，我就知道他是谁了。

但他不开口。

不管是谢濯还是谢玄青，都不喜欢说话。

这我认了。

我心里琢磨，还有没有别的办法，能在不暴露自己的情况下探查到他的真实身份，还没想出对策，他动了。

他抬起了手，似乎在雪地里坐得久了，他抬手有点吃力，一个动作，便让他呼出了一口气，气息在寒冷的空气中缭绕成白雾。他终于拉住了我的手。

我愣神，随后又反应过来。

和离

152

是吗？是现在了吗？银光该出现了？

在我还在等的时候，面前不知是谢濯还是谢玄青的人将我往前一拉。

我倒入了他的怀里，闻到了鲜血与风雪的味道。

但我的耳边，却没听到银光擦过的声音。

我的脸埋在他怀里，我看不见其他地方，只听到了他在我头顶的呼吸声，还有他胸膛的心跳声，然后我感觉他另一只手，绕到我身后，抱住了我。

有点颤抖，有点紧。

他的怀抱是湿润而冰凉的。

我不敢吭声，静默许久，等他抱住我的手慢慢松开后，我才抬头看他，他果然晕了过去。

嗯？

忽然跟记忆又契合上了？但我左右找了一圈，也没看见银光杀招的痕迹啊，他拉我入怀干什么？难不成是想抱抱我？

但……无论是谢濯还是谢玄青，都不应该只是单纯地想抱抱我吧？

我想不明白。

但我更倾向于相信，他就是谢玄青。

因为，按照谢濯的目的来推断，他是来阻止夏夏与谢玄青的相遇的。如果我面前的人是谢濯，那他肯定知道自己的目的达成了。

夏夏与谢玄青没有相遇，之后就更不会有喂血一说。他剩下唯一要做的事情，就是把我带回五百年后。

只要我现在与他回到五百年后，我与他的历史就算是被他成功改写。回到五百年后，我的身体里就不会有他的血，他就可以达成他的最终目的——杀我了。

但只要我们在五百年前，一切事情都还有变数。我还可以找机会让夏夏遇见谢玄青，让他们建立感情，让谢玄青给她喂血。

照这个推断，面前的人如果是谢濯，那他应该迫切地想将我带回五百年后，摘取自己的胜利果实。

而将我看也看了，抱也抱了的人，却没带我走，一定是谢玄青没错了。

我又将晕过去的谢玄青打量了一遍，然后确定——他身上的伤都是真的。如果是谢濯为了做戏来诓我，他大可不必做得如此认真。一个知道过去的人，怎么还会伤成这样。

所以，综上所述，这个人一定是谢玄青！

不再纠结，我扛起了他，按照记忆，将他背去了那个我重新熟悉起来的山洞里面。

"谢玄青。"我对他说，"在你醒来前，我一定让夏夏来见你。"

我把他放在山洞里熟悉的位置，又帮他整理了一下衣服："这姻缘，我说不会断，就一定不会断。"

忽然，我的手停在了他衣襟口。

我仿佛恍惚间看见了什么……

我心里生出一股莫名的感觉，我顺着他的衣襟，拉开他的衣服领口。这与谢玄青一样结实的胸膛上，有一道谢玄青身体上绝对不会有的疤。

他心口上的疤我认识，那是我们相遇一百年后，谢濯为了救我的命，在昆仑之外被邪祟袭击时留下的剑伤。

而此时此刻，他心口上明晃晃的疤提醒着我，我刚才所有看似合理的推断都错了。

我面前这个人，真的受了这么重的伤，真的没有着急带我回到五百年后。

他设计让吴澄带走了夏夏，不知用了什么手段，搞走了本该出现在这里的谢玄青，不知又发生了怎样惨烈的事情，才把自己搞得一身是伤地来到了雪竹林里，来到了我们初遇的地方。

然后他等到了我，他刚才也是真的……

拥抱了我。

可他为什么……

我站起身来，有点不敢置信，有点难以理解。

我后退一步，但本来应该昏迷着的谢濯却忽然一把拉住了我的手。

我有点被吓到："做做做……做什么？"我的理智瞬间被这一下给拉回来了，来了吗，来了吗？就是现在吗？谢濯要拉着我，带我回五百年后摘取他的胜利果实了吗？

他喘了口气，有些虚弱地将头靠在石壁上。

"伏九夏。"他说，"再问一句……"

"什么？"

"我伤得很重，问我，痛不痛……"他拉着我的手，目光落在了我错愕的脸上，"你很久没问过了。"

第七章

食人上仙

我当然问不出口。

一对夫妻，能走到和离，不就是因为所有的温情与热烈都被消耗干净了吗……

谢濯之前还口口声声地说着要杀我呢。

他这个要求真的是提得极其莫名其妙。

于是我沉默地看着他，一如他平时沉默地看着我那样。

他看着我，等了许久，然后开口了："伏九夏，你是不是在玩一个游戏。如果我那么对你，到某个时刻，你也会那么对我。"

"你在说什么？"

"你在报复我……"

我愣住，却见谢濯慢慢闭上了眼睛，紧接着，他的手也终于失去力气，松开了我，垂了下去。他伤得太重，终是撑不住，真正地昏迷了过去。

我想，谢濯一定是伤得迷糊了，他这话说得……仿佛是个在倾诉自己委屈的孩子一样。

我看着昏过去的谢濯，静默地站了许久，想想这时间地点，心头更是五味杂陈。

我是来让谢玄青和夏夏相遇的，结果这个当口，夏夏不在，谢玄青也不在，只有我与谢濯这对怨偶，还奇迹般地重复了五百年前的事件。

命运的安排果然让我猜破脑袋也猜不透。

但在短暂的感慨之后，我忽然脑中灵光一闪！我在哀叹什么？我在悲伤什么？现在这是什么天赐良机——

这不趁机偷了他的盘古斧?!

虽然我现在还没来得及让夏夏和谢玄青相遇，但穿梭时空的大杀器掌握在自己手里总好过掌握在谢濯手里啊！从来到五百年前到现在，我的功法一直无法与谢濯相提并论，更遑论从他身上抢东西，此时不动手，更待何时！

我立即蹲下身，先翻了他的衣袖，又顺着他的腰带摸了一圈，随即拍了拍他的裤腿和鞋子，搜身完，我除了摸到一手血，在他身上真是什么武器都没发现。

我略一沉思，索性拉着他的衣襟，直接将他上半身的衣服整个扒了……

衣衫褪去，然后我呆住了。

谢濯身上，遍布伤疤。

除了他心口位置的伤疤我知道以外，其他地方，大大小小，深深浅浅，新旧交替的，全是我不知道从哪儿来的伤疤。

而更可怕的是，这些伤疤，无一例外，都是被邪祟邪气所伤而留下的。

邪祟留下的伤口会比普通仙器和武器留下的伤口更加狰狞，除了伤口的位置，伤口旁边还会留下蜘蛛纹一样的撕裂皮肤的细纹，所以能让人一眼认出。

我张着嘴，看着他的身体，彻底傻了。

前不久我才在这个山洞里看见过谢玄青的身体。他的身体不是这样的。他虽不是白白净净的，偶尔有些地方也有伤痕，但绝不是现在这样……

多得可怕。

谢濯他……

他到底都经历过什么……

我忍不住抬起手指，避开他身上的新伤，在过去的伤口上游走着。这一条条，一道道，若是换个人，怕是命都要没了。而谢濯却承受了这么多，还一点都没让我知道……

这个妖怪他……他不会痛吗？

我的大脑像被撞钟的木头撞了一下，一时有些嗡嗡作响，但就在脑中嗡鸣间，我忽然想到了过去五百年间，我某几次与谢濯吵起来的缘由。

起因就是，谢濯会莫名其妙地消失。

他不会提前告知我，总是日子过着过着，这人就直接不见了。有好几次失踪，我甚至都以为谢濯丢下我自己跑了。

但隔段时间，谢濯又会静悄悄地回来，像什么都没有发生过那样。

对谢濯这样的行为，我当然问过也吵过，痛骂过也威胁过。但他从来都不会正面回答我，他到底去哪儿了，做什么了，为什么要这样，下次还会不会这样……

一次又一次，次数多了，我就疲了，也变得冷淡了。

后来，我再也懒得管他的行踪，只求他不要过问我的去向。

但我的去向他又不会不管……

这成了我要和离的原因之一。

我与谢濯成亲，不是奔着和离去的。但婚后的各种事件导致的情绪，却推着我不得不走向这条路，这最终也成了一条必然的路，由我与他的性格和过去堆砌而成。

这条路，只会通向唯一注定的结局——

和离。

所以，谢濯那些消失的时间，难道都是去与邪祟作战了？

但为什么他不告诉我呢？

而且昆仑哪儿来那么多危险的妖邪，还是能把谢濯伤成这样的妖邪？如果厉害的妖邪那么多，昆仑怎么可能一无所觉，五百年间，从上到下，谁都没有一点危机感。上仙们沉心自己的修行，小仙们种花养草寻找自己的乐趣，西王母还开了东西市……昆仑俨然就是一个人间传说中的修仙桃源。

难道，我的前夫谢濯是去另一个世界斩妖除恶了吗？

想不明白。

如果说初遇时，谢濯为了不让我害怕，隐瞒了他雪狼妖的身份。那这五百年间，他对他这满身伤痕的隐瞒，又是为了什么？

我没注意指尖触碰到了谢濯的皮肤，立即抽回手来，却又觉指尖上的凉意缠绕，让人无法忽略。他皮肤冰凉，仿佛这个躯体已经没有力气继续维持自己的温度。

如果我能给他施个术法，护住他的心脉，他或许会好受一点。

忽然，神识里传来一声夏夏的怒骂："就你鲁莽！你把老子扛这儿来干什么！"

是夏夏醒了。

夏夏耳朵上的阴阳鱼也没关，于是我再次看见了她那边的画面。

她直接给了吴澄屁股一脚，将吴澄踹了个四仰八叉。

蒙蒙在旁边呆了，连忙插在两人中间劝架："九夏！有人密报说你修习妖邪之术！"

"还密报！还修妖邪之术？你们怎么不信我修的是驻颜之术呢?！"夏夏直接从吴澄背上踩了过去，挥手就要掐诀御风，看来是没忘记我交代的任务。

但吴澄一把抱住她的腿："老大，不要误入歧途！"

"给老子滚！就知道耽误事！"她一脚把吴澄踹飞了。

夏夏御风而起，她想起了我的存在，连忙唤我："你还在吗？时辰过了吗？还来得及吗？我还有救吗？"

我看了谢濯一眼，然后敲了耳朵两下，让夏夏在那边跟我同步看到画面。

然后她那边御风的速度慢下来了，显然是松了一口气："你代替我去了？还好……真聪明，不愧是我。"

"这是谢濯。"我告诉夏夏，"没找到谢玄青。"

夏夏一惊，明显呆了一瞬，然后没有一句废话，直接问我："你这不给他一刀?！"

我："……"

论心狠手辣还得是我。

夏夏见我没动手，有点愣神：

"你真不杀他？上次我就说过了，杀了他才是一劳永逸的办法。不用拿什么盘古斧，也不用找什么谢玄青了。你之前跟我说这条路走不通是因为谢濯厉害，杀不了他，现在，机会不是来了？"

我深吸一口气："我不会杀他。"

"为什么？"

"你看见他身上的伤了吗？"

我盯着谢濯的身体，夏夏沉默了一瞬。她现在虽然还不是上仙，没有统御昆仑守备军，但她也在军中待过了，认识这些伤口。

"未来的五百年，他经常与邪祟作战吗？"夏夏问我，"他可是为昆仑立下了汗马功劳？"

"我不知道他有没有为昆仑立下过汗马功劳，但凭他这一身的伤，我昆仑修仙者，任谁也不该杀他。"

与邪祟作战不仅是我昆仑守备军的职责，更是整个洪荒修仙之士的使命。为除邪祟而拼过命的人，不管我与他有什么纠葛，他都不该死于我们的私人恩怨。

"而且……"我道，"他还曾救过我的命。"

"他还会救你的命？"夏夏显然有点不敢置信。

他当然会。

我看着谢濯心口上的那道伤疤，手指放了上去，积攒在指尖的术法，通过皮肤的触碰，传到了谢濯的身体里。

光芒闪烁，我将他的心脉护住了。

而在看过谢濯这满身伤痕后，刚喊着"这不给他一刀"的夏夏，也没有再阻止我，她只是很奇怪："一个和离后就想杀人的妖怪，还会救人？"

"四百年前……对你来说应该是一百年后。昆仑北口有邪祟异动，我飞升上仙后，负责统御昆仑守备军。我前去镇守北口，那时谢濯跟我一起去了……"

"啊？"夏夏有些无语，"你都统御昆仑守备军了，竟然让丈夫与你一起上前线？这还不被那些'损人'嘲笑？"

"损人"是我们守备军将领之间的"爱称"。

当年谢濯跟我一起上前线，就像夏夏说的，我当然是被一群损人嘲笑的。

那时我才统御昆仑守备军一百年，昆仑未曾发生什么重大的战事，是以我一直未曾立起来威信。许多将军是与我一同成长起来的，言语间还将我当作朋友相处。

这在平时自然没事，但在战时却很是不妥。

我的命令在前线执行的效率很低，有些将军并不将我的话听在心里，在他们看来，我不过是个运气好，早他们一步飞升成功的女仙而已。这种轻蔑在谢濯跟着我来了战场之后，更加不做掩饰。

他们认为我是初出茅庐的小丫头，哪怕飞升上仙了，也没什么本事，还要靠着自己那个沉默寡言的妖怪夫君来壮胆。

我几次三番劝谢濯回去。但谢濯回应我的从来就只有一句话："来者不善。要小心。"

那时候，我们派出去的探子还没回来，虽然知道昆仑北口之外有邪祟蠢蠢欲动，但并不知对方是什么级别的妖邪。谢濯说的话，不只将军们不信，连我也是不信的。但他的到来，给我治下带来的困扰却是实实在在的。

我赶不走谢濯，只得常常将谢濯从我身边支开，然后独自去面对那些不服气的将军，渐渐地让他们知道了，我并不需要任何人撑腰，也可以收拾他们。

然而，在我还在安内立威之时，北口外的邪祟却忽然发起了袭击。

那一日，我要去北口阳峰巡视，那是昆仑北口上的最高处，可以俯瞰外面的情况，此处在北口关卡以内，受盘古斧结界庇佑，照理说应该是个非常安全的地方。

谢濯也是在知道我要去的地方之后，才乖乖听了我的话，去探望受伤归来的前哨，安心被我支开。

但谁都没想到，这一次来犯的邪祟，当真如谢濯所说，极其不善，他竟然直接闯入了盘古斧的结界，直冲阳峰，丝毫不攻击其他昆仑要害，直愣愣地抓了我，将我带出了昆仑。

那是我仙生第一次离开昆仑。

此后数百年我对昆仑外的世界充满戒备，大抵就是因为在第一次出去的时候，完全没有获得好印象。

我被邪祟带去了他的老巢——这是我们让探子出去找却一直未找到的地方，一个离昆仑二百里地外的小山谷里。

山谷之中寸草不生，盘踞在此的邪祟过多，以至于空气污浊得令我窒息。

当我头晕眼花地被绑着丢到地上，正想着我那昆仑将令能不能把我的位置传回昆仑时，一只坚硬的爪子便抵上了我的下巴。

我一抬头，面前的人脸上八只眼睛配一张竖着长的嘴，獠牙龇出，泛着寒光，光这长相就看得我倒吸一口冷气。

不是没见过长得奇怪的，而是没见过长得这么奇怪的……

他看来是蜘蛛妖成的邪祟。他嘴上的獠牙一直在"咔吱咔吱"地互相磨蹭，发出令我耳朵极度难受的声音。从竖着的嘴里流出的液体滴落在地上，形成蛛丝一般的丝线。

他八只眼睛不停地转，每一只都盯着我的脸。

"谢濯娶的便是你？"

他嘴里发出嘶哑的声音，语调奇怪，好似并不是从他嘴里说出来的话一样。

"费我这么大的功夫，可算将你带出来见了见。"

我心里奇怪，直接问他："你是谁？与谢濯有何渊源？为何要抓我？你们在昆仑外图谋什么？"

蜘蛛妖并不回答我，却一阵怪笑，转而扭过头，看向四周："都来看看，这就是谢濯的妻……"蜘蛛妖喉咙里发出命令一般的声音：

"记住她。"

邪祟诡异的气息在我身边涌动，我转头看向四周，黑暗里闪烁着无数猩红的眼睛，它们都盯着我，带着嗜血的光。

我那时对我夫君谢濯的了解实在少得可怜，不知道他怎么招惹了这么一堆邪祟，看起来与他有血海深仇的模样。他都入我昆仑一百年了，还有这么多邪祟来找他寻仇。

虽然，如今我依旧不知道他与邪祟到底有什么恩怨……

"主人，他来了。"

大殿入口，传来一声低沉的禀报。

我不知道是谁来了，但下一刻蜘蛛妖便抬起手，黏稠的丝粘上了我的肩膀，随即蛛丝膨胀，转眼便将我浑身包裹起来。

蛛丝糊住了我的眼睛与耳朵，将我像蚕一样包裹起来，我犹如坠入了海中，眼睛是糊住的，耳朵里一片嗡鸣，隔绝了蜘蛛妖那獠牙疯狂乱磨的动静，也隔绝了其他一切声音。

我被倒吊起来，挂在大殿顶上。

我这才模模糊糊地看见，这是一个不小的石头大殿，入口处一扇石门露出了一点缝隙。

所有邪祟的注意力都在那个缝隙处，他们仿佛在戒备，又在害怕，殿中气息翻滚涌动。

没人注意我了，我开始动脑子想要从这蛛丝里面逃出去。

我被绑在身后的双手交握，刚想调动内息挣脱束缚，不承想那最开始粘在我肩膀上的蛛丝却像针一样，扎进我的皮肤里。

我只觉一股寒凉的气息注入我的身体，我整个人一阵激灵，顿时起了一身的冷汗，心跳倏尔加快，我一张嘴，一口黑血便从我口中涌出。

那时我想到了，毒蜘蛛捕食的时候，是将毒素注入猎物体内，将其裹进蛛丝，等毒液将猎物五脏六腑全部溶化，它再吸取汁液的……

我，似乎成了蜘蛛妖的猎物……

我头脑发蒙，调动内息抵御毒素。

而在此时，下方大殿里，石门被一股大力震飞，力量震动了包裹我的蛛丝，让我的身体跟着一起震颤。

一人踏进门来，我双眼模糊，看不清他的容貌，下方喧闹在我耳边也是一片寂静，甚至连时间的流逝也变得不确定起来。

我只觉我一眨眼，下面所有的邪祟便没了动静，我再一眨眼，闯入的那人便捏住了那蜘蛛妖的脑袋。

他捏着那可怕的八只眼的脑袋，像没用力一样，连着头盖骨都直接给捏炸了。

在蜘蛛妖失去脑袋的那一瞬间，捆缚住我的蛛丝松落，我从蛛丝里慢慢滑落，我终于看清了外面那人的面容。

除了谢濯，还能是谁。

只是他脸上带着的森冷杀意，是我从未见过的，他宛如地狱修罗，一身杀气充斥整个大殿，脚下全是鲜血。

细数下来，这是我第一次看见谢濯开杀戒。

他手段残忍，利落，毫不犹豫，已然经历过千锤百炼。

我张了张嘴，想要喊他的名字，他却似与我心有灵犀一般，仰头看向了我。

而也是在这一瞬间，他那一身杀气都没了，残忍没了，利落也没了，换了惊惧与忧怖。

拉扯着我的最后一点蛛丝断裂，我从大殿顶上坠落，谢濯接住了我，却也发现我的不对劲，我嘴里还在涌出黑血。

"九夏。"他唤我的名字，甚至有点无措。

"毒……"

我说了一个字，他立马便明白过来，很快就在我肩头找到了那被蛛丝扎过的伤口。

他抬手摁在我的伤口上："你忍忍。"

谢濯的气息顺着伤口进入我的身体，与方才中毒时的凉意不同，他的气息一过，我感觉麻痹的四肢都慢慢开始回暖。他一点一点地帮我祛除身体里的毒，我没有觉得有多痛，但见他打量我的神情，眉头皱着，嘴唇也抿着，仿佛心痛得难以忍受一般。

我想宽慰他，而在此时，谢濯背后那没有脑袋的蜘蛛妖倏尔站了起来。

我惊惧得瞪大双眼。

"谢濯！"

他丝毫没动，任由蜘蛛妖的利刃从他身后穿入他的胸膛，直至从胸前穿出。

利刃停在我眼前，带着鲜血。

而我身体里祛除毒素的气息却并没有停下，直至将最后一点毒素逼出我的身体。

蜘蛛妖那么大的动作他怎么会察觉不到，他只是没有管那蜘蛛妖。

谢濯这才松了一口气，面色苍白地呛咳一声。

蜘蛛妖将利刃从谢濯身体之中抽出。

"谢濯，你真有趣。"蜘蛛妖没有了脑袋，却从胸膛里发出了这句调侃，"给自己找了个弱点。"

我看着谢濯的血滴落，心尖收紧，又痛又怒，我转头看向蜘蛛妖，抬起手来，忍着身体的疼痛，吟诵法咒。

只听长天之上，轰隆雷响，顺着我手指的方向劈下。

那蜘蛛妖承接雷刑，顿时灰飞烟灭，但飞灰之下，他的声音却宛如幽灵一般飘荡。

"这只是个开始。"

我挥手击散飞灰，抱住谢濯。

他面色苍白，却不露痛色。

我知晓蜘蛛妖这一击定然带着邪祟之力，这力量会钻入他的内息之中，此后数日皆会不断撕裂他的内息，多少仙与妖都是在被邪祟伤后，受不了内息撕裂之苦自杀身亡的。

"回去。"谢濯说，"这里，对你不好。"

又是对我不好。

我那时和谢濯成亲已经有一百年，这话也听过很多次了。我开始习惯将他的话抛诸脑后，但这一次我没有。

我将他扛了起来："我们一起回去。我带你回昆仑治伤。"

"别担心我，九夏。"

我侧头看他，他也看着我，温和地说："没危险了，笑一笑吧。"

我当然笑不出来："等你伤好了，我天天对你笑。"

他点头："好。"

后来，我当然食言了，我并没有天天对他笑。我们的婚姻还有四百年，那四百年里，别说天天笑了，我是对着他吼过，骂过，还动过手的，到最后，甚至连不周山都打偏了几分……

究其缘由，当然是为了反抗他对我诸多不合理的要求。

之所以我们之间还有这四百年，是因为谢濯虽然欺我，瞒我……可他也曾拿命来救我。

但到底，生死相交，抵不过时光琐碎的消磨。日复一日，足以耗尽所有激情。

我在山洞外，通过阴阳鱼，对夏夏讲完这段她还没有经历的"过去"之后，夏夏愣了许久，然后开口。

"所以，谢濯那时候就强得一塌糊涂，灭了整个山谷的邪祟，你竟然没意识到他的强大，此后几百年，还经常和他动手？"她直言不讳，"我是不是想死？"

我撇了撇嘴："当离开那石头大殿的时候，西王母也来了。"

那日我带着谢濯往殿外走去，破碎的石门外，日光铺洒，但我眼前却是一片尸山血海……

山谷里面的所有邪祟，都变成了地上的血水，黏黏糊糊，淌了一地。

我一脚踏出去，都能溅起血花来。

我也短暂地震撼于谢濯的力量，但在走了两三步后，我看见空中落下一个微微散发光芒的身影。正是我昆仑主神西王母。

我立即扛着谢濯向她而去。

而后西王母带着我们回了昆仑，治好了谢濯的伤，也许了我小半年的假期，倒不是因为我受伤，而是因为……困扰昆仑的邪祟之乱，已经没了。

"我那时就理所当然地认为，灭山谷邪祟之事，是谢濯和西王母联手做的。有西王母在，弄出这些动静，也很正常。"

夏夏琢磨了片刻："这样说来，谢濯心口上的伤是那次为了救你而受的。从背后捅到胸前，劲不小啊。但我见他身上还有比这可怕的旧伤，那些伤，说什么也得养几个月才能好吧，你与他朝夕相处，真的就什么都不知道？"

我在回忆里思索了片刻，随后长长叹了一口气。

"你怎么知道我们是朝夕相处呢？"

"你们不是成亲……"夏夏顿了顿，"罢了，五百年夫妻，都没睡过，还有什么想不通。"

我被噎住。

谢濯在我们的婚姻生活里消失，在我这儿几乎变成家常便饭了，一去几个月，小半年，也不是没有的。

那时我烦他，但现在我见过他身上的伤，大概也知道他干什么去了。

现在想想，甚至还有更多佐证。比如在那次蜘蛛妖事件之后，谢濯躺了三个月，那算是我们婚姻生活中感情最好的三个月吧。

他在我的照顾下好了起来，然后立马就消失了，隔了小半年才回来，我的一腔柔情早就变成了一腔怒火。

我大发脾气，在这感情正好的时候说走就走，谁受得了？

而他照例没有告诉我他的去向。

再然后……

再然后我们的感情就急转直下了……

但也是从那次起，昆仑再也没有了邪祟侵扰，之后四百年，昆仑犹如修仙界的世外桃源，甚至开放了东市，让小妖怪与各种仙人谋营生。

"那……"夏夏问我，"是谢濯解决了侵扰昆仑的所有邪祟吗？"

"我不知道。"我直言，"他什么都不告诉我。"

"但若是做祛除邪祟的事，他为什么不告诉你？这不是好事吗？"

我转头往山洞里面看了一眼，谢濯还在里面沉睡，我护住了他的心脉，他应无大碍。

我垂下眼眸。

"若是有话直说，我和他还会走到这步田地吗？"

毕竟，对于谢濯，我是真的爱过的。

说完这四百年前的一段往事，我沉默地坐在雪竹林的山洞外，吹着昆仑二月的寒风，夏夏也是一阵沉默。

过了好久，她才叹了一口气："我想问问你，被以前保护着你的人喊打喊杀，是什么感觉？"

好问题。

我品味了一下，一时竟还觉得有点扎心。

不过我很快就平静了下来，告诉过去的自己："还行，等你过了五百年婚姻生活，你就会发现，亲密关系里无论发生什么，都是可以接受的。习惯了。"

因着没有了要办的事，夏夏不着急了，她似乎也找了个路边坐着，像闲聊一样说："可是……任谁都想不到，在刚刚那个故事里舍命救你的人，有朝一日会来杀你吧。"

我下意识地觉得夏夏说得对，但转而一想："可能再过五百年这样的婚姻生活，我也会想杀他的。"

夏夏有些无语："怎么……你们成了婚的仙，连人都不做了，是吗？"

我撇了下嘴，默认了一段不好的姻缘，会把仙变得不像仙，人变得不像人这件事。

夏夏似乎想起了之前我告诉她的谢濯要杀我的原因，所以她又问我："他身上那么多的伤，他都不喊痛，你剪红线的时候，他得有多痛，才会忽然疯成这样。"

我往山洞里面看了一眼："他再痛，也不能杀我。"

"可是，他真的会杀你吗？"

我眉毛一挑："那……咱们试试？"

"倒也不必……"夏夏秒怂，"我不是这个意思……"

我深吸一口气，将心里五味杂陈的情绪都按捺下，站起身来，回头望着洞口。

我说："他身上的伤虽然可怕，但现在不是对他动恻隐之心的时候，你还没喝过谢玄青的血，我不能被他带回五百年后。若是真的如我上次推断的那样，我与他回去，只改变了我们的体质，却没有消掉我们的记忆，那只要回去，我就完了。我不能去赌他的良心。"

夏夏重重地"嗯"了一声，生死攸关的时候，我都是小心的。

"那现在怎么办？"夏夏问，"我和谢玄青的相遇已经被耽误了，从事实来说，这个过去，已经被改变了。"

"得扳回来。"我摸着下巴思索，"谢玄青一定是在这个世界的某个地方的，只是被谢濯藏了起来，虽然我不知道他是怎么做到的。但他一定不是自己做的，一定还有帮凶……"

我在脑中不停地搜索谢濯在昆仑认识的人，但最后发现，我对我这个枕边人果然一无所知！

毫无头绪！

在我记忆里，除了我，谢濯在昆仑跟谁都没好脸色，谁还能帮他？

想不到，我只能告诉夏夏："谢玄青是必须找回来的，明天，你来这个山洞看着谢濯，他要是醒了，你就逼问他谢玄青的下落，但他多半会装死不回答你。没关系，别生气，你只要看着他，别让他来找我就行了。"

"为什么要我来？"

"我在他身上没搜到盘古斧。"

我一点，夏夏瞬间就与我心意相通了："明白了，在我和谢玄青缔结血誓之前，你不能见谢濯，万一他抓了你直接劈开时空把你带回去，那这场拉锯战，你就是真的输了。"

"嗯，所以，从明天开始，你盯着他，而我会顶了你的身份，去查谢玄青的下落。这段时间，你尽量不要出现在昆仑别的地方，以免引起他人怀疑。"

夏夏干脆利落地点头："没问题。只是……你打算怎么找谢玄青？"

我梳理着线索："谢濯这次回来得比我早，他藏了谢玄青，还安排了吴澄来打晕你，可谓是机关算尽，但他依旧受了这么重的伤……"

我脑中出现了那个叫作渚莲的人的脸。

我不确定这次谢濯受伤和以前谢玄青的伤是不是都与那人有关系，但可以推断，以谢濯和谢玄青这样的本事，他们能被伤成这样……

"他一定遇到了强敌，有一场大战！"

我没有说出口的话被另一个我说了出来，夏夏直接推断："必定有个大动静！哪怕不在昆仑，在昆仑外也一定有人知道！"

"对。"我点头，"从明天开始，我会动用你身边能动用的所有关系，从昆仑守备军到翠湖台的老秦，我都去问一遍。哪怕找不到谢玄青，也能知道他们在哪里出的事……"

夏夏接话："然后就能顺藤摸瓜，找到头绪！"

不愧是我，思路一模一样！跟自己办事，省去了多少沟通成本！欣慰！

"好！就这么定了！"夏夏站起了身，"明日辰时，我来接你的岗，盯着谢濯。"

夏夏关掉了我与她的通信。

今天忙活一通，到现在我也有些累了，我知道，我此刻应该离开这个山洞，像上一次的谢濯一样，在雪竹林里找个地方住下，但是我却半天没有迈动脚步。

隔了很久。

"再去看看吧。"我自言自语，"万一能摸到盘古斧呢。"

我再次走进了山洞里。

山洞里的光线比外面幽暗许多。谢濯重伤在身，依旧在沉睡。我刚给他留下的守护心脉的术法还在散发光芒。

只是这光芒让他身体上的伤显得更加狰狞，我看了一会儿，冷笑一声。

"我算是知道，你为什么不在我面前脱衣服了。"

一脱衣服，这么多伤，怎么解释？

谢濯一旦选择了隐瞒一件事，那势必件件事都得瞒。不能说不可说的太多，当然只有沉默。

我伸手，再次从他有衣服遮挡的地方开始摸。

从胳膊、腰腹再到腿上……

盘古斧没摸到，却摸了一手湿答答的血。

没搜完身，我就停下来，看着他身上的旧伤，问他："你是怎么做到的？"

我目光移到他脸上。他面色惨白，即使昏迷着，也一直皱着眉抿着唇，满是防备与不安。

"你过的是什么日子？"

"你都干了些什么？"

"为什么……"我看着我手上的血，"你能沉默多年如一日？"

我的问题，他没有回答，或许不管清醒与否，他都不会回答。

我看着苍白的谢濯，忽然想起来，我已经很久没有看过这样的他了。哪怕是四百年前，他被蜘蛛妖捅穿了心口，他也没在我面前露出如此模样。

只有我们初遇之时……

初遇之时……

我瞥了眼四周，一时心头感慨翻涌，现在，可不就是我们初遇之时吗……

一样的地方，一样的场景，我却完全换了心境。

"谢濯。"我站起身，手中术法光芒注入他心脉，令他心脉上光华更甚。

"别死了，我等你起来，斗完这姻缘路上最后一场。"

第二天，辰时。

我和夏夏换了岗，我住进了五百年前我自己的仙府，夏夏去了山洞。

在我熟门熟路找到自己藏钱的地方，拿了钱要去找人办事时，夏夏打开了她的阴阳鱼。

我眼前出现了夏夏那边的画面，是山洞的石壁。

"嗯？怎么了？"我问夏夏。

下一瞬，夏夏一转眼，目光便落在了面前那人身上——谢濯。

谢濯醒了，他正盯着夏夏的眼睛，他神色淡漠，眼中暗藏寒光，仿佛一眼就透过夏夏的眼睛看到这边的我。

我身形一僵，随后面色一沉，定了心神，我问夏夏："他干什么？"

夏夏沉默了一瞬，然后乖乖回答："我刚来，他就醒了，然后看到我耳朵上的阴阳鱼了……"

我明白了，定是谢濯给夏夏施压，让她跟我通信的。

"伏九夏。"

谢濯唤了一声，夏夏的视线猛地高了一截，仿佛是因谢濯的这一声唤，挺直了背脊。

"过来。"

他这个"过来"，总不能是叫在他面前的夏夏过去，他自然是听到了夏夏跟我说话，叫我过去。

那我能过去吗？我当然不去啊！我又不傻！

"告诉他，做梦。我很快就能找到谢玄青，然后把一切都扳回正轨。"

说完，我还不忘给夏夏打气："你别怕他，就跟他大声说话，他跟我还有血誓呢，他身体里的血誓知道，他打了你就是打了我，他不会打你，放心大胆地骂他！"

夏夏也很争气，听到我的话，视线又高了一截，仿佛提了口气一样，她说："她是五百年后的我，她又不傻。她当然不会过来！她说她已经开始找谢玄青，等她找到了，我就去和谢玄青相遇，再次缔结血誓，一定不会让你的阴谋得逞！"

是！就该这么撑他！夏夏！解气！

哪儿想谢濯一声冷笑，满是嘲讽。

"晚了。"他说，"谢玄青，有别人去救了。"

我愣住，夏夏也愣住。

"问他什么意思！"

夏夏几乎与我异口同声："你什么意思？"

"患难相救，换个人，一样救。"

谢濯沉稳平静又冷漠地注视着夏夏的眼睛，仿佛也注视着我："让另外的人，做同样的事情，不难。"

我当即倒抽一口冷气。

昆仑二月的空气尤其冷，直接刺得我肺疼。

"你……你是说……你……你已经安排了一个别的女仙去救谢玄青？！"

夏夏不敢置信。

我也不敢置信。

我盯着夏夏眼中的谢濯，恨得那叫一个咬牙切齿。

他妈的！谢濯！釜底抽薪！

我万万没想到！他竟然还有这招！他是怎么做到的？！

"别挣扎了，伏九夏，你我姻缘……"他顿了顿，"断了。"

"没断！"

夏夏听了我的话，立即对谢濯复述："没断！"

谢濯眸光微微一动。

"只要没有回到五百年后，这姻缘就还有救。"我气得咬着大拇指的指甲，一边火速转动脑子，一边安排夏夏，"抢，横刀夺爱地抢！夏夏，你今天别盯着他了，去雪竹林找人，虽然不知道他是不是把相遇的地点还安排在雪竹林，但也是个方向。我们不能耽误时间了，多拖一天对我们来说都是致命的!"

"好!"夏夏立即站起了身。

"等等!"我又吩咐夏夏,"把我昨天给他下的护住心脉的术法抽了!"我骂骂咧咧:"他就是个卑鄙小人,不能让他好起来!"

"好!"

夏夏狠得下心,直接反手就把我下给谢濯的术法撤掉了。

霎时,谢濯本恢复了点血色的面容变得更加苍白。

他咳嗽两声,方才听闻"没断"时那稍缓的表情,又沉凝下来,换了一副冷嘲热讽的面孔,看着夏夏。

"没有你的术法,我也能恢复。"

我告诉夏夏:"他这伤要站起来得十来天,我们还有时间,夏夏,赶紧走。我这边也要抓紧。"

夏夏没有耽误,立即转身离开。

"雪竹林那么大,我怎么找?"

"只能用笨办法了,一点点找,我先去找吴澄和老秦探查消息,分头行动。"

关掉和夏夏的通信,我率先奔赴翠湖台。

我心里又是着急又是恨,想到昨天自己面对谢濯的伤竟然有点心疼,我真的想掐死自己。

什么斗完这姻缘路上的最后一场,斗个鬼!谢濯这个狗东西配吗?我干脆听夏夏的建议,心一狠刀一落,杀了他一了百了吧!

那些斩杀邪祟受的伤,我就当没看到好了!

但我最终还是遵守了昆仑和修仙界的规矩,不杀斩邪祟之人。

谢濯得感谢我扒了他的衣服,看到了他这一身的伤,否则,明年今日,他坟头的草能长得比蒙蒙高!

我心急火燎地离开了自己的仙府,先直奔守备军营地,去找吴澄,可没想到,我刚走到营地外,就见几个军士仿佛见鬼一样看着我,转身就跑入营地里面去了。

我正着急找吴澄问事情，没有细想。可当我跨入营地，被一个巨大的术法金网绑住的时候，我立即反应了过来！

昨天吴澄接到密报，误以为夏夏修习邪功，夏夏急着离开，只打了吴澄一顿就直接跑了。吴澄这个铁憨憨！定是以为夏夏真的修了什么不得了的邪祟功法，入了邪魔之道！

他今天这是在军营布了阵，要来抓夏夏啊！只是没想到我今日正巧来着了道！

"放我出去！"我在金网里面大喊，"吴澄！你个憨东西！你被骗了，我才没修什么邪祟功法！放我出去！"

"老大！"吴澄从一旁跳了出来，"别挣扎了，你就坦白吧！"他看着金网里面的我，一脸痛心疾首："到底是为何走上了这条道路，你说，我们知道，修行之道艰苦难行，你一定有你的难言之隐，才会一时被邪祟迷惑了双眼！"

在吴澄身后，一众军士既同情又戒备地看着我，也不知道这个憨憨跟他们把事情说得多严重。

我咬着牙，忍着情绪，不让额上的青筋爆炸，深吸了两口气，让自己表现得平静一些。"最后说一次，我没有修行邪祟功法！"我道，"我身上一点邪气也没有，你看不出来吗?！"

吴澄皱着眉，上上下下打量我："不行，有的仙人入邪道，是可以掩盖自己身上的邪祟气息的，我不能放你出来。"

他转头，对身后其他将士说："你们去禀报上仙吧，让上面遣个轮值上仙过来看看。"

在我飞升上仙之前，守备军是没有上仙的，将领们轮流当值，有要事便会请其他轮值上仙过来探看。吴澄的做法，倒也没错。

只是因着我如今是被谢濯陷害，我对吴澄的这个举动，真的是又恼又恨，恼他耽误我时间，恨……自然是恨谢濯去了！

狗濯不当人！明明人不在，却还在给我找麻烦！

我隐忍情绪，看着吴澄，咬着牙骂他："我身上要是没有邪气，你是不是要切腹谢罪给我看看?"

吴澄拉着金网，把我与网一起在地上拖走："要是老大你真的没入邪祟之道，那当然好了，但这件事咱们不可掉以轻心，老大，你要理解。"

理解你大爷！

我被吴澄拖到了一个帐篷里关起来，他为防我逃走，还搬来了个小板凳，坐在我的面前，抱着胳膊，瞪大了眼瞅着我。

一个二百来斤的壮汉坐在一个小板凳上，显得更加憨傻了一些。

我揉揉眉心，平复心情，想着，今日不让哪个上仙来给我看看，我怕是走不掉了。

待着也是待着……

"我问你。"我开了口，"你从哪儿接到的密报？消息可信吗？你就这么相信？万一我有秘密任务在身，那人就是要害我，要耽误我时间，怎么办？"

吴澄闻言，一脸严肃的表情霎时露出了一点错愕。

他瞪圆的虎目眨巴了两下。"这……"他挠了挠头，"不能吧，我收到信时，也没相信，但上面明说，第二天一大早，你会出现在雪竹林里练邪功，我寻思着，那就来看看吧。但就是看到你了呀！你就是在那儿神神道道自言自语！"

我暗自咬牙。

雪竹林大得没边，但夏夏要去和谢玄青相遇，就一定会在那天的那个时间去雪竹林，吴澄身上带着腰牌，一定能感受到夏夏在的地方，这两个信息一合，按照这个铁憨憨的脾性，哪怕不打晕夏夏，也会与夏夏拉扯许久，定会耽误她的时间。

谢濯算得刚刚好。

"你要不是去雪竹林练邪功，那你去干什么呢？"

"我去采笋吃不行吗？"

"你篮子里的笋都不是现挖的，就是提着装装样子，我看出来了，那笋不新鲜！"

这种时候他倒是聪明了！

我气得不行，却无从辩解，只得在网中焦躁地抖起了腿，然后劝他："别当兵了！早点回去种地吧！"

我是话出有因的，我知道，三百年后，昆仑太平得不像样，吴澄真的没有当兵了，他不算告老，却是还了乡，像我一样找了个妖怪伴侣。他们在昆仑北买了块地，有一手种地的好技术，他们隔壁当了八百年老农民的旱龟妖也没他种地天赋好……

当兵实在埋没他了。

我抖了会儿腿，忽然想到了新的谎言！

"我告诉你，吴澄，我现在是在执行秘密任务，你现在这个举动是在助纣为虐，你知道吗？"

多少当了五百年的上仙，我还是比夏夏有威严得多的。

吴澄确实有点被我唬住，他想了想，最后一咬牙："不行，那也得等上仙过来看了再说！我不能私自放你走！老大，就耽误这么一会儿，你也不急这一时半刻吧！"

"行。"我抱起了手臂，"我不走，等人来看，但你得回答我几个问题。"

"哦，这个可以。"他老实巴交地点头，"只要不走，就没问题。"

"第一个问题，你方才说你收到密报是事发的前一天，你仔细想想，那天有什么细节，比如信是从哪个方向扔来的，人影从哪个方向走的，写信的纸用的是什么材料？"

吴澄思索了片刻，连连摇头："都不知道，信像是从天上掉下来的一样，信看完了，那纸就直接烧成灰了。"

好啊！谢濯！不愧是跟我结假婚的妖！这事办得还真叫一个天衣无缝啊！

"第二个问题，最近昆仑境内，有无灵力异常波动？"

"有啊！"

吴澄干脆利落的回答，让我直接眼睛一亮："在哪儿?!"

"西王母功法又进了个大阶！大前日刚刚出关！整个昆仑灵气大振，整整一天，从内到外，大家都感受到了呀！你忘了？"

我："……"

隔了五百年，忘了这茬……

"还有前日，蒙蒙他们那个掌管昆仑花草树木的仙人飞升了，劫雷劈了一晚上，第二天日出时，那草木仙者荆南首便飞升成功了，成了藤萝上仙，你也不记得了？"

是的，我不记得了……

"还有就是昨日。"吴澄接着说，"咱们在雪竹林的时候，昆仑南口外面可热闹了！南荒和西海那边的两位大仙巡游天下，正好在咱们昆仑外遇见了，便在门口切磋斗法呢！那灵气震荡！将咱们盘古斧的结果都震得晃了晃呢！"

连着三日，跟搞联欢一样，天天都有巨大的灵气波动……

我扶额叹息。

我说呢，难怪呢。

同是在五百年前生活过的我，也是在守备军里待着的，若有巨大灵气异常波动，那当年的我怎么会毫无印象？

原来这三天天天都有大事，异常灵力波动下，掺杂着别的异常，那谁能知道呢……

"邪气呢？"我抓住最后一点可能性问他，"有没有谁观测到什么邪祟之气？"

吴澄摇了摇头："这个我倒是不知……"

"邪祟之气？"

我背后传来微微低沉的嗓音，我转过头，看见一个瘦削的人影掀开门帘，逆着光走了进来，来人面色带着不自然的青灰色，我双目微瞠，一瞬间后脊便蹿起了一股凉气。

是他，这张脸，这个上仙，正是昆仑那唯一被西王母诛杀的食人上仙！

——荆南首！

他就是前天刚刚飞升的那个掌管昆仑花草树木的上仙，是蒙蒙的顶头上司，也是那个在我与谢濯成亲之后，让谢濯蒙冤的上仙！

他可谓是昆仑立山以来，在位时间最短的上仙。

只一年多的时间，便被西王母发现他生食仙人、摄取灵气，在将堕邪魔之道时，被西王母诛杀。

"藤萝上仙。"吴澄规规矩矩地给荆南首行了个礼，"您初飞升，便来劳烦您了。"吴澄指了指我："这便是我们守备军中的将领伏九夏，还请上仙帮忙探探，她身体中有无邪气。"

有没有搞错，让他来探我身体里面有没有邪气?! 他才是整个昆仑修行者之中离邪祟最近的一人吧！

"嗯，不劳烦的。"荆南首客气地回答着，他声音低沉，甚至还有些有气无力。可当他站在我面前，逆着光看金网中的我时，我觉得他那双眼睛毫无感情，如同在看一具死尸。

我以前与他虽无过多交集，但也见过他两面，我那时对他并无过多感想，只觉此人有些体弱，我还以为是他飞升之时渡劫渡得太勉强……

现下想来，他这个状态，当是灵气与邪气相冲的症状，有此症状足以证明，他已经……

食过人了。

他前天刚飞升，便已经食过人了?!

我正想着，荆南首已经俯下身来，他的头发垂在我面前，整个人带着一股湿冷的气息，他枯瘦苍白的指尖穿过金网触碰到了我的手腕。

我当即一个激灵，想要抽回手腕。

但就刚才那短暂的相触，荆南首的目光却像是被什么点亮了一样，他那双死气沉沉的眼当即一抬，如暗夜寒光慑人地盯在我脸上。

他张了张嘴。

我看到了他森白的牙齿……

我心中一凛，当即不愿再被摁在这个地方任人鱼肉，我手中掐诀，直接站起身来，周身灵气化为刀刃，将金网尽数切断。

金网"嘭"的一声崩开，裂得帐篷中到处都是。

吴澄像被吓到了一样，眨巴着眼睛看我："这是缚仙网啊……怎么……九夏，你功法何时精进了？"

我比夏夏多做了五百年的上仙，哪怕穿过时空消耗了很多，但要在短时间调动体内气息，夏夏自然比不上我。

我瞥了吴澄一眼："邪祟之道我没入，这是我最后一次说，你不信，我也无所谓。"

吴澄愣愣的，仿佛被我的气势唬住了一般，不知该怎么与我对答。

我看向荆南首，那金网断绳自然也崩到了他的身上。

荆南首没生气，反而好整以暇地拿掉自己身上的断绳，拍了拍衣裳，用温和公正的语调说着："邪祟一事，事关重大，伏将军莫觉冒犯，我也只是秉公行事。若伏将军身上没有邪祟之气，我自然不会为难。"

听他跟我打这官腔，我当即一声冷笑，反唇相讥："确实，邪祟一事，事关重大，我见藤萝上仙面色有异，似是灵气相冲之症状，多少初入邪祟之道的人，也是如此表象，既然上仙如此想探个究竟，不如一同前去西王母面前评断？"

我把邪祟这口锅甩到他头上，吴澄没想到，荆南首也愣住了。

我环抱着手臂看着他，心想，没想到吧，我还带预言的。

我若真是夏夏，可能就被他这上仙的身份唬住了，但……谁还不是个上仙呢。谁还不知道，在这里的三个人，就他真的心里有鬼呢。

这个荆南首，未来会吃掉我昆仑仙者四十八名，从他方才的举动来看，他对我似乎已经有了想法，我哪儿还能随便让他探我内息？方便让他知道以后吃我的时候，是放盐还是放糖吗？

不如大家一起去见西王母，早点把他解决了，还能救下一些无辜性命。

"怎么？上仙不愿意？"

荆南首沉默片刻，倏尔低头一笑："伏将军……"

我还待他言语，却不想荆南首竟直接身形化影，转瞬便停在了我身后，我心头一凛，抬手挡住了他一只手，交手瞬间，我便知道……

完蛋，这人虽刚飞升上仙，看着体质虚，但还是比我这刚穿过时空的人要强上许多。

打不过，得撤……

我闪身要走，却没想到荆南首另一只手极快地抓住了我的手臂。

只听"嗤"的一声，伴随着我的衣袖被撕裂，我只觉手臂上一阵火烧的灼痛。

我退开，停在帐篷门帘前，背对门帘捂住手臂。

我手臂上已经被他抓破了皮肉，留下了不浅的三道伤口，哪怕我捂住了伤口，那鲜血也从我的指缝中流了出来，滴落在地上，滴答作响。

"上……上仙！"吴澄没想到他会直接动手，见我流血，登时大惊，"还未坐实，上仙不可以……"

荆南首看也没看他，直接一抬手，指尖一弹，一道光波击中吴澄，吴澄两眼一翻，昏迷过去。

我眉头一皱，但见荆南首完全没有去关注吴澄，他丢了撕下来的我的衣袖，抬起沾了我鲜血的指尖，随即用舌尖舔掉指上鲜血……

见他动作，我厌恶得脊背发凉。

"伏将军……"他似品味了一下我的鲜血，然后走向我，犹如在走向猎物，"你体内气息当真是，一尘不染。"

我向后微微仰了仰身体，此时有一个温热的手掌抵上我的后背，安抚了我的寒意。

我心头几乎是下意识地浮现出了一个人的名字和身影——

谢濯……

我回头，却愣住。

来人笑眯眯地弯着眉眼，鬓边垂下的发丝带着几分慵懒随意，正是那价值三块上等灵石的老狐狸。

"老秦？"我呆呆地看着他。

他是来……

老秦一只手抵在我后背上，另一只手拿着他常在掌心把玩的扇子，然后用扇子撩了一下头发，一副来得有些匆忙的模样。

"九夏将军。"他笑着和我打了声招呼，随后看向我面前的人，又扫了一眼旁边昏迷的吴澄，"怎么，你们昆仑守备军内部是允许打架斗殴的？这在我们翠湖台可不行。"

听他这话，我懂了，他是来帮我的。

老秦说完，反手用扇子一划，帐篷门口的门帘便掉在了地上，外面的军士也都能看到里面的情况了，看见吴澄晕倒在地，纷纷围了过来，好奇地张望。

有人在问："大吴怎么晕过去了？"有人在看我："九夏，你手上这伤怎么回事？你们动手啦？你不会真的……"

面对众人的目光，荆南首丝毫不慌乱："吴澄将军是我弄晕的。"

他态度温和，要不是我知道他真的会吃人，我都要被他带偏了去。

"我要探查伏将军体内有无邪祟之气，伏将军不愿配合，我一时心急动起了手，吴将军想拦，我便先让他睡了过去，没想到……"荆南首目光轻浅地看着老秦，"翠湖台的……秦管事，你是经商的妖，素来不沾昆仑内事，偏巧今日来了昆仑守备军营地，有何贵干？"

荆南首这话听着无碍，实则凶险。

老秦是翠湖台的管事，那个地方本来就易生邪祟，是我们守备军经常突击检查的地方，他平时躲守备军都来不及，今日竟然直接送上门来，实在奇怪，偏偏还干涉的是荆南首查我体内邪祟之气一事，更是奇怪。

果然，荆南首说完，外面的守备军皆看向老秦。

千年的狐狸倒是不慌，他温温和和地笑着："探个邪祟之气而已，藤萝上仙这都将九夏将军的手伤成这样了，还没探明白吗？"

老秦挑开我还捂住伤口的手，让众人看见鲜血淋漓的三道伤口。

守备军众人有些不满。

我昆仑守备军，对邪祟毫不留情，但对内，无论兄弟姐妹都是极护短的。

"藤萝上仙第一次来轮值，便直接打晕一个，弄伤一个……"老秦在一旁唉声叹气，添油加醋，贱兮兮地挑动情绪，"这还只是探个邪祟之气呢……"

我见众人起了不满，瞥了老秦一眼，也连忙往他手臂上一靠，故作无力地配合他的演出。"我好像血流得有些多了，我好晕……"

老秦扶住我，我一只手扶住额头，在指缝里探看荆南首。

他也是个稳得住神的，被我和老秦这一波配合打下来，丝毫没慌，神色间甚至还带了些懊悔似的，叹息道："抱歉，是我初飞升，未曾办过这些事，心急了。"

好个食人上仙，难怪在昆仑吃了那么多人，还能掩藏身份如此之久，凭这演技，谁能怀疑到他头上？

我手肘拐了老秦一下。

老秦心领神会："不怪上仙，既然九夏将军身体里没有邪祟之气，那我便先带她去休息了，吴将军便由诸位照顾吧。"

"秦管事。"老秦带我撤退之前，荆南首又阴阳怪气地开了口，"你还没回答我呢，你来昆仑守备军是做什么的？"

"哦？"老秦回头，用最纯情无辜的眼神看着荆南首，"藤萝上仙还没看明白吗？我是来追求九夏将军的呀。"

他说得一本正经，理所当然。

"怎么？"老秦故作惊讶，"昆仑守备军的女子，都不能被外面的人追求的吗？"

守备军其他人听到这话，一时微妙地吸了一口气，扬起了眉毛，然后再没有人开口，只目送我与老秦走远。

我知道他是逢场作戏，于是悄悄夸他："你可以啊，让我都有几分信了。"

然后立马得到了老秦的回复："那你千万不要接受我的追求，秦某可承受不了。"

他这话答得奇怪，我瞥了他一眼，没有多问。

行至无人之处，我从老秦胳膊里挣了出来。

"千年的狐狸，多谢相救了。"

老秦摇着扇子，笑了笑："受人之托，忠人之事。"

我一挑眉梢，盯着老秦，忽然直觉有些危险。

"受谁之托？忠谁的事？你怎么知道我遇到麻烦了？你为什么会突然来救我啊？"我越问越觉得不对劲，我们现在似乎还没那么熟吧？

老秦依旧笑着，但他笑着笑着，就对我弹了一下手指头，一道术法光芒直接缠住了我，将我绑了起来。

"有人推测，你今天应该会来找我。"老秦说着，我心里已经有了一个大胆的猜测，而他的话也正印证我的猜测——

"我本来在翠湖台设了局，准备等你自投罗网的，没想到，你半道发生了意外，我就被叫来救你了。"

老秦指了指他的耳朵。

他耳朵上有一个方块形状的白色点点，可不正与我和夏夏耳朵上的阴阳鱼是一样的东西?!

他妈的……

"伏九夏。"老秦笑眯眯地看着我，但此时此刻，我似乎能透过老秦的脸看到背后谢濯的脸，也能将老秦的声音转变为谢濯的声音。

老秦说："他让你过去。"

我直接一个转身，哪怕全身被绑住，我蹦也要往远处蹦去，但老秦哪儿能让我蹦远。

我后衣领被老秦一抓，直接被提到了空中。

一阵风声之后，我被丢到了雪竹林的山洞里面。

幽暗的山洞里，靠墙壁坐着的人，不是我的前夫谢濯，还能是谁！

我恨得咬牙切齿，捶胸顿足："你妈的谢濯！你策反我的人？"

谢濯没有任何回应。

反倒是老秦回答了我："九夏将军，此言差矣，我何时成了你的人？"

我瞪着老秦："你上一次是帮我的！"

老秦摸不着头脑："何来上一次？"

一时间，我无从解释，只得咬牙切齿地盯着谢濯。

谢濯终于瞥了我一眼，但目光却直接落在了我的手臂上。

他盯了许久，又转过头去："用他，是你启发的我。"

那谢濯是不是要感谢我一下？

我盯着他，怕他现在就掏出盘古斧带我回五百年后，于是我决定虚张声势一下，吓唬他："谢濯，哪怕你今日抓了我，你也休想就这么带我回五百年后……"

老秦打断了我的话："他还能带你回五百年后？"

我错愕地看着老秦，什么？这老狐狸知道了五百年的事情？难道谢濯都告诉这个千年老狐狸了？

谢濯这个人……

谢濯这个人什么时候会相信别人了？还会找帮手了？

在我再次感慨我结了个假婚的时候，老秦看着谢濯说："他现在可是伤重得连御风术都使不了，还能使盘古斧？"

我闻言，心里嘈杂又浮躁的情绪稳了下来。

连御风术都使不了……

我看向谢濯，他还是坐在昨日的地方，真的是一点地儿都没挪，但在他身侧，却有鲜血渗出，淌了一地，似乎是……

伤口又裂开了。

"要不是他去不了，方才出现在守备军营地的人，就不会是我了。"

我听着老秦的话，一时有些沉默。

我隐隐能将谢濯做的事情串联起来了。

想是谢濯这次过来之后，为了阻止夏夏与谢玄青相遇，他除了给吴澄密报外，还找到了老秦，不知通过什么办法，让老秦答应与他合作，还给了老秦阴阳鱼，方便他们联系。

谢濯应该是预判了自己之后会受伤，有段时间动不了，所以让老秦来给他办事，比如说——抓我。

此前谢濯让夏夏与我沟通，是想探知我的行事方法，他推测出了我会再次去找老秦，于是让老秦在翠湖台设局，等我一到翠湖台就把我抓了，却没想到我在守备军营地里面出了事。

谢濯身上的血誓之力能感应到我出事了，他本来想来救我，结果挣得身上伤口都裂了，也用不出御风术，然后才通过阴阳鱼，联系老秦去了守备军营地……

我这个前夫……

似乎是嫌老秦话多，谢濯瞥了老秦一眼："你该走了。"

老秦笑笑，摇了摇扇子："不打扰了。"

老狐狸转身离开，留下被绑着的我和同样不能动弹的谢濯。

他坐在山洞一侧，我坐在他的对面。

"你不是想杀我吗？借那人的手把我杀了，不好吗？"

"这就是我要解血誓的理由。你以为我想救你吗？"他带着一身为了救我而挣扎流出的鲜血，盯着我，恶狠狠地说，"伏九夏，待回到五百年后，我一定会亲手杀了你。"

我撇嘴："你赶紧闭嘴吧。"

第八章

命中注定

我被老秦的绳子绑着动不了，而我对面的谢濯被浑身的伤束缚着，也动不了。

我想，大概只有这样的状况，我才能和谢濯在一个空间里和平相处。

谢濯闭着眼睛养神，他头靠在石壁上，哪怕伤重，他也让自己显得并不疲弱，不像我，直接软成一摊肉泥，恨不能嵌在石壁里休息。

我歪着脑袋打量谢濯，对于他，我又有了许多疑问，一些是关于荆南首的，一些是关于老秦的，我在琢磨，到底要不要自讨没趣，开口问一个并不会回答我问题的人。

而就在此时……

"是谁伤的你？"

山洞里，忽然蹦出了这一句人话。

我几乎下意识地挺直背脊，左右看了一眼，以为是鬼在说话，但当然不是鬼，是面前的谢濯主动对我提问了。

天寿了，稀奇了，今天的太阳怕不是从东南西北，一边冒出一个来了？谢哑巴会主动问问题了？

我惊奇地盯着他。

谢濯久久没听到回答，终于睁开了眼睛，看向我。

我与他对视。

一阵沉默之后，他目光落在了我的手上。

老秦的妖力绳索绑得好，避过了我手上所有的伤口，我的皮肉就这么裸露着，让谢濯一览无余。

我没说别的，先讥讽了他一句："北荒海外的雪狼妖还会有算不到的事情呢？"

他瞥了我一眼。

我则灵机一动："你要我回答你，可以，咱们交换，你回答我一个问题，我就回答你一个问题，谁也别藏着掖着。"

我话音还没落，谢濯就抬手碰了一下耳朵，对着空气说："谁伤的她？"

我僵在当场。

我知道，他这是在问老秦呢。

那边应该很快给了他回答，谢濯眸色薄凉，只说了三个字："盯住他。"

言罢，他又碰了碰耳朵，估计是结束了对话，他转过眼看向我。

"你如果不想死在这边，接下来，就待在我身边，别乱跑。"

我眉梢一挑，觉得他这话很有意思，我道："且不说等我身体恢复，我是不是真的打不过荆南首，便说你这句'不想死在这边'，然后呢？跟你待在一起，等你伤好，带我回到五百年后再死？"

谢濯盯着我："人固有一死。"

我笑出声来了，继续讥讽他："和离还给你离出讲笑话的本事了。而且，光是我待在这里有什么用，我被盯上了，就是夏夏被盯上了，我在这里……"

我说这话，本来是想嘲讽谢濯的。

但说到一半，我愣住了。

是的，我在这里，夏夏还在外面帮我找谢玄青呢，回头谢玄青没找到，遇上了要吃她的荆南首可怎么办？！我是上仙，夏夏可不是，我实力恢复了说不定能和荆南首打个平手，夏夏可不行啊！

我怎么能用这件事嘲讽谢濯呢！

这可是我的命啊！

我在笑什么？

反应过来后，我连忙挣了挣身上的绳索，想要用手指碰自己的耳朵去联系夏夏，赶紧告诉她戒备荆南首这个人。

但我现在手脚被绑着，不管我怎么蹭，我的手指都碰不到耳朵。手指碰不到，我就用膝盖去顶，膝盖倒是碰到了，但完全没用。

"谢濯，快，给我松绑，得赶紧通知夏夏，别回头荆南首找上了她，她还毫无防备。"

谢濯思索了片刻。

"人命关天！"我催促他。

"你过来。"他思索出结果了，一双眼睛在光线微暗的山洞里盯着我说，"我帮你。"

我心道谢濯在这种事情上还算有点良心，于是我蹭着石壁站了起来，双脚用力，蹦到了谢濯身边。

"坐下。"

"不用，这绳子就一条，你随便找个地方弄断就行了。"

"坐下。"

他很坚持。

我觉得这个人真是既麻烦又难伺候，但我还是在他身边坐下了。

我没想到，谢濯竟然没有帮我解开身上的束缚！他抬起了手，撩过我耳边的发丝，用指尖轻轻触碰了我的耳朵。

他指尖微凉，像春日的水滴，滴落在我耳垂上。

我愣神，望着谢濯，没动弹。

摸耳朵的动作，说不上浓烈，谈不上亲昵，但就是暧昧得有点撩人心弦。

"你做什么？"我问他。

"你的阴阳鱼是我做的，我帮你碰，一样能联系她。"

我反应了一会儿，然后问他："绑我这绳子呢？"

"我不会帮你解的。"他答得倒是干脆，"别打歪主意，伏九夏。"

啧……狗濯倒是真不好骗。

"你碰了吗？"我不满地问谢濯，"为什么没反应？"

谢濯眉头微微一皱："没反应？"

他这样，我一下就紧张起来了。

"夏夏不会出什么事了吧？"我回忆，"上次她被人打晕了，好似也是这样，我这边什么都看不见。"

谢濯面色微微沉凝。

我慌了："难道是荆南首？他动作这么快……"

"不会。"他打断我的猜想，"我让秦舒颜盯着他，没那么快。她或许遇到别的事了。"

"她能遇到什么事？我之前就让她在雪竹林里面找谢玄青，她难道是找到谢玄青了？被谢玄青打晕了？你把谢玄青藏在雪竹林里了，是吗？"

谢濯眉眼一抬，一双眼睛没有感情地盯着我："别打歪主意，伏九夏。"

"啧……"

这样都套不到话！这狗濯！真是防我如防贼！

"你还活着，她就出不了大事。"谢濯平静地说着。

"你这说的是人话？"我瞪他，"等她出事就来不及了！"

谢濯一声冷笑："这么着急，你且自己去寻她吧。"

我被他一句话噎住。我和他都心知肚明，哪怕现在没有绳子绑着我，我也没办法自己去找夏夏。

"你耳朵上的阴阳鱼，我没关。"谢濯声色冷淡，继续说着，"奉劝你，等她联系你了，让她尽早去翠湖台，寻求秦舒颜的保护。昆仑守备军护不住她。"

我听着谢濯的话，觉得十分奇怪："你这话里话外似乎是在说，老秦比昆仑守备军更厉害？"

好了，说到这个，谢濯又恢复了令人熟悉的沉默。

"而且，秦舒颜，秦舒颜……"我眯着眼睛打量谢濯，"老秦的真名，在昆仑似乎并不应该被很多人知道吧？"

秦舒颜便是老秦，在昆仑，经商的妖通常是不会告诉别人他们的真名的，只有在进入昆仑登记时，方会写下自己的名字。

老秦名为秦舒颜，这是我在成为上仙后统管昆仑守备军时，才知道的事情。一般时候，老秦，秦管事，便足够称呼他了。

这个谢濯怎么叫老秦的名字叫得这么顺口？

而且，听他话里的意思，他似乎对翠湖台和老秦十分信任，都愿意让夏夏去投奔老秦，而不是待在守备军营地里面。

"你和老秦，似乎并不陌生啊。"我眯着眼打量谢濯，"这都回到五百年前了，你会联系他来帮你，应该对他的品性很是清楚信任吧。我与你成亲五百年，怎么都不知道这件事？"

我越说越觉得不对劲，谢濯和老秦的关系，越来越可疑！

"上一次我带着谢玄青去见老秦的时候可不是这样的。谢玄青对老秦可是充满了戒备。谢濯……"我问他，"你是在与我成亲之后，与老秦熟络起来的，可对？"

我这话一出，谢濯还没有反应，我自己先倒抽一口凉气。

我懂了！我透了！我参悟了呀！

老秦啊！老秦是做什么生意的?！

谢濯这个男妖，婚后！瞒着发妻！跟一个风月场所的管事很熟！这意味着什么？

这意味着什么?！

我望着谢濯，不敢置信地摇着头。

"没想到你是这样的谢濯。"

谢濯眉头皱在一起："你在想什么？"

我"噌"的一下就站了起来，蹦着离开了谢濯身边，我靠着另一边的石壁，看着谢濯。

"你这些年瞒了我这么多事，是个人都该憋出病了，想来也对，翠湖台的姑娘是不用瞒的。那儿不仅话是能说的，衣裳也是能脱的，说不定我想知道你的事情，拿着灵石去问翠湖台的姑娘会更快一些。哦，也不一定，说不准是公子知道的更多呢。"

我越说，神情越是讥讽，谢濯的面色则越来越黑。

"伏九夏，你脑子是怎么长的？"他问我。

我冷笑："我也好奇我脑子怎么长的，偏偏能遇上你。五百年，五百年……终究是错付了！"

谢濯听着我的话，仿佛被什么哽住了喉咙一样，他微微张开嘴，深吸一口气，压抑着情绪："你……"

没等谢濯再多说一个字，我脑中忽然闯进一个混乱的画面。

只见河水翻腾，几乎淹没视线，夏夏的声音在我耳边响起：

"我……咕咕咕……"

翻涌的河水灌入夏夏的嘴巴里，将她带入水底。

我大惊，夏夏溺水了?!

"夏夏！"我没心情管谢濯，转头朝向一边，焦急地询问夏夏，"你怎么样？你别慌！稳住，先上岸！"

听我言语，谢濯也微微皱了眉头，他关切地看着我，而我此时哪儿还有心思搭理他。

我定神注意脑中的画面，却见夏夏似乎屏住了呼吸，她在水下一跃，终于从水中跃上了岸，当即用术法给自己升起了一团火。

我通过她的视线观察到了周遭环境，她不知是在哪条冰河边，河中水流湍急，还有冰块被冲刷向前，岸边皆是嶙峋怪石，看起来毫无人烟。

"你在哪儿？怎么会掉入冰河里？"

夏夏用火将身体烤干，这才在一旁岸边坐下，她忍着痛，摸了摸自己的膝盖，我这才看见，她膝盖应该是被河里的冰块划伤了，还在流着血。

"说来话长。你等等。"夏夏回答我，她先撕了自己一块衣服，手法熟练地将自己的伤口包扎起来。

"让她去翠湖台。"谢濯在一旁沉吟着，"别在外面瞎晃，她不可能找到谢玄青的。"

我瞪了谢濯一眼，还没骂他……

"我找到谢玄青了。"

听到夏夏这句话，我直接愣住。对谢濯的愤恨还没来得及收敛，夏夏带给我的惊喜就已经浮上嘴角。

我挑衅地看着谢濯，又问了夏夏一遍："你找到谢玄青了？"

"我找到了。"

谢濯脸色一沉。

"你在哪儿找到的？"

"我本来听你的话，在雪竹林找人，正找着，突然掉进了一个地缝里，我顺着地缝落到了一处冰石嶙峋的怪洞之中，然后就找到谢玄青了。"

听着都觉得不可思议，我挑起了眉毛："就这样？"

"对，就这样。"

我看着谢濯，嘴角的笑意藏都藏不住："你说说你说说，走着走着掉进一条地缝里都能遇见谢玄青，这要找谁说理去。有的人哪，机关算尽，算不过命中注定的天意。"

我看着谢濯越来越黑的脸，简直觉得神清气爽。

"那你现在为什么会在冰河里，还受了伤？"

听我问到这个问题，夏夏很愤怒地拍了一下旁边的石头："我被暗算了！"

我大惊，盯着谢濯："谁暗算你？"

谢濯还有后手？

谢濯看着我，也露出不解和意外的神色。

夏夏那边也能通过我的眼睛看到我这边的画面，她看到了我眼前的谢濯，声音中有点暴跳如雷的意思。

"就是你面前这个妖怪！他找了个翠湖台的女狐妖！我刚找到谢玄青，还没等我去把谢玄青叫醒呢，那个狐妖就把我推下了冰河！"

我震惊了。

翠湖台的女狐妖！这不跟我刚才的猜想直接对上了吗？！

难怪呢！之前谢濯说什么"有别人去救了""换个人，一样救"，敢情这人选在他与我成亲的五百年里就挑好了！

"谢濯，你这个狗东西！果然！过去五百年里你都在翠湖台鬼混！到底是哪个女狐妖'绿'了我?! 都回到五百年前了，你还念念不忘呢！"

"什么女狐妖?"

谢濯眉头皱得极紧，看着比我还不明白状况的样子。

"他还装！"夏夏在我耳边痛骂谢濯，"他自己说找了别人去救谢玄青！现在谢玄青身边的这个女狐妖定是他找的！他找了个好心狠手辣的女狐妖啊！直接把我推河里！"

我气得心口疼。

杀我是一回事，"绿"我是另外一回事！士可杀不可辱！我现在要是能伸出手来，我能直接把他头打下来！

我瞪着谢濯，眼里要冒出火来："那女狐妖是谁？说！"

谢濯被我一吼，头微微往后仰了一下，似乎被吓到了一瞬。

就在我愤怒的目光里，他沉默了片刻，随即抬起了手，飞快地敲了一下自己耳朵上的方块，沉着脸和声音，开口就问："女狐妖，是谁?"

他一脸铁青，一副比我还气的模样："我让你去，你找了谁?"

谢濯碰了自己的阴阳鱼，他应当是在与老秦通话。

老秦那边的回话我听不见，与我连线的夏夏自然也听不见，她跳着脚骂："这狗东西还装！他跟谁说话呢?!"

"你别跟我演戏！"我也骂谢濯，"我在问你！你别想把锅甩到别人身上！你看上了翠湖台的谁?! 竟然'绿'了我五百年！"

谢濯似忍耐了极大的情绪，他深吸一口气，耳朵的小方块上，术法的光芒一闪而过，霎时，洞中一亮，一束光从谢濯耳朵的小方块上射出，在我与他之间的空间里投射出了一个微微发着光的人影——正是老秦。

老秦手中的扇子合着，轻轻放在他的嘴唇上，他一脸狐狸相，还微微眯着眼笑着："哎哟，这是怎么了?"

"你把老秦的模样投出来干什么?!"我瞪着谢濯问。

谢濯现在倒是乖得不得了，开口解释道："我没与你演戏，我将阴阳鱼中此刻秦舒颜的模样幻化出来，我问什么，他答什么，你都看得见。"

我沉默片刻后，决定看在谢濯难能可贵配合的份上，我可以按捺一下自己的情绪。

我问："你让他说，女狐妖是谁？"

谢濯看着老秦，目光也是冷冷的："说。"

老秦却没急着开口，将扇子"啪"地打开，老神在在地扇了扇："我这刚走没一会儿呢，二位这是在闹哪出？什么女狐妖，我可不知道。"

我立马瞪向谢濯。

夏夏也在我耳边骂了起来："就是这谢狗找的女狐妖！"

谢濯微微一咬牙，脸沉得比炭黑，声音也暗含警告："秦舒颜。"

他如此一唤，老秦仿佛有些退缩了。

"好。"他合上了扇子，一副息事宁人的态度，"我知道，女狐妖确实是我找的，可这不是你来找我要的吗？"老秦一脸无辜。"二月初十的时候，你带着一身风雪来寻我，进门便让我在二月十二日去救个人。"

二月初十？

我掰着手指头算了下，我是二月十一落到这个时空的。谢濯在时空里比我早一步踏出来，他比我早到，所以二月初十，他去找老秦安排救人之事，说得通。

这样算来，他初十去找老秦，取得老秦的信任，让老秦在十二日的时候去救谢玄青，而十一那天，谢濯又以密信报以吴澄，让吴澄在十二日的时候去雪竹林堵夏夏。

而十二日当天，谢玄青被别人救走了，夏夏也在雪竹林里面被吴澄给拖住。

只有"假冒"的夏夏和"假冒"的谢玄青，在正确的地方，正确的时间，错误地相遇了。

谢濯的计划其实已经成功了，夏夏和谢玄青如今也没有相遇。他若此刻有能力将我带回五百年后，说不定我们的血誓就已经解了。

我感慨于谢濯缜密的心思，又庆幸还好他现在受了重伤。但在多种情绪混合下，还是有一种隐隐的不安从我内心渗透出来。

我不由自主地想到了一个问题——谢濯一个从未来回来的人，为何被伤成现在这个鬼样子？

照理说，我们相遇这题，还有另一个解法，那就是谢濯运筹帷幄，帮助谢玄青渡过难关，谢玄青根本不会身受重伤，也不会在昆仑停留，更不会为"我"所救。

只要谢濯帮谢玄青解决了危机，我们的姻缘就不会存在。

只有一个可能——谢玄青的危机，根本无法可解。

哪怕加上通晓未来的谢濯，谢玄青也必须以惨痛的代价，获得胜利。

所以，那到底是怎样的敌人……

我思索着，却忽然被谢濯的一声怒斥唤回了飘远的思绪。

"我让你去救人！"谢濯黑着脸，一字一顿地和老秦强调，"让，你，去。"

老秦笑了笑，他这笑容一如上一次我去翠湖台告诉他我要逼走谢玄青时那样。

老秦说："我知道，但我不也知道你真正的诉求吗？你要斩断你们的姻缘，这斩断姻缘最好的办法，不是不与这个人遇见，而是与另一个更好的人遇见。"

我就知道！这老狐狸的思路什么时候都是这么一针见血。

谢濯闻言唇角一抿："我不需要。"

阴阳鱼那边的夏夏听到这话，更是气得直喘："他什么意思啊？这狐妖什么意思？啊？什么是更好的人？昆仑的生意他不想做了是不是！直接给我推冰河里，那叫什么更好的人？！"

我听了夏夏的话才意识到老秦这话里的不对，但我现在已经从被"绿"的激动情绪里面走了出来。

我知道，这件事很可能是个乌龙，不管谢濯是怎么取得老秦的信任的，但他俩之间的交流，委实不像嫖客与老鸨。

我暂且放宽了心，安慰自己不可能被"绿"五百年还毫无察觉。

这放宽心后，我就要为自己的未来谋划了。

"你先静静。"

我侧过头，用头发微微挡住自己的嘴，想趁谢濯没注意到我时，安排夏夏接下来要做的事。

我用极小的声音告诉夏夏："你伤口绑好后，尽快往回找，这次你有了防备，那女狐妖终究只是翠湖台的女狐妖，是斗不过你的，你找到那地方把她赶走，你一定要在谢玄青睁眼之前待在他身边，一定要让他睁眼看到的第一个人是你！"

我交代完，夏夏当即明白了我的用意。

"我知道！这场战斗还没有输，我现在就回去，把那女狐妖撕了！"

夏夏立即动身，顺着冰河开始往回找路。

而她一动，谢濯的眼睛就扫到了我身上。

老秦笑眯眯地开口："九夏将军，就这么大个山洞，你说得再小声，我也听得到，更别说与你同在一个空间的这位了。"

谢濯收敛了方才的情绪，神色又变回了之前的模样，他将投射出来的老秦收了回去。

洞中光芒消失，恢复了昏暗的模样，只有谢濯吩咐老秦的声音响起。

"秦舒颜，回去，挡住那个她。"

我也恢复了与谢濯针锋相对的模样："谢濯，原来你是会和人说话的啊，你告诉老秦的不少嘛。"我阴阳怪气地讽刺了谢濯，转而就对阴阳鱼那头的夏夏催促道："你听到了。"我也不再避讳谢濯，索性就大声说了出来："情况危急，快。"

夏夏没有犹豫，立即施展功法，飞上陡峭的山石。

我对面的谢濯也在远程"操控"老秦："秦舒颜，快些。"

我在脑中看着夏夏那边的场景变动，只恨不能自己代夏夏上场：

"抱元守一，调整内息，呼吸吐纳沉于丹田。"我当着谢濯的面就开始了现场教学。

时隔五百年，我看当年的我调动魂力使用功法时，那些陋习缺点简直不能更明显。

我时刻提醒夏夏，让她注意自己的呼吸，夏夏也不负我所望，危急关头，妥妥地撑住了场子，她学得很快，眼瞅着御风而行的速度变快了起来。

夏夏一跃而上，从冰河岸边跳入一个山壁上的冰窟之中。

冰窟上覆盖着一层薄薄的粉色结界，一看就是狐妖的术法。

我透过夏夏的眼睛，看到了结界里面露惊诧的女狐妖，和女狐妖后面正靠着冰窟墙壁昏迷的谢玄青！

终于！

终于见到你了！谢玄青！

"夏夏。"我声色沉凝，命令道，"给我破了这狐妖的结界，把她踢出这个冰窟！"

我透过脑中的画面看着冰窟里的谢玄青，也在这边阴暗的山洞里，直接望着谢濯的眼睛。

"今天，能留在这个雪狼妖身边的女人，只能是我或你。"

我的猎物，谁也别想染指！

在那女狐妖错愕的惊呼声中，夏夏运足力量，直接一脚踹在粉色结界上，气势堪比捉奸在床，径直将那粉色结界踏得稀碎，变成了漫天粉末，稀稀拉拉随风散走。

女狐妖面露惊诧后退一步，靠着石壁不敢说话。

"给我滚！"夏夏踏入冰窟，迈步走到谢玄青身前，她背对谢玄青，面对已经怕得瑟瑟发抖的狐妖，冷眉冷眼地威胁道，"再让我在这儿看见你，我把你天灵盖都打飞。"

到底是翠湖台的女狐妖，有胆子偷袭夏夏，却没胆子与平日里巡查的军士正面对上。

她迫于夏夏的气势，又贴着石壁往外退了好几步，冰窟不大，这几步女狐妖便已退到了冰窟的边缘，下面便是常年奔腾冲刷的冰河。

女狐妖有些害怕地往身后看了一眼，她瞅了瞅下方的冰河，又为难地看了眼夏夏背后的谢玄青。

我透过夏夏的眼睛，看见了女狐妖这个眼神，我读懂了。

这个女狐妖……她在担忧谢玄青。

"你别……"女狐妖颤巍巍地对夏夏开口，"你别踩到他，他伤得很重……"

闻言，夏夏没有反应，我却拳头一紧。

"把她天灵盖打飞吧。"我脱口而出。

夏夏几乎下意识地就应了我的话："好。"她说完之后，又顿了顿，侧头小声问我："真打飞啊？"

我心中有一股莫名难言的滋味，我想，当年我与谢玄青相遇时，有道银光从身后袭来，谢玄青为了救我，可是抱住了我的。

这个女狐妖呢？

她救谢玄青的时候，银光也出现了吗？谢玄青也……抱了她吗？她此刻对谢玄青的担忧，难道……也是因为那个拥抱，而动了恻隐之心吗？

一念及此，我看着夏夏眼中的那个女狐妖，心中滋味更加难言了起来。

我闭上了眼，定了定神，心中默念，"一切有为法，如梦幻泡影"。我告诉自己，眼前的这些都是空幻的，都是过去，我和谢濯注定成一对怨偶了，我们的相遇不重要。

不重要。

不重要……

我深吸一口气，睁开眼，就在这一瞬，我身体全然不受控制，用尽力气用两只脚夹了一块地上的石头，直接冲对面坐着的谢濯甩去。

谢濯微微一偏头，丝毫没有多余的动作，就精准地避开了我甩过去的石头。

他皱眉看向我："做什么？"

他难得直接向我发问。

我瞪着他，咬牙切齿，却没有回答他的问题。

第一次，这还是第一次，我对心中的愤怒难以启齿。

毕竟，我怎么能承认，时至今日，我对我们的相逢仍旧怀揣美好的怀念。

我将那段心动的时间，珍于心间幽隙，藏于脑海深处，而他……

这个狗东西！竟然找了另一个女妖来打破这份美好！

他妈的！

虽然女妖不是他亲自找的，但他也是罪魁祸首，退一万步，就算按照他的计划，真是秦舒颜亲自来……那这"患难相逢"的初遇话本就更不对味了！

"夏夏，赶走她。"我没有搭理谢濯，直接回避了他的问题，转而吩咐夏夏，"然后你自己布个结界，谢玄青随时会醒，别让任何人打扰你们。"

夏夏点头："好！"

"铮"的一声，夏夏直接把腰间的大刀抽了出来，那是昆仑军士的佩刀，寒光凛冽，瘆人得紧。

"转过去，自己跳。"夏夏对女狐妖说。

女狐妖一脸无辜加哀愁地看了看夏夏，又看了看谢玄青，最后将目光落在夏夏的刀上。

"我……"她鼓足勇气说，"小将军，奴家方才是不该推你，但奴家是怕你把他带走了。此人伤得极重，你让奴家先给他看看伤吧……"

夏夏闻言，往谢玄青身上瞥了一眼。

我随着夏夏的目光看到了谢玄青，此时的他与我记忆中一样，他靠坐在冰窟石壁上，无力地耷拉着脑袋，双眼紧闭，瘦削的脸苍白、病弱，却有种异样的脆弱美感。

"看什么看？"我不满地开口。

夏夏也在此时说道："不需要。"

"没错。"我对夏夏的话表示肯定,"让她别废话赶紧滚,谢玄青就你能治。就像我当年那样。"

我说完这话,倏觉对面的谢濯瞥了我一眼。

我有些不满地瞪了谢濯一眼:"你又看什么看?"

谢濯与那边的谢玄青同样是一副面色苍白、要死不活的模样,他唇角一抿,没有说话。

我没好气地白了他一眼,心道我与他真是孽缘!

当初,我救活要死不活的他,多折腾,事到如今,五百年后的他回到这个时空,还是要死不活地坐在这儿,换了个方式折腾五百年后的我……

我对谢濯不满,那边夏夏对面前的女狐妖也越发不耐烦。

"再不走,我不客气了。"夏夏的大刀又往前逼了一寸。

女狐妖似乎被吓到了,她瞪圆眼倒吸一口冷气,后退时一脚踩在了外面裸露的石头上,石头一松,她身体也跟着往下一斜,眼瞅着要掉入下面冰河里了。

此时,一双手撑住了女狐妖的后背。

老狐狸的脸笑眯眯地从女狐妖背后出现。老秦从冰窟下方御风而来,悠悠闲闲地飘在冰窟外面,给女狐妖撑住了腰。

女狐妖霎时如找到了主心骨一样。

"秦管事。"她声音变得比方才还要娇柔,"我帮不了他了。"

"九夏将军。"老秦笑得人畜无害,"你何以如此对我翠湖台的姑娘?她这脸都吓白了。"

我还没来得及说话,夏夏直接将刀一横,不负我所望地沉着脸说道:"今日我在此,谁也别想从我这里抢男人。"

不愧是我,利害关系摸得门清。

"秦舒颜,带走她。"我对面的谢濯也开始发号施令。

我当即眉眼一沉:"夏夏,这狐狸不好对付,气运丹田,按着我说的做。"

我话音一落,那边的老秦直接对夏夏动手。

夏夏立马横刀接招，两人当即形成对峙之势。

我怒骂谢濯："我以前怎么不知道你还有这么忠心相助的朋友呢?! 他还真听你话啊!"

谢濯没有搭理我，只吩咐老秦："别恋战，带她走。回去之后，立即把她囚禁在你翠湖台的密室。"

翠湖台还有密室? 我都不知道的事情谢濯知道?!

我没时间感慨，眼瞅着老秦要动真格，我立即告诉夏夏："推开他，布结界。"

夏夏就是我，她或许反应没那么快，但一点就透，她当即汇聚了全身力气，一击推开老秦，"哐"的一声竖了一道透明结界，挡在了她与老秦之间。

结界把夏夏和谢玄青隔在了一头，老秦与女狐妖被隔在另一头。

"你们这样打斗，对他伤不好的!"女狐妖在老秦背后担忧地开口。

我听到这话，身侧拳头捏得更紧。

"关她屁事!"我骂了一句，心头还是不解气，看了眼脚边还有石头，我又泄愤地往谢濯那边踢了一块。

谢濯偏头躲开，这次眉头皱得更紧了。

他不解地看向我，似乎不明白我为什么在这个节骨眼还用这点不痛不痒的手段来找他麻烦。但他没有在意这些细节，只看了我一眼后，就立即吩咐老秦："她用的是昆仑守将之术，五行为土，以木系术法破她结界。"

狗东西!

我暗骂一句，立刻交代夏夏："用心脉之血连接结界!"

以心脉之血连接结界，老秦再敢破阵，夏夏非死即伤。

谢濯闻言，黑眸猛地一沉，状似恼怒地瞪向了我："伏九夏!"

我梗着脖子："你打我呀!"

谢濯咬牙，被我气得深吸了一口气，才稳住了心绪。

而另一边，夏夏虽然听了我的话立即将心脉之血抹到了结界上，但她还是在结界光芒大作之时，有些后怕地问我："用心脉之血是不是玩太大了？有些草率了！"

我听着夏夏的话，目光却盯着面前的谢濯，高傲地扬起了下巴。

"不草率。"我回答夏夏，也说给谢濯听，"只有这样，他才不敢动你。"

谢濯也盯着我，脸色是更阴郁的黑。

果然，如我所料，在老秦要再次对夏夏所布的结界出手之时，谢濯开了口——

"住手。"

老秦的手堪堪在夏夏的结界前停住。老秦神态还是悠闲的，他轻描淡写地说着："哪怕加上了她心脉之血，这结界我也能破。"

谢濯回答："我说，住手。"

老秦一挑眉梢，收回了手。

我就知道，我还有谢濯的血誓在身，伤及夏夏性命的事，这狗东西还是不会干的。

"夏夏。"我唤她，"让结界向前。把他们赶出冰窟。"

"好！"夏夏立即行动，结界往冰窟前方推进。

老秦和女狐妖还站在原地，半点没有要走的意思。但他们不走，有人让他们走。

"退。"谢濯开口了。

老秦带着女狐妖退了一步。

"继续。"我挑衅地看着谢濯，吩咐夏夏，"进。"

谢濯双目依旧紧盯着我，他没说任何废话，只继续命令："退。"

一进一退，直到夏夏的结界完全覆盖了洞口。老秦与那女狐妖都被赶到了冰窟外面，在冰河上方自己御风飘着。

我透过夏夏的眼睛，看到了结界外的两人，稍稍松了口气。这一次的危机算是短暂地解除了。

"夏夏，守住结界，直到谢玄青醒来。"

夏夏点头答应，退回了冰窟里。

我眨巴了一下眼睛，望着谢濯："你费尽心思阻止他们相遇，却不承想，这就是命中注定。谢濯，他们——或说我们，躲不过这场孽缘的，你别折腾了。"

谢濯沉默了许久，在我以为他不会回答时，他开口说："他还没醒呢。"

言下之意，胜负未定。

我有些焦虑。

夏夏虽然暂时用涂了心脉之血的结界挡住了外面的人，但洞里的谢玄青还没醒，现在事情也变得和我记忆中不一样了，我也不确定谢玄青什么时候会醒，要是他隔十天半个月才醒过来，光是每天往结界上抹心脉之血就能活活把夏夏给熬枯了。

而且，就算谢玄青醒了，在这样被困在结界里的情况下，他还会爱上夏夏吗？会不会直接把她当成贼人一刀给杀了？

我心里还在琢磨着之后的事，便见对面的谢濯微微侧头说："秦舒颜，让那个狐妖走。你留下。"他吩咐老秦，"等她心脉之力稍弱，撑不住结界时，你立即进去带走她"。

狗东西。

我恨得咬牙。

我立刻在我耳边听到了秦舒颜的回答——是夏夏没有关上阴阳鱼，她那边的结界也没有隔音，所以虽然她现在已经守到了谢玄青身边，但还是能听见冰窟外老秦的声音。

老秦有些不太情愿地说："我如何知晓她心脉之力何时变弱？若耗上十天半个月的……我翠湖台生意不做啦？"

这是个爱财的老狐狸，之前还拿过我上好的灵石呢。

我当即就勾起了唇角，心想任他什么狼妖狐妖，到底是敌不过金钱的力量，这联盟还是没我与夏夏的牢靠。

我知道，谢濯或许有本事、有力量、有秘密，但他，没有钱。

我与他都是活了几百年的仙与妖，早就过了要吃喝拉撒的阶段，平日里我是为我的兴趣爱好攒点灵石，比如买点吃的啦，玩点小玩意什么的，昆仑军备处发放的象征性的俸禄灵石对我来说足够用。

至于谢濯，他不花钱的。

他一不吃喝拉撒，二没兴趣爱好，养在家里比种窝草还简单，连水都不用浇的。

就是管得太多……

我笃定一个连花钱都不会的谢濯定然挽留不住一个贪财的狐狸！

我脚尖刚快乐地晃悠了两下，对面的谢濯却开口说："昆仑外北三百里有个灵石矿，你帮我，我之后告诉你具体位置。"

我闻言，愣了一瞬，那边的老秦倒是麻溜地回答："见外了，帮不帮的倒是其次，我留下主要是为了你我日后长久的情谊。"

而我则气得当即从地上蹦了起来。

"谢濯！你还藏私房钱?!"

一个灵石矿！

矿?!

他竟然从没告诉过我?!

虽然很多事情他都没有告诉过我，但那可是灵石矿！

修行之人除了靠自我修行，还可以从灵石中提取天地灵气，而后融入己身，充盈神魂，化为自己身体中的魂力。

平日里，几块灵石或许对修行没什么作用，但灵石矿可不一样，不仅可以开采灵石作为货币，还可以让人在矿中修行，事半功倍。若找到极品灵石，更是可以炼制法器符咒，这可是天下修行者梦寐以求的东西！

有了灵石矿，四舍五入等于拥有了金矿、法器矿，外加一个取之不竭的灵力源头。

谢濯与我夫妻五百年，一直瞒着我，今天却为了对付我，把这个事情告诉了秦舒颜?!

我都不想踢石头打他了，我蹦到他脸上把他踩死算了。

我也确实蹦了过去，他的脸我踩不到，只得先跳到了他双腿之间。

谢濯眉头一皱，自下而上地看着我。

"做什……"

我双膝一屈，整个人压在他腹部。

他闷哼一声，没有说话。

我只觉他的腹部跟铁板一样，硌得我膝盖疼。

双手被绑在后面腾不出来，我压着他，怒视他。他也冷漠地看着我，却没有推开我。

他抬手了，只是碰了三下他耳朵上的方块，将秦舒颜那边的联系切断了。

我盯着谢濯，心中怒火难抑："我看咱们也别等回到五百年后了，今天就一起死吧！"

我喊着，直接拿头去撞谢濯。

谢濯皱着眉下意识地偏头躲开，而我却刹不住去势。他一躲，我脑袋直接往他身后的石壁上磕去。但没有预料中的疼痛传来，我额头撞在了一个掌心里，这个掌心并不柔软，有些硬茧，然而胜过直接磕在石头上。

我收回脑袋，谢濯的手掌还垫在石壁上，他缓缓将手放下。

他的手背因为我撞击的力量，被石头磨破了皮，但他眉眼还是冷冷的，好像什么感觉都没有似的。

"我说过，伏九夏，你要寻死……"谢濯幽暗的眼瞳盯着我，声音冷过冬日风雪，"别让我看见。"

我冷笑："我寻死？我不过是跟一个不爱我的人提了和离而已，这个人就疯了，想方设法地要杀我，我不过是竭力求生！我要寻什么死？"

我压在他身上直视着他的眼睛骂他："你呢？我到这边来，你先是让我直接去见夏夏，要不是我反应快及时撤走，我坟头草都有两米高了吧？而后你又利用我，要拆散我们的姻缘，解除血誓，要不是我最后一刻收了手，你恐怕已经带我回五百年后把我大卸八块了吧？！

现在！为了让老秦把夏夏带走，啊，灵石矿的位置都愿意报出来了！五百年，五百年你提都没跟我提一句，自私地享用那么久……"

谢濯眉头一皱，终于开口打断我："我没告诉你，也未曾自己用。"

"这是重点吗？"我问他，"如今绞尽脑汁、费尽心机、竭尽全力、动用所有资源想杀我的人，不是你吗？谢濯。"

他唇角一抿，神色还是犹如融不化的坚冰："伏九夏，是你提的和离。"

"是我提的！"

是的，就是这么轻易，我一通发泄后本已经稍稍平息的怒火，就这样轻易地被他一句话又拱了上来。

"那又怎样?！这是你想杀我的理由吗？"

他嘴角一动，想要说话。

我立即喝止："你闭嘴！你别说了！你无非又是想说什么剪红线的时候你很痛是吧?！我告诉你，谢濯！你再痛你也没资格杀我！你就是痛死了！你也没资格杀我！因为在这五百年的婚姻里，我没做任何对不起你的事情！我已经用尽全力去维系这段关系了！我为什么提和离……"

说到此时，我忍不住有些动情了。

多少年的隐忍与累积，我一直以为我对谢濯没期待了，不在意了，无所谓了，但当这些话脱口而出的时候，我还是感到了自己的可悲。

"你到现在心里还没有点数是吗？"

我低着头，声音小了下来。"你什么都瞒我，身世、过往、伤口……"我自嘲一笑，"还有这个灵石矿……"

"但如今，为了达成你的目的，你都与老秦说了。"

我看着谢濯，如同看一团迷雾，经历了那么多岁月，始终遮掩不散的迷雾。

"你不是不能说，你只是不想对我说。"我问他，"一对夫妻……到底是为了什么，才会过成你我这样？"

我垂着眼眸，能清楚看见他染血的衣衫，以及衣襟里邪祟留下的伤口。

"谢濯。"我听见我平静的声音在我们缘起的山洞里面响起，"我累了，想开了，终于不想探究了，你为什么非要彼此纠缠，鱼死网破？"

我抬起眼看他，想从他深渊一样的眼瞳中寻找答案。

"你不知道爱，是不是也不知道什么叫成全？"

他看着我，黑瞳里全是我。

是歇斯底里后，疲惫无力的我。

他似乎咬着牙关，按捺情绪，有些悲伤，也有些难过。

他说："我不知道。"

四个字，偏执得可怕。

仿佛是深渊里拽住最后一丝希望的困兽，它咬着牙，喘着气，明明奄奄一息，明明双手已经被那名为希望的丝线割烂。

"我不成全。"

他的执拗，我不明白。

为何五百年时间，他看起来平平淡淡，冷如坚冰，不过剪了条红线，说了句和离，他便疯成了这样。

但一如我方才所说——我累了，想开了，终于不想探究了。

我只想掰开他的指尖，把那根粘在我身上的丝线抽走，然后离开他。

"那就继续吧。鱼死网破。谢濯，这是你选的路。"

我放了狠话，他沉默接受。

"嗯……那个……"我脑海中传来了夏夏有些犹豫且尴尬的声音，"虽然我不是很明白你们夫妇之间的感情，也不太愿意打断你们这对怨偶的交流，但我这里似乎有件事情更加重要……"

我微微偏过头看向一边，夏夏那边的画面在我脑海中再次清晰。

"谢玄青……好像要醒了……"

靠在石壁上的谢玄青呼吸微微重了起来，睫毛也在轻轻地颤抖。

"不要掉以轻心，别让他把你当坏人杀了……"我说完，立即想到了一件重要的事，"这个阴阳鱼你赶紧摘了放远点，别让谢玄青看见了，这是谢濯做的，上面有他自己的术法痕迹。"

"哦哦！好！"夏夏立即往冰窟洞口走。

"结界记得阻隔外面的声音与光线，别让谢玄青发现外面的老狐狸。"

"好。"夏夏走到冰窟洞口，很快完成了我交代她的事，冰窟外的声音与光都被挡住了，她手中点起了一簇火光，照亮了她的周围，她开口问，"最后，我只有一个问题……我要怎么做才能不被他当成坏人？"

我沉默，看着面前的谢濯。

谢濯通过我的话，大致知道了那边的情况，也从方才与我吵架的情绪中走了出来，皱眉不言。

我一本正经地对夏夏说："相信命运吧，希望他对你一见钟情。"

"他不会。"谢濯如是插嘴。

我瞥了谢濯一眼，没搭理他。

"夏夏，靠你了。"

"好，为了五百年后能活着，我努力。"

那边画面断掉，应当是夏夏摘掉了阴阳鱼。

我的世界安静下来。

我看了一眼眼前的谢濯，此时我的膝盖还压着他的腹部，姿势很近，心与心却隔得很远。

我现在也不想打他了，谢玄青醒了，我的命运被掌握在了另外一边。我只要在这里等着夏夏给我发来成果就好了。

我扭着身子想站起来退到对面石壁去，却不承想，我刚挣扎着站起来，谢濯就一抬手拽了我一把，我又"扑通"一下，膝盖跪在了他的腹部。

硬邦邦的，一点也不软……

"做什么？"我冷眼看他。

他这次倒是哼都没哼一声，一言不发地直接抬手，指尖再次拂过我的头发，碰到了我耳垂上的阴阳鱼。

我一愣，偏头要躲，可已经来不及，谢濯以迅雷不及掩耳之势将我的阴阳鱼摘走了！

"谢濯！"我怒斥，"你做什么？"

"缴械。"他如是说，把我的阴阳鱼拿在手里。

"还给我！"我挣扎着拿嘴去拱，想用嘴把我的阴阳鱼抢回来，但他却把手伸过头顶，我一拱，重心不稳，整个人扑倒在了他怀里。

我心里那个气！

仰头看他，只看见他硬朗的下颌线。我恨不得用嘴在他下巴上狠狠咬一口。

"你卑鄙！"

我盯着他的动作，见他将阴阳鱼放进了他左手的袖子里。

我又扑腾了两下，挣扎无果后，直接被他用右手将我从他身上拽开了。

谢濯闭上眼，开始调息。

我见状，挣了挣身上的绳索。这是老秦留下的术法绳索，它压制了我的术法，让我挣脱不得。我只得蹭着石壁，也开始调息。

只希望我能在谢濯抢得动盘古斧之前先恢复力量，挣脱绳索，逃出生天……

第九章

重蹈覆轍

今夜，外面的月光格外亮，犹如银霜，斜斜洒入山洞之中，山洞中阴冷潮湿，映着月光，虽是黑夜，却有薄凉的光亮。

头顶山洞中渗出的水珠滴下，落在我的鼻尖，我想起以前，同样是在这山洞里，我照顾谢玄青的时候，洞中总是用术法烘得干燥舒适，哪儿像现在……

我看了看旁边的谢濯，他依然在调息，与这洞中石头一样冰冷僵硬。

外面日夜已经轮转了七次，七天时间，我与谢濯待在这个山洞里，不是在调息，就是在大眼瞪小眼。

我不知道夏夏有没有发来消息，因为阴阳鱼已经被谢濯放进了袖间。

随着时间的推移，我越来越焦虑。每过一天，谢濯的伤都会肉眼可见地变好一点。

我一直知道，他是个狠人，虽然他现在还站不起来，但他站起来的时候，定是我死期来临的时候。

我总是在思考，怎么把我的阴阳鱼拿回来，重新联系上夏夏，可每次不管谢濯是闭着眼还是睁着眼，只要我开始打他左手袖子的主意，他就能及时注意到我。

但值得庆幸的是，我的功法已经恢复了五六成，捆着我的绳子也在我日复一日的磨蹭下断了一半，只待时机成熟……

"沙沙"，轻微的衣料与石壁摩擦的细响引起我的注意。

我转头盯住谢濯，打量他。

在薄凉月光的映照下，我看见了谢濯稍显苍白的唇色，以及他额头渗出的一点冷汗。

嗯？

他这……难道是在告诉我，机会来了？

就来了？

是不是有点突然？

我试探地起身，谢濯没有反应。

我蹭着石壁站了起来，谢濯依旧没有反应。

在我身体完全站直的时候，我忽然察觉到洞外似乎有些奇怪，似乎有一道气息从外面一闪而过，但当我飞快转过头，皱眉盯着洞外仔细看的时候，外面又没有任何动静了。

今夜有点奇怪。

但……

我看了看谢濯，又看了看外面，最后还是一咬牙，挪了两步，靠近谢濯。

而他，面对我的靠近，唯一的反应是呼吸更加急促，冷汗越流越多，面色愈发苍白……

我看了一下他微微掀开的领口，里面似乎有黑色的邪祟之气在躁动，原来……是他身上那些邪祟留下的伤口，在撕扯他的身体……

我曾被邪祟伤过，我知道这滋味有多难受，看见这样的谢濯，我有些迟疑。

但当我的目光落到他左手袖子上的时候，我立即又攥紧了我微微软下去的心尖尖！

心软令人犹豫！犹豫就会败北！

错过今日，说不定我就再无翻身机会了！他此前掐我脖子的时候，可是半点没有吝惜着力气的！

我调动了自己对谢濯的愤怒，果断地深深吸了一口气，心中默念法诀，调动身体魂力，用力一挣，困在我身上的绳子……呃……没断。

有点尴尬。

老狐狸的绳子还挺结实……

我左右看了一眼，找了块还算锐利的石头，把身后已经断了一半的绳子靠近去磨，我一边用法诀用力往两边绷着绳子，一边拼命地晃动身体，让绳子在石头上磨出难听的"咯吱咯吱"的声音。

双管齐下，我干得如火如荼，但凡谢濯像之前那样醒着，我都玩不了这么花。

不过，这动静也确实有点大，我绳子还没磨开，那边的谢濯便颤动了两下睫羽，清醒过来。

他缓缓抬起头，像一个发了高烧的凡人，眼眶微微泛红，嘴唇却白得吓人。

他睁眼就看见我像个狗熊在树上蹭痒一样，姿势奇怪地在石壁上磨蹭，哪怕虚弱至此，他眼神中也透露出了几分冷漠的无语。

他在用神情告诉我——我现在看起来不太聪明。

但老天爷仿佛总是喜欢在我与谢濯之间，来回给我俩打脸，他这声叹息的风还没停，"啪"的一声，老秦绑了我七天七夜的绳子直接就断了！

谢濯目光怔住。

而解放了双手的我，火速扒掉了身上的绳子，狠狠丢在地上，我还踩了它一脚，大踏步走到了谢濯身前。

我居高临下地看着他："我看你今天还能怎么拦我？"

他没动，仿佛睁眼就已经用尽他最后的力气。

那双深渊一样的眼睛映着山洞中薄凉的月光，一直凝视着我。

我直接抓起了他的左手，在他袖子里摸索一通，与那怎么也摸不着的盘古斧不一样，我很快就找到了阴阳鱼。

但我现在很理智，我知道我不能先联系夏夏，她那边的情况我不清楚，万一贸然地联系，让谢玄青察觉到猫腻了怎么办。所以我只是先将阴阳鱼握在了掌心。

我丢开谢濯无力的手，瞥了他一眼，然后告诉他："我走了，我会躲起来，直到夏夏与谢玄青建立血誓。"

我站起身，看着洞穴前方，微微歪头将阴阳鱼戴在耳朵上，我一边戴一边说："谢濯，我们就是相遇了，又和离了。和你之间，开心是真的，不爱了也是真的。"我戴好了阴阳鱼，向洞外走去，努力让自己的声音显得平静又冷漠。"很多事就算是错的，你也不能抹去。学会接受，对你我都好。"

我没有回头，没有看他。

但在我迈出两步之后，忽觉身后有一股微弱却不能忽视的拉力。

我微微侧头，是我的衣摆被谢濯拽住了。

我顺着他虚弱的手，看到了他的脸。

除了初相遇，谢濯几乎没有在我面前有过如此虚弱的时刻。

"外面危险。"

他如是说。

我怔住了。

我以为他拉住我是要垂死挣扎、鱼死网破，再不济也该是放句"你跑不掉"之类的狠话。结果没想到，此情此景，此时此刻，他嘴里说的竟然还是……

外面危险？

若非这些日子，我为了活命切切实实地与他斗智斗勇过，我几乎都要以为，我们之间没有和离，没有劈开时空，没有你死我活……

我们仿佛还是维系着奇怪姻缘的夫妻，我的丈夫寡言、固执，不与我圆房，也从不说爱我，但他会时常提醒我笑一笑、地上凉、外面有危险。

我沉默后，掰开了谢濯的手指头。

"我会自己面对。"

本来，谁也没有义务保护谁一辈子。何况仙人的一生那么漫长，以后没有谢濯的日子，我还得靠自己过。

我迈步离开，谢濯果然力竭，无法起身追我。

我顺着山洞，走到洞口，洞口月光更加明亮，这一次谢濯造成的危机，我总算是侥幸渡过……

"哐"的一声，我一头撞在了一个透明的结界上。

我一惊，立即探手去摸，结界在我手摸上去时，依旧没有形状，却扎扎实实地将我挡在了里面，我一咬牙一发狠，集中往结界上一拍。

更大的声响在洞中回响，片刻之后，消弭于无形。

结界纹丝不动，我自己退了三步。

"结……结界？"我转头看着山洞里面已经在阴影里有些模糊的那个影子，不敢置信地问，"你还有力气布结界?!"

那个影子转过了头，我看不清他的面容，但那双眼睛里的寒光，我却瞅得清清楚楚。

一如饿狼，幽幽发光。

他虚弱沙哑的声音也在洞中响起："你会布结界，老秦也会布。"

我恍悟："老秦走的那天就布了结界?!"恍悟之后，我又勃然大怒："那他绑我这么多天又是什么意思?! 胳膊都勒肿了！"

洞中他的呼吸起伏了几个来回："难题，不能一次让你看完。"

是！早知道这里有结界，我就该多做一手准备了！

这个谢灈……

我咬牙切齿："你是真的狗。"

谢灈没有搭理我，似乎方才的对话已经耗尽了他最后的力气。洞内月光下，我看见他侧脸的轮廓，一仰头，一闭眼，他靠着石壁，静默不言。

一副笃定我打不开结界的样子……

我不甘心，摸着面前的结界不挪手，试图找出这结界的破绽。

忽然，耳朵上的阴阳鱼里传来一阵嘈杂的响动，我侧耳倾听，不一会儿，我脑海里便传来夏夏刻意压低的气音！

"你在吗？我还有救吗？"

"夏夏?!"我惊喜地喊出了声，随即我又微微闭上了嘴，看了一眼山洞里面的谢灈。

他还是刚才那副死样子，没有动静——或许是对老秦布下的结界的自信吧。

我在洞口结界边蹲下，想要先关心下夏夏那边的情况，可没等我问出口，夏夏就长出一口气："谢天谢地……终于联系上你了。这些天你怎么一点音信都没了？我还以为你被带去五百年后宰了呢……"

"他还没那本事。我只是不慎被缴械了。你那边怎么样？谢玄青呢？"

夏夏似乎又碰了一下她的耳朵，这下画面也传到了我的脑海里。我从夏夏的视线里看到了她面前被她抹黑的冰窟结界。

有些好笑，在同一个时空，不同的我自己，竟然有相似的处境——都蹲在一个山洞里的结界边，偷偷摸摸地联系对方，且洞里面，躺的还是同一个男人。

夏夏转头，看了眼谢玄青。

谢玄青的姿势与我这边的谢濯也可以说是如出一辙了。

"他昏睡过去了。"夏夏说，"放心，我确认过了，他昏迷的时候，听不到我说话……他应该是真的伤得很重。"夏夏说这话时眼神就没从谢玄青身上挪开："我跟你说，没联系上你的时候，还挺惊险的。"

"怎么？"我有些紧张，"谢玄青醒过了？真把你当贼人了？"

"他确实醒过了。而且，早在我来之前，他就醒过了。"

"什么?！那他……"

"他伤重后，第一眼见到的真的不是我，他就是见到了那个女狐妖！认为是那个女狐妖救了他！那谢濯的计谋，真的成功了！"

夏夏每说一句，我的心就悬高一分，直到她说到最后一句，我的心都顶到了我的嗓子眼，堵住了喉咙，噎住了呼吸。

我心道：完了……

谢濯成了，我完了，谢玄青第一眼见到的是女狐妖，他在意的人变了，夏夏没血喝了，血誓立不成了……

"但是！"夏夏忽然转折。

我跟着提了口气。

"他好像，也没有对我很抗拒……"

"啊？"这就让我有点意外了，"什么叫没有对你很抗拒？"

谢玄青没有在意那个女狐妖吗？

"嗯，我们失去联系的第二天，谢玄青就醒了，他一见我，确实很戒备，我也不知道怎么跟他解释，就只能跟他说，我是来救他的。然后他说，之前救他的不是我，是一个女狐妖。"

果然，他在意的人，变了。

"然后呢？"我紧张，"他是不是对那女狐妖十分在意？"

"倒也没有。"

没有？

为什么没有？

按照套路，谢玄青重伤后为人所救，救他的那个人，一定会成为他的救赎与光明，为什么竟然没有？

难道我和谢濯的这段孽缘，不是从这一眼万年里开始的？

"他就问了一嘴，女狐妖在哪儿，我又是谁。我又不能实话实说，当即就一通硬编呀，我说之前那个女狐妖在他昏迷的时候想害他，被我遇见，已经被我赶走了。然后我布下冰窟外的结界，保护我和他。"

我听得皱眉："你这个说法很冒险啊，他什么反应？"

"他没什么反应，但还是很戒备。直到我动用魂力帮他治腰上的伤时，他态度才缓和了点。"

"你就直接动手治伤了？"我问，"他允许？"

"他又动不了。"

也对……

"我真的给他治好了点伤，他就问我，为什么要救他。"

这个问题，在我的记忆里，谢濯也问过我，不过，我记忆中的场景与夏夏经历的并不相同。

谢濯是在昏了一两个月后，才醒来的，那时候，虽然谢濯只在雪竹林见过我一面，但对我来说，我已经照顾他很多天，对他也算熟悉了。

所以当谢濯问我为什么要救他的时候，我非常熟稔地回答他："难不成看着你冻死在冰天雪地里吗？"

与此同时，我还说出了一个非常令人信服的理由："之前你在雪竹林也算是救了我，我不把你报上去，全当是报恩了。我照顾你到你伤好，你伤好之后就悄悄离开昆仑吧。我不告诉任何人。"

他救我，我报恩，有理有据。

可现在，谢玄青根本就没救过夏夏，甚至连清醒后的第一眼看到的都不是她。

"你怎么说的？"我问得小心翼翼。

"我又瞎编了一个理由，说见他长得好看，我馋他身子，实在不忍心他就这么被女狐妖害了。"

"……"

短暂的沉默后，我有些头疼。

虽然当年救谢濯……我也……不能说一点没有吧，但我好歹是个正经人！

"不然我要怎么编？"夏夏说，"还有什么令人信服的理由吗？而且，你也别沉默了，我还不知道你，我笃定，你当年救人多少也有点这种想法。"

我叹息，认了。

毕竟谢濯……是挺让人馋的。

能忍他五百年，我真的仁至义尽了。

我找回主题，继续问她："你这么说，他信了？"

"信不信我不知道，但他愣了好一会儿没说话，大概是信了吧。而且……我的任务不就是要跟他建立一段姻缘吗？还有什么比这样的开端更好建立姻缘的。"

也是。

"从那天之后，他每天会清醒一会儿，然后又会陷入昏迷，怎么都叫不醒的那种。他醒的时候，我就会与他说说话，然后我发现……"夏夏的目光仿佛黏在了谢玄青身上，"他人挺好的。"

我闻言，当即沉默，抿唇不言。

脑海里，夏夏的目光从谢玄青的脸上扫过，又细细地打量他身上的伤。

"他似乎有点温柔……昨天晚上他昏睡的时候，我见他呼吸有些急促，身上的伤口好像裂开了，我又用魂力给他治疗了伤口，他正巧醒了，见我在帮他疗伤，就阻止了我。原来，他早就看出来了我在结界上用了心脉之血的力量，他让我不要太消耗自己。"

我一言不发地在脑海中看着夏夏眼中的画面，听着她的言语。

"你有没有发现……凑近了看，他的眼睛像小动物的一样，很清澈。

"而且，他受了这么重的伤，却从来没喊过一声痛，他好像都习惯了，他以前都经历过什么？你知道吗？

"还有，我记得上次看见过，五百年后的他身上有好多邪祟留下的伤，但你都不知道，他是不是以一腔孤勇在没人知道的地方战斗……"

"夏夏。"我打断她，"你是不是喜欢上谢玄青了？"

"啊？"她像是被吓了一跳，"我？就这么几天，怎么可能！"

我没接茬。

她又连忙说："我只是逢场作戏罢了。"似乎觉得自己的话说得有些快了，她顿了顿，目光终于从谢玄青身上挪开，看向了一边，目光微垂。"我知道了结局，我才不会重蹈覆辙。"

"你……"我思索了一会儿，道，"你好好完成任务，不用担心我，我在寻找机会离开这里。有什么情况，你联系我就是。"

"好。"

夏夏应了，随即阴阳鱼里的联系断开。

我看了看自己的手腕。

此腕间，系了五百年的红线已断。

我知道结局，夏夏一定会重蹈覆辙。

喜欢上谢玄青，于我而言，避无可避。

不过，没关系，喜欢他我可以承担，不喜欢他我也可以承担，我不像谢灈，只能见美好，不能见破碎。

我站起身来，准备继续研究面前的结界。

而正在这时，结界外一道黑色雾气，犹如丝带，一晃而过。

这一次，我是真实地看到了黑色雾气的痕迹，我眉头微微皱起，我知道那是什么——邪祟之气。

昆仑之中，竟然有了邪祟之气?!

昆仑里入了什么不得了的大邪祟吗? 昆仑的仙人们呢? 为何一点动静都没有?

我正震惊，忽然"嘭"的一声，一只苍白的手掌从我耳边擦过，直接拍在了我身前透明的结界之上。

我错愕地转身。

谢灈喘着粗气站在我身前，他低着头，头发将他面容挡住，我看不见他的脸，却可以清晰地看见他身上那些伤口冒出的黑色气息。

邪祟之气……在他身上肆虐起来了。

与外面的气息有关吗?

"谢灈。"我唤他的名字，尽量让自己的声色保持冷漠和平静，"这些伤你带了三四百年，别告诉我，你今日会被这些邪祟之气控制。"

我离他太近，感受得到他粗重的呼吸，也听到了我话音刚落时，他牙关紧咬的声音。他拍在我耳侧结界上的手，紧紧地攥成了拳。

"离我远点。"他说。

这话对我而言，有点陌生。

从前他在的时候，总是说:"站我身后。""我陪着你。""别离开我身边。"

这还是他第一次这么要求我。

也或许，以前该这么要求我的时候，他都已经主动离我远点了。

到了这五百年前，倒是解决了我很多关于他动不动就消失的疑惑。

我平静地从谢灈身边移开。作为在昆仑守备军干了几百年的上仙，我还是知道的，像他这样被邪祟之气入体的人，最经不起情绪的波动。我越冷静，越有利于他控制自己。

当我马上要从谢濯的压迫中挪走时，"啪"的一声，谢濯另一只手竟也撑在了我身侧。

透明的结界前，他两只手撑在我耳边两侧，束缚了我的行动。

"谢濯。"我说，"让我离开。"

这话让他微微抬起了头。

看见他的眼睛，即便已经有了心理准备，我还是忍不住将头微微往后仰了仰。

一双全黑的眼睛——被邪祟控制的象征。

寻常人到了这种程度，已然是完全被邪祟掌控，再无法挽救了。按昆仑的规矩，遇到这样被操控之人，杀无赦。

我身侧拳头握紧。

谢濯的一只手也慢慢向我的颈项靠近。

我只觉咽喉干渴，忍不住咽了口唾沫。

外面的月光，穿过透明的结界，将我与他的影子投在山洞内的地上。我俩站在一起，犹如一人。

片刻，我脑中闪过无数念头。谢濯真的完全被邪祟掌控了吗？他真的没救了？我要杀他吗？

我……要杀他吗？

他带着黑色雾气的手掌贴在了我的颈项上，我没有躲避。在这一瞬，他可以直接捏断我脖子的一瞬，我没有任何反抗，只是仰头静静地看着他。

看着他身上的黑色雾气缠绕翻飞，也看着他黑色的眼睛，似乎已全然没了人性。

但他的手却没有捏断我的脖子，那危险的指尖，轻轻穿过我的头发，摁住我的后颈，他将我往前一摁。

邪祟之气四溢，杀机弥漫之际，他将我摁入他的怀里。

他怀抱冰冷，心跳声却如此清晰。

在昆仑上学时，夫子就曾教过我，无论仙妖，只要被邪祟之气掌控，那人便会失去自我，只凭自己内心最原始的渴望行动。

谢濯从我们和离的那天开始，口口声声地说着要杀我……

他却在今夜，抱住了我。

成亲五百年，我们之间连拥抱也屈指可数。

"离我远点。"我听到他在我耳边说，"……别靠近我。"

不知是在告诉我，还是告诉他自己。

他另一只手环过我的腰，将我的身体也摁在他怀里。

冰冷又灼热。

我闭上眼，什么都没有做。

月色薄凉，披在我身上。谢濯的手臂将我抱得很紧，我能感受到他的挣扎与颤抖。

我不知他清醒之后会如何看待这个拥抱，我也不知道要怎么去与他解释，提出和离的我为什么没有抗拒这个拥抱——甚至，我不知道怎么给自己解释。

但我决定，此刻即此刻，若无心抗拒，便去沉浸。

在我以为，这个拥抱会持续很久，直到谢濯冷静下来的时候……

忽然，谢濯手臂猛地收紧，我一愣，只觉谢濯将我"连根拔起"！

我双脚离地，还在愣神之时，谢濯直接将我囫囵个儿地甩到他身后。

我摔坐在地，脑子是蒙的，只呆呆地仰头看着身前的谢濯，他背对着我，以戒备姿态挡在我身前，浑身冒着丝带一般的黑气。

"你……"我还没来得及提出疑问，便见一记光芒猛地击中谢濯面前的结界！"轰"的一声巨响，方才我怎么都打不开的结界瞬间四分五裂。

术法激荡的余波横扫过来，令我不由得侧头避过余威。一块破碎的厚重铁片跟随着余波径直从我耳边擦过，若非我侧头，怕是耳朵都要被削了。

我心有余悸，往前看去。

熟悉的身影从洞外月光之中走来，我微微眯眼，有些不敢置信："吴澄?!"

是这个铁憨憨？他……什么时候有了这般本事？方才那块铁片……

我转头看了一眼，发现那竟是吴澄自己的仙器，他把这玩意都拿来砸结界了？我有些奇怪，直觉这个憨憨不像是会如此行事的人。

"九夏！"吴澄看起来却很正常，他怒气冲冲地站在洞口外，与谢濯对峙着，"我们寻了你这么多天，没想到你真的在这雪竹林里与邪祟勾结！"

我看看谢濯，他浑身黑气逸散，与邪祟模样无二，我不知如何辩解，只得拍拍屁股站起来，要从谢濯身后走出去："你怎么来了？"

我边走边说，到谢濯身边，他散着黑气的手却拦住了我。

"别过去。"

我转头看向谢濯，此时我能看见他的侧颜，那双漆黑的眼睛说不出的诡异恐怖。

论外貌，谢濯是无可辩解的邪祟，但他……并没有失去理智，至少……

我相信他没有。

"你还与那邪祟站在一起?！还不快过来！"吴澄也在那边焦急地唤我，"我带你去见西王母，西王母定能帮你祛除身上的邪祟之气！将你引回正道！"

我这些天来确实一直想方设法地要离开谢濯，但是……

我打量吴澄，面前的他还是他，与平时别无二致，但总有一丝奇怪的感受在我心里萦绕。

我下意识地信任了谢濯，哪怕他如今是这般模样。

我往谢濯身后靠了一步。

这一步让谢濯微微侧了侧头，他看了我一眼，我触到他黑色的眼睛，没有多言，只对着前面的吴澄道："我没入邪祟之道，他……也还不是邪祟，我来解决他的事，你先回去。"

吴澄没有动，看着我的眼神慢慢变得阴沉："你不想要最后的机会吗？九夏？"

我皱眉，没答话。

"九夏将军，没想到啊……"阴冷的声音从吴澄身后传来。

我心头一凛，那股森冷的感觉从胃里翻涌而起。

只见月色之下，荆南首从吴澄身后缓步而出，他微微歪着头，轻声言语："你果真与邪祟勾结。"他说话时微微露出的森白牙齿，仿佛又让我回到了那日他在我身边张开嘴巴的时刻。

今日又与那日不同，荆南首看似在与我说话，但他的眼睛却盯着谢濯，诡异得发亮。

这个食人的藤萝上仙与谢濯……

我戒备起来，而面前的谢濯在荆南首出现之后，周身的黑气越发躁动。

而此时，夜空不远处，有越来越多的小亮点从远方而来。

我知道，那是昆仑的其他仙人御剑而来的光芒，在谢濯用盘古斧劈开时空的那天晚上，昆仑也这样热闹。

我瞥了谢濯一眼。"克制住。"我小声说，"你再这样，等其他仙人过来，更说不清了。"

但谢濯此时却仿佛听不进我的话，他唇角颤动，遏制不住一般，从喉咙里呢喃着什么言语。

我听不清，于是凑近了他，然后我听到他在说："他伤的你。"

我愣住，随即瞥了眼自己的手。好歹是个仙人，我此前被荆南首弄出的伤早好得差不多了，我以为……这本不是什么值得记下的事……

我还在愣神，身侧的谢濯转眼便消失了，只留下一阵黑色的风从我耳侧掠过。

等我再看到他的身影，已经是在数丈开外的山石上，伴随着轰然巨响，谢濯已经只手擒住荆南首的脖子，将他狠狠地摁在了山石上！

荆南首的后背将山石都撞凹了进去，碎石哗啦散了一地。

我错愕……

这荆南首好歹是个上仙啊！谢濯他不是在重伤之中吗？他怎么……

他哪儿来的功法？他之前难道在跟我演戏吗？

不过，也不可能吧，在我面前演戏对他有什么好处？早把我带回五百年后，他的愿望不就直接达成了？

此时的谢濯当然看不到我的错愕，也听不到我的疑问，他捏着荆南首脖子的手慢慢收紧，他微微咬着牙，开口说话时，黑色的邪祟之气从他的嘴角溢出，宛如烟雾。

"你敢动她，我便再杀你一次。"

杀气弥漫。

今日的谢濯与往日也不相同，似乎是受邪祟之气的影响，他的情绪更加外露，他说的话也没有刻意掩藏信息。

荆南首听不懂谢濯的话，所以他狼狈地发笑："阁下，谈何'再'杀我一次？"

而我听懂了。

在我与谢濯生活过的那个时空里，食人上仙荆南首是谢濯杀的。

他从未告诉过我，也从未告诉过其他任何人，直到今日，他被邪祟之气影响了。

我遥遥地看着他，抿着唇角，迟来的答案，其实已经不重要了……

正想着，一道阴影笼罩了我。

"九夏。"吴澄站在我的面前说，"你不见西王母，那我便送你见阎王吧。"

但闻此言，我仰头看向吴澄，却发现他嘴角带着微笑，仿佛杀我是一件令他很快乐的事。

我呆住，甚至都还没有侧身去躲，一块碎石径直从远处飞来，狠狠打在吴澄的脑袋上，吴澄整个人往旁边一偏，直接摔倒在地昏迷过去，额头上鲜血直流。

我愣愣地看了眼吴澄，又看了眼远处的谢濯，他还掐着荆南首的脖子，但那双漆黑的眼睛透过夜色看向我。

此时此刻，我仿佛看到了他的原形——真实的雪狼，野兽一样的直觉与行动力。

可是……

我看向晕过去的吴澄。

离得近了，我竟然丝毫未察觉出吴澄身上的异样。他不是假的，没有邪祟之气，也不像被操控的模样。他就是吴澄，与我同营多年的昆仑守备军，我的好友。但他方才却说……要送我去见阎王？

哪怕我真是邪祟，正常的他要杀我，也不该如此快乐吧？

他身上发生了什么？

天空中，御剑而来的仙人越来越多。

我心知，以谢濯现在的模样，是无论如何也说不明白的，不能让他待在这里。

我看了吴澄一眼，见晕过去的他呼吸尚稳，我奔向谢濯，对他喊："赶紧走！快！"

谢濯却转过头去，看着面前的荆南首，他的手越收越紧，似要将荆南首的脖子在此处捏断。

但荆南首周身却亮起了护体仙法，与谢濯死命对抗着。

此时两人的功法都远在我之上，对峙的威力中，我举步维艰。

狂风中，谢濯浑身黑气，荆南首仙法灼目，二人对峙仿佛真的是邪祟作恶，上仙逢难。

而只有我知道，"邪祟"身上背负着战胜邪祟的累累伤痕，"上仙"嘴角已嚼烂过他人血骨。

"呵呵……"荆南首发出一阵怪笑，"你与大人想要的模样，差不了多少了。"

荆南首的话我听不懂，但谢濯周身的黑气更厉，荆南首周身护体仙法光芒宛如琉璃，开始破碎。

此时，空中却已有数道仙术光芒凌厉而下。

"何方邪祟竟敢来我昆仑作恶！"

"放开藤萝上仙！"

伴随着众仙厉喝，越来越多的仙术光芒刺向谢濯，谢濯身后的黑气挡住数道攻击，但仍有疏漏。眼瞅一道光芒穿过谢濯的肩膀，他身体一颤，我双目一瞪。

不管此前与谢濯闹成如何，我现在只觉自己也像被打中一样疼。

我一咬牙，看向空中，运足这些日子以来积攒的所有魂力，向空中结印，布下结界，挡住数百仙人。

"是昆仑守备军的印法！"

"昆仑有叛徒！"

空中有仙人似乎注意到了我，有术法向我攻来，我已没有力气再布一个结界，只得在攻击下抱头鼠窜。

在我数百年的仙生中，还是第一次这么被昆仑众仙追着打。

可是再打，我也要带谢濯走。

这样的谢濯要是被众仙抓住，会被当场诛杀，这是昆仑的规矩。

我无法在这样混乱的情况下阻止数百人，我也无法让这数百人在短短几句话之间相信我。而且，即便换作当年的我，恐怕也不敢相信，一个完全被邪祟之气掌控的妖，还能拥有自己的意识。

"谢濯！"我继续向谢濯奔赴而去，在喧闹中大喊他的名字。

我的结界在空中罩住他，结界光芒下，谢濯转头看向我。

"快与我走！"

那双黑色的眼瞳，在各种术法光芒的照耀下，映入了我的身影。

我已奔到他的面前，直接扑他一个满怀，谢濯双目睁大，任由我将他从荆南首身上推开。

失去谢濯的控制，荆南首也没反抗，他已然力竭，跪倒在地，捂着脖子大口大口地喘气，只是那双阴冷的眼睛一直近乎疯狂地盯着谢濯。

我此时才意识到，荆南首那时是在碰到我的血之后才露出了更加癫狂的眼神。

而我的血有什么特别？自然是血誓比较特别。

这个荆南首，从一开始目标就是谢濯。

没时间再停留。

谢濯身上的邪祟之气开始减少后，他身体便肉眼可见地虚弱下来。

空中的结界也支撑不了多久，我只能扛着谢濯往雪竹林里面跑去，妄图借助茂密的雪竹林把追来的仙人甩掉。

"别跑。"谢濯抓住我，他一口咬破自己的手指，在雪地上画了一个图案。

"这是什……"我话音未落，只见那个图案散发出一阵光芒。

光芒包裹住我与谢濯，下一瞬间，我便觉周遭环境瞬间转换，漫天仙术光芒消失，四周的雪竹林也消失不见，只剩下漆黑的夜与远处一望无际的雪原。

"传送阵？"我问谢濯，"这是哪儿？"

没人回应。

谢濯直接从我的肩头滑落，整个人摔在雪地上，昏死过去。

他身上的邪祟之气已全不见了，裸露的皮肤上只见得那些狰狞的伤口正在淌出血来，让他整个人像块染料，在倒地的那一刻，就染红了周遭的白雪。

我俯下身探着谢濯的鼻息，虽然虚弱且缓慢，但他还活着。

活着就好。

我仰头，看着面前的茫茫雪原，随即陷入了沉默。在昆仑，无论在何处都能看见不周山，能看见盘古斧镇住的昆仑结界，而这里……什么都看不见。

"不愧是你啊，谢濯。"我道，"直接把我带到昆仑之外了。"

昆仑之外邪祟横行，这五百年里，昆仑教小孩的书里一直都是这么写的。

我一时之间竟不知道是在昆仑挨打安全一些，还是带着一个血肉团在这茫茫雪原里安全一些。

我就地一坐，摸上了自己的耳朵。

那漫天的仙人，定有人看见了我的脸。我走了，夏夏还在昆仑，我必须告诉她现在的情况。

我点了两下阴阳鱼，让我眼睛里看见的画面直接连通了过去。

但与之前的情况不太一样，这一次我等了好久也没得到那边的回应，我有些担心，是夏夏出事了吗？还是谢玄青醒着，她不方便？

没等我过多猜想，我脑海中响起了夏夏的声音。

"嚯……"阴阳鱼也同时传来了夏夏眼中的画面，她蹲在尚在昏迷的谢玄青身侧，似乎被我这边的画面吓了一跳，夏夏目光一转，背过身去，问我，"这才没过多会儿啊，你那边怎么了？"

"我……"我刚说了一个字，夏夏那边的画面便开始莫名地颤抖，然后时隐时现。

"夏夏？"

"嗯？为什么你那边……忽明忽暗？……嗯？我在，你能听到我说话吗？"夏夏的声音也变得断断续续的。

我沉默了一会儿，瞥了一眼旁边血糊糊的谢濯，嘟囔道："做的什么破玩意，距离远了就变得这么不稳定。"

"还在吗？"夏夏还在坚持不懈地询问。

"我在。"我说了一句，没等夏夏回答，便继续说道，"谢濯把我带离昆仑了，距离太远，这术法维系的阴阳鱼或许变得不太稳定了。"

在我说完这句话后，夏夏至少又问了三遍"在吗"，然后沉默了好半天后才说："啊！怎么离开昆仑了？！他为什么这么做？"

我对这阴阳鱼的通信效果感到有点心累，但如今能联系上已经很好了。

我简单把今晚发生的事告诉了夏夏，连带着把前些天发生的荆南首的事也交代了一下。

夏夏安安静静听着，我在雪原之中也安安静静地等了一会儿，待风把我嘴唇都吹麻了的时候，夏夏那边才传来回应："乖乖，那新晋的藤萝上仙竟然是邪祟……"

"他应当是对谢濯有想法。"

"……什么想法？"

我摇头，还没回答，那边夏夏便继续说着："不管他有什么想法，我去将此事告诉西王母吧！让她来对付那个荆南首。"

"你要怎么说服西王母呢？告诉她，我和谢濯是从五百年后用盘古斧劈开时空来到这里的吗？西王母若知道此事，说不定先一斧子把谢玄青砍了以绝后患。更可能的是，她根本不会相信你，毕竟众目睽睽下，身怀邪祟之气的是谢濯。"

夏夏挠头："那……你联系我，是想叮嘱我乖乖待在这里，别被昆仑的人发现了是吧……"

"不是。"

"……我现在本来就在这里躲着，也布下了结界，不会出去的。只要外面那个翠湖台的老狐狸不卖我……嗯？不是？"

我又看了眼谢濯，思索片刻，随即对夏夏说："我想让你现在打开结界，带着谢玄青去投靠老秦。"

那边许久没有声音，不知道是阴阳鱼延迟了，还是夏夏过于惊讶而没有回答。

我没再等，向她诉说我的思路："我现在估计离昆仑很远，昆仑外危险，要回去也指不定是什么时候了。现在全昆仑的仙人都在找我和谢濯，也就是你和谢玄青，光靠你的结界躲不了多久，只要昆仑守备军开始查你，你的术法立马就会暴露你的位置。"

夏夏有些急："全昆仑的仙人都在找，我就算投靠外面的老狐狸也没用啊。"

"不一定。"我分析，"谢濯来到这五百年前，寻求老秦的帮助，还告诉了老秦许多'秘密'，若非对老秦十分信任，他不会这样做。"

毕竟，有些秘密，就算我们做了五百年的夫妻，我也不知道。

"而且，老秦若没有本事，此前也不敢独自一人来守备军营地找我，更别说要与一个上仙针锋相对了。他这个翠湖台的老板想来也没有明面上那么简单。让他庇护你与谢玄青，有风险，是赌博，但好过你在这儿坐以待毙。"

"外面除了老秦，还有那个女狐妖呢！"夏夏提醒我。

我一咬牙："生死危机面前，什么姻缘不姻缘的，就先放放吧。而且，我相信你！"

等了很久，夏夏在那边站起了身。

"好！我现在就去把我的结界撤了。"她走了两步又停下来，"但是，你就这么相信谢濯吗？"

这个问题问得我一愣。

"万一……谢濯真的是邪祟呢？他那一身伤口，寻常人早该殒命了，哪怕活下来，也根本不可能与残存的邪祟之气对抗那么久的。你说他双眼已然全黑，这还能保持清明神志？这……不可能的，万一，他真的已经是邪祟了，万一……他真的就该被诛杀呢？"

我听着夏夏断断续续的话，看着地上还在流血的谢濯。

他的血液渗透冰雪，已经漫延到了我的脚边。

我没有回答夏夏，而是反问了她一句："你觉得，谢玄青会变成邪祟吗？"

我等着她的回答。我认为夏夏已经喜欢上谢玄青了，她一定会斩钉截铁地回答我，谢玄青不会。

但她沉默之后，却回答说："我不知道。"

这四个字，让我有点愣神。

"我……我觉得他的眼睛很清澈，但我还不了解他，我认为他内心一定是个温柔的人，但我也不那么坚定。他与邪祟战斗了那么多年，受了那么多伤，被邪祟之气侵染了那么久……我很难相信他……不会被改变。"

我……我当年，这么清醒的吗？

哪怕已经喜欢上了，也并没有多信任。

"你为什么会这么相信他呢？"夏夏反问我，"明明，你都与他和离了。"

我仿佛被堵住了喉咙，回答不上来。

原来，五百年前，哪怕我喜欢他，我也是不相信他的。

初相逢，心生欢喜却难谈信任。

但在这五百年里，我们埋怨、争吵、对峙，及至此刻，我却对他的人格坚信不疑。

我坚信，哪怕他双眸漆黑，眼底依然清明；我坚信，即便他身染邪祟之气，内心仍旧尚存温度。

我知道，或者说，是我美好地期许，他不会被改变。

"和离是和离。"我对夏夏说，"信任是信任。"

穿过了五百年的时空，我一直觉得谢濯什么都没告诉我，我结了个假婚，但此刻我忽然明了——这五百年的夫妻生活，于我而言并没白过，他还是在我的岁月里留下了痕迹的。

按捺住心中的情绪，我看着脑海里的画面，夏夏已经扛起了谢玄青，并动手撤下了结界。

"我相信我的判断。"夏夏说着，结界已经消失，外面的月光铺洒入冰窟里。

老秦果然还等在洞口，看着夏夏主动带着谢玄青走出来，他面上还是一脸狐狸笑。

"怎么，你这结界布得不结实，听到了外面的动静？"

"别废话，外面都在抓我们，我就问你，帮不帮？"

老秦看了一眼昏迷的谢玄青，用扇子将脸一挡："我收钱的。"

我知道，这事成了。

"夏夏，躲起来，等我回到昆仑……"

没等我把话说完，那边的画面便停在了老秦将谢玄青扛走的一幕上。我拍了拍阴阳鱼，又原地转了几圈，但画面始终卡在那儿。无奈，我只得关掉了阴阳鱼。

"这里到底离昆仑有多远……你不是伤重吗？怎么还这么能跑……"

我嘀咕着看向谢濯，然后便看见他身边的血开始变黑了。

"谢濯？"

血还没有凝住？

我心觉不对，立即蹲下身将他翻了过来。

谢濯脖子上那块不让我碰的石头露了出来，石头染了他的血，在夜色里显得有些妖异。

我此时也没心思管那石头了，我看见他身上所有的伤口丝毫没有凝血的迹象，血已经弄湿了他所有的衣服，我只是将他翻过来，手上便已经沾上了他湿乎乎的血。

且此时，他的血还混着邪祟之气，不停地往外流着。

"你这不对啊。"我想捂住他的伤口，但调动身体里的魂力时，发现自己身体里的力量是一滴都没有，此前都拿去给他布结界挡伤害了。

我用不了术法，只得将身上的衣服撕了一块下来，包了一些地上的雪，想去帮他止血，但这根本没用。

我的衣服也很快就被他身上的血染湿。

"谢濯……"

我扒开他的衣襟，这才发现，他身上那些本已愈合的伤口全部裂开了，且每道伤口都被黑色的邪祟之气撑着，那些黑色的气息就像一只只无形的手，扒着他的伤口，不让伤口愈合。

血没有在他身上凝结，全部往外流，现在他的血变黑，不是因为其他，而是因为他的血快流干了，最后的那些血液混合着邪祟之气，慢慢往外淌着。

再这样下去……他会流尽鲜血而亡的！

必须把他身上的邪祟之气引出来。

我绞尽脑汁地想着此前学过的办法，可以画阵法，用魂力催动阵法，祛除邪祟之气，可我现在魂力枯竭，丝毫没有……我狠狠捶了一下自己的头，懊恼自己的身体在这时空里恢复得太慢。

我又想到可用草药，但这茫茫雪原，哪儿来的草药……

还可以引渡，兔子、野鸡、鹿，任何活物都可以……

我举目四望，四周毫无生机。

除了我。

我怔在原地，看着地上的谢濯。

除了我，这雪原上，再无活物。

谢濯身上的血几乎不往外面流了，那邪祟之气还狰狞地扎在他的伤口上，将他每一道伤口都撑得极大。谢濯面色苍白如纸，呼吸极其微弱，俨然一具尸体。

再这样下去谢濯撑不住的，但我可以。我还是上仙之体，我可以与这邪祟之气一搏。

"谢濯。"

我深深呼吸，跪坐在他身侧，抬手咬破自己的手腕，鲜血流出。

昏睡中的谢濯眉头皱了皱。

我将手腕放到了谢濯的胸前，在他胸膛上，狰狞的伤口冒出的黑气仿佛被鲜血的气息感召，开始翻涌起来，一层一层，想要往我手腕上缠绕。

"我救你，是看在你这一身对抗邪祟的伤口的分上。"

我将手腕沉下。

"呼"的一下，邪祟之气轻轻一卷，宛如一个魔童的手，搭上了我流血的手腕。

谢濯眉头皱得更紧，他身侧指尖弹动了一下。

我望着他，任由邪祟之气顺着我的手腕钻入我的皮下。钻进我的皮肤后，那黑色的气息霎时便如一枚针，从我的血管里面穿刺而过，然后顺着我的血液，游走到我的四肢百骸。

我紧咬牙关，不看这邪祟之气，也不看我皮下渐渐凸起发黑的血管，我只看着他紧闭的眼和他微微颤动的睫羽。

"我救你，不是因为还在乎你。"

空气冰冷。

我呼出的每一口气，都在极致寒冷的空中翻腾成白雾，随后消失不见。

谢濯胸膛上，邪祟之气从我手腕的伤口里灌入，锥心的疼痛让我不由得佝偻着身体，求生的本能让我一万次想要将手腕从他胸膛上撤开。

但我忍住了。

我先对抗了自己的本能，再在身体里对抗着邪祟之气。

不知时间过了多久，或许只有一瞬，或许已是一夜……

当我的经脉已透过皮肤泛出黑色的时候，谢濯胸膛上的伤口终于不再淌血。我知道，他身体里大部分邪祟之气都被我引渡到了我的血脉之中，残余的这些气息在谢濯身上已经不成气候，它们无法再继续撕裂谢濯的伤口，以谢濯的体质，他这些体外伤很快就能自愈了。

我打算抽回手腕，但事情忽然变得有些不对。

当我往后用力时才发现，这些邪祟之气并不是单纯地被我的鲜血吸引过来的，它们……缠住了我。

它们拉扯着我，不让我离开谢濯的胸膛，剩余的黑色气息继续争先恐后地往我身体里灌。

这不对。

这些邪祟之气仿佛有意识，它们……就是想要进入我的血脉之中！

"谢濯……"我咬牙切齿，及至此刻，救完谢濯，在我浑身冰凉全然无法抵御邪祟之气时，我脑中倏尔闪过无数零星的信息。

五百年里，谢濯不离口的"对我不好"四个字。

四百年前，抓我离开昆仑的那个八只眼的蜘蛛妖，他说谢濯给自己找了个弱点。

还有不久前，谢玄青陪我去翠湖台时的戒备。

以及谢濯这一身带着邪祟之气的伤口、我与谢濯之间的血誓、诡异的荆南首……

所有的信息无一例外地指向邪祟之气，或者说，指向邪祟之气与我。

在我大脑飞速思考的时候，最后一缕邪祟之气从他的胸膛没入我的手腕。

我的心脏霎时传来爆裂一样的疼痛，一如被烈火灼烧，被烙铁炙烤。

我身体不受控制地蜷缩起来，我咬着牙，憋着最后一口气，死死拽着谢濯的衣裳："你最好……没有瞒我什么要紧的事。你最好……别让我对自己的上仙之体，白白自信……"

身体里的疼痛越来越剧烈，我甚至无法再攥紧谢濯的衣裳。

我想，我这条命这次可能是要栽在谢濯对我的隐瞒上了。

狗东西，有信息不早说！！

早知道这么疼，早知道会搭上命，早知道……

我再也撑不住自己的眼皮，任由黑暗侵蚀了我的世界。

在陷入彻底的无意识之前，我只迷迷糊糊地想着，或许，哪怕我知道所有谢濯隐瞒的事，知道救他很疼、会死，我也还是会咬破自己的手腕吧……

真荒唐。

我们可是和离的怨偶……

世界彻底变黑了。

不知过了多久，当我再次意识到"我"的存在时，我犹如步入了一片混沌之中。

四周皆是雾霭，耳边寂静无声，我在混沌之中茫然地行走，越来越向前，我的身边出现了一条条黑色的线条，仿佛是邪祟之气织出来的蛛网，越往前，蛛网越密。

我心生恐惧，想要停住脚步，但双脚却完全不受我的控制。

我低头一看，惊觉自己的脚踝和膝盖上也被缠上了黑色的蛛网，它们拉拽着我，犹如拉拽着提线木偶，带着我一步步向前。

蛛网背后，倏尔有一道黑色的人影一闪而过。

我转头去看，人影又仿佛从我身后掠过，他没有带起一丝风，却在我耳边留下了一句话："你来了。"

他笑着。

这声音我听着只觉莫名耳熟。

黑影出现在我左前方的蛛网背后，我看到的竟然是吴澄的脸！

他笑盈盈地看着我，神情十分诡异。

我被脚下的蛛网一拉，膝盖直接硬生生地跪在了混沌里，但我双膝却没有触及地面，仿佛是坠入了无尽的深渊。

四周蛛网都在往上升，我不停地往下坠，直到膝盖传来碎裂的剧痛，我径直跪到了混沌底部，站不起来，只得呼吸着混沌的气息，疼得牙关紧咬。

"我等你好久了。"

声音从头顶传来，吴澄宛如一尊神像，高高地立在混沌上方，他俯视着我，脸上五官却慢慢在变化，片刻后，他已经变成了荆南首的模样。

我张了张嘴，却发现自己说不出话来。

"你好奇我是谁。"他像有读心术一样，说出了我心里的话，然后那张脸又起了变化，变成了西王母……

"我是所有人。"

他声音很轻，下一瞬，他的脸已经出现在了我的面前。他用西王母的脸在我眼前变幻，片刻后，他变成了我的脸。

他用我的脸，露出了我从未露出过的笑容，令我看得胆寒。

他说："现在，我还可以是你了。"

他抬起手，指尖触碰到了我的脸，但当他触碰到我时，那指尖却变成了黑色的蛛丝，粘住了我的脸颊，拉扯起我的嘴角，让我露出与他一样的笑容。

他笑容越大，蛛丝拉扯我嘴角的力度也越大，直到我嘴唇传来撕裂的疼痛，他还在继续，仿佛就要在这里将我的脸撕开。

"学得真像。"他仿佛在鼓励我，"再努点力，便可帮我去杀谢濯了。"

"杀谢濯"三个字让我心神一颤，仿佛在与我心神呼应，四周黑色的蛛网像是被一阵强风吹动，震颤起来。

面前人的目光从我脸上挪开，他看了眼四周，回过头来时，脸又发生了变化，他变成了老秦。

他问我："你还想反抗我？"

他话音未落，我耳边若有似无地闯入了一道声音："斩蛛丝。"

是谢濯的声音。

我转头想去寻，没看见谢濯，却将脸上拉扯着我的蛛丝挣断。

"你想和谢濯一样？"面前的人眼睛眯了起来。

"伏九夏！"我耳边的声音却越来越强，"斩蛛丝！"

我低头，看向自己的手。

随着我低头的动作，脸上越来越多的蛛丝被扯断。

这蛛丝不是挣脱不了……我可以挣脱！

我抬起手，牵拉着我手肘的蛛丝被扯断，五指间，黑色的蛛丝随着手指的张开，也断落而下。

面前的人目光阴恻恻地看着我，但在阴鸷背后，他神色中却透露着一股玩味："还不够啊。"他看着我扯断越来越多的蛛丝，不阻拦，不着急，只静静地看着："我还会给你更多的。"

我扯掉捆绑在身上的蛛丝，随即仰头看他。

面前的人倏尔站起身来，他被四周的蛛丝拉拽着往后退去，我伸手要抓，却只捞到一手的黑色蛛丝。

蛛丝在我手里再次化作黑色的邪祟之气，我对着混沌大喊："你是谁！"

无人回答，只有谢濯的声音犹如晨钟暮鼓在耳边敲响："出来！"

仿佛有"轰"的一声巨响，混沌霎时消失。

我猛地睁开眼睛。

天空中，乌云浓厚，一时让我分不清此时到底是白天还是黑夜。

我张着嘴，口中呼吸卷出一层层白雾。

我缓了好一会儿，只觉四肢麻木，想抬手，却发现手竟然有些动弹不得。我低头，这才看见，自己半个身子已经被埋在了皑皑白雪之中……

"我……我还没死呢……"

谁给我埋了？

我话没说完，已经被自己沙哑至极的嗓音吓到。

我闭上了嘴，挣扎着想要从白雪里坐起来，但一个冰冷的指尖却点在了我的额头上，止住了我的动作。

我一愣，直接被这指尖摁着，往雪地里躺去。

随着我视线往上，我看见了这根手指的主人——谢濯。

他单膝跪在我的头顶上，我躺在地上，视线中的他是倒转过来的。

他沉着一张脸，睫羽上凝着冰霜，唇色苍白，却抿得很紧。他与我对视，知道我醒了，他的指尖却并没有从我的额头上挪开，反而，他手指似乎更用力了。

他摁着我的额头，让我的后脑勺又往雪地里压了压。

我没说话，他也没说话。

谢濯不说话本是正常的，但此时此刻我却觉得，沉默的他，十分奇怪。

他看着我，似乎在调整自己的呼吸，指尖在我额头上颤抖。

谢濯素来擅长隐藏情绪，可这个时刻，却让初醒的我也看懂了他内心抑制不住的翻涌的情绪……

"谢濯……"我问他，"你在怕什么？"

第十章

不死城

我躺在地上，看着谢濯倒转的眉眼。我以为，凭我们现在的感情状态，他或多或少要犟上两句。

可他没有。

他的黑瞳里映着地面白皑皑的雪，还有我惨白的脸，黑瞳的边缘与他的指尖一样微微颤抖着，他将那些我不明白的情愫封存在晶石般的眼珠里。

似乎发现我在窥探他眼中的秘密，谢濯放在我额头上的手指往下一滑，直接盖住了我的眼睛。

天空与他都被他手指挡住，我只能透过他的指缝看见外面的一点光芒。

"谢濯……"我问他，"你怎么了？"

我从未见过这样的谢濯，夫妻五百年，也不是没有遇到过危机，哪怕是我被掳出昆仑的那一次，他找来时，都不曾有过这样的神情——他在害怕、恐惧、战栗。

还有……痛苦。

我不明白。

他为什么会露出这样的情绪，如果只是为了血誓而保护我，他不该有情绪的。

他这样的情绪，在我所知的世俗意义里，通常是被冠以爱的名义的……

可谢濯……从未对我言说过。

他将我的眼睛捂了许久，直到我麻木的四肢开始渐渐感受到冰雪的寒冷，我听到谢濯缓了一口气。

手掌撤开，谢濯也从我头顶离开，他走到了我身侧，我看他的神色，已然恢复如常，仿佛刚才的情绪外露，只是我的错觉。

谢濯没对我的问题做任何回应，开口只道："四肢恢复知觉了吗？"

我动弹了一下自己的指尖，然后看着他，吃力地点了点头。

谢濯在我身侧蹲下，伸手从雪地里穿过我的颈项，将我扶了起来。

我方一坐起身子，就愣住了。

我触目所及，四周雪原竟无一处平整，有的地方连地底的土地山石都被高高翻起。

"这里……激烈打斗过吗？"

他不言不语。

我的目光落在谢濯身上，再次愣了一下："你的伤……恢复得挺快。"在我昏迷之前，他胸膛上还是一片血肉模糊，现在只剩下一道疤了。"不愧是你……"

"半个月了。"谢濯打断了我。

"半……"我好半天才回过神来，"我……晕了半个月？就半个月了？"我不敢置信。"你在我周围与别人打得这么激烈，我都没醒？"

"与你。"

"什么？"

"没有别人。"谢濯平静地望向我，"是你与我打的。"

我震惊地又看了一眼四周，喘了两口气："我？我被邪祟之气操控了，是吗？"

"嗯。"

"我以为我就做了个梦……"

我想到了梦里诡异的百变之人，他让我杀谢濯，似乎对谢濯怨恨很深，他们一定认识，有许多我不知道的故事，我张了张嘴想问，但最后还是闭上了。

按照谢濯的脾气，他一定不会回答我的。

“我被操控了，竟然，还能恢复清明……”我呢喃着，动了动僵硬的指尖，顺势低头一看，却见我掌心里的血管，竟然都变成了黑色！

我陡然一惊，立即咬牙抬起另一只手，另一只手的手背上，血管的颜色果然也是黑色的，我吃力地要拉起我的衣袖，却被一只冰凉的手抓住了手腕，握住了袖口。

“别看了。”谢濯制止了我，他声音也有些喑哑。

我放下手，只是简简单单抬手的动作便已经让我累得气喘吁吁，我转过头，看向谢濯：“我的眼瞳，还清明吗？”

他盯着我的眼睛，微微点头。

我相信了他，复而望向自己的手掌，目光走过黑色的血管，在初始的惊愕之后，很快就冷静了下来。

其实，这并不意外。

谢濯身上的邪祟之气那么多，我在引渡的时候便知道这是一步险招了，只是……

“为什么救我？”

耳边响起谢濯的声音。

他很少提问。

我的目光只停留在掌心的纹路上，这些黑色的纹路，丑陋又可怖。我思索了许久，终于想起了一句话。“一日夫妻百日恩。”我道，“我救的不是你，是过往。”

我答完了，随即转头，盯住他的眼睛。

“你呢？”我问他，“我被邪祟之气控制了，与你战了一场。”我下巴点了一下面前的景象。“得有好长时间吧？几天，还是整整半个月？这么长时间，你为什么不杀我？”

他唇角微微抿了起来，弧度很小，却被我察觉了。

他身上有那么多因对付邪祟而受的伤，他一定杀了很多邪祟，被邪祟之气控制的我，全然失去了自己的意识，几乎变成了邪祟。

彻底被邪祟之气控制的人，是不可能恢复清明的。按照常理来说，我不可能醒得过来……

他本该杀了我。

"你为什么没动手？"

我追问的话就像针击碎了他眼中透明的琉璃，谢濯掩盖的情绪再次流露了出来。

那么多的后怕与纠葛。

他垂下眼眸，用睫羽的阴影挡住了眼中的情绪。

在他长久的沉默后，我替他回答了："我知道，血誓尚未解除。"

谢濯眸光一抬，奇怪地盯着我。

我不回避，直勾勾地与他对视，告诉他："但谢濯，若我下次再被邪祟之气掌控，不要犹豫，杀了我，你做不到便让别人做，别人做不到，你放干我浑身的血，也要做到。"

他眸光颤动，我继续说着：

"我不想变成一个没有意识的怪物，我不想让这双手沾上无辜者的鲜血，我是昆仑的守备军，我的刀刃只能斩杀邪祟。"

他静静地看着我，却又像是透过我，在看向遥远的过去。

我不知道他回忆起了什么，毕竟他的过往，我到现在为止还是一无所知。

直到我感到他放在我后背的手用力，我才发现，他再次从情绪当中走了出来，只是他却径直将我打横抱起！

我双目微瞠，这个动作，不太对劲！

"你……做什么？我自己走……"

他没搭理我，只自己说着："为了活命，挣扎到现在。现在却敢开口，让我杀你。"

我撇嘴："因为和离而被杀我想不通。但我若变成邪祟……你杀我，只会让我死于信仰。"

他抱着我，迈步向前走着，随着他的动作，我看到了越来越多的景象——翻飞的巨石，被污染的白雪，还有远处破裂的冰河……

我与谢濯打的动静不小……

被邪祟之气操控的我，竟然还有些厉害。

"伏九夏。"谢濯忽然开口，"如果回到五百年后，我不杀你，你还会离开我吗？"

我在谢濯怀里愣住。

雪原的寒风撩动我俩的发丝和衣袂，寒意割得皮肉生疼。

我从下方看着他的脸。

下颌刚硬，神色冷漠，谢濯一如这五百年间的每一个时刻，但他却在今天低头了，他看着我，虽然神色淡然平静。

我认真地思索了片刻，平静且认真地告诉他。

"结束了就是结束了。"我说，"不管你杀不杀我。"

我们和离，看似突然，好像玩笑，但其实，早就是我辗转数万个夜晚之后，想出的最后答案了。

"呵呵……"

谢濯鼻腔轻轻发出了一个声音，是笑声。

好似无奈自嘲，好似解脱放下。

在我惊讶于谢濯竟然会笑的时候，他张开了薄唇，迎着天边缓缓升起的一抹暖色，吐出了一口白雾，用微哑的嗓音说：

"好。"

他好像做了很多决定，但我不知道。

"你引渡去的邪祟之气，我有解决之法。"他抱着我在茫茫雪原上走着，"你不用着急，也别害怕。我会救你。"

他说："这次，不是因为血誓。"

我不明白，谢濯总是让我不明白，明明我刚刚拒绝了他，为什么他还要说这样的话。

是因为他觉得，我刚救了他，他就欠了我，要还干净了债，把我带去五百年后，再杀了我吗？

我打量着他，他只是目光坚毅地迈向前方，仿佛再也没有摇摆与犹豫，挣扎与彷徨。

"谢濯……"我内心隐隐升起一股莫名的不安，但我却不知道源于何处。

我一唤他，他便看向我，等着我开口。

"你……"我抿了抿唇，"背我吧。"

我甚至不知道该与他说什么，只得嘴笨地吐出一句这样的话。

谢濯也没有多言，停下脚步，将我背到了他背上，我钩着他的脖子，将脑袋靠在了他肩膀上。

想来真的有点讽刺。

成亲之后，我们这样亲密的时刻，可是屈指可数的……

雪原上，寒风刺骨，谢濯用一块黑色的大披风将我整个人裹住，背在他的背上，还用绳子紧紧地绑在我的腰间，将我与他捆在一起。

寒风呼啸，如刃似刀，我将脑袋紧紧埋在谢濯肩头，不曾抬起，只感受着他的脚步一起一伏，不停向前。

"我们要去哪儿？"

及至一个风稍歇的地方，我才逆风在他耳边大喊："为何不直接飞过去？"

"灵力要用在更重要的地方。"

他回答了我，但我却有点蒙。

灵力用了，再呼吸吐纳，从天地间吸取回来不就好了，他这样说，好像这里天地灵气十分有限一样……

我顿了顿，随后自己呼吸吐纳，尝试吸取这狂风中的天地灵气，但我如今邪祟之气入体，刚一按照原来的方式吸纳灵气，就胸口一阵剧痛，猛烈咳嗽了两声。

谢濯转头看了我一眼："你现在不能再用以前的术法。"

我缓了缓气息，告诉他："我知道了。"

"此处天地并无多少灵气，越往里越少，不用费劲探查。"

"越往里越少？"我奇怪，"这里到底是哪儿？"

"北荒，海外。"

我一愣："你的故乡？"

谢濯的故乡，在传说中并不是什么好地方……我可记得，谢玄青之前可是亲口跟我承认过的，他杀至亲，灭同族……

"你带我来这儿干什么……"我声音不由得小了。

他瞥了我一眼："祛除邪祟之气。"

然后我就闭嘴了。

我这一身邪祟之气，不除迟早也是个死，上一次我怎么清醒过来的我不知道，或许是因为谢濯，或许是因为运气，但若再有下一次，运气和谢濯，不一定还能帮到我。

谢濯背着我继续向前，行了数百步，四周风声骤然消失，突然得令人错愕。

我从谢濯肩膀上抬起头，看向前方，只见前方团着重重迷雾，将前行的路彻底隐没，而在我们身后……

我转头一看，却见狂风夹杂着鹅毛大雪还在飞舞，只是它们在我们身后，被一道通天的墙挡住了，这道墙无形无色，宛如一个透明罩子，让风雪吹不过来，风声也透不进来。

"这里……有个结界吗？"

方才我明明没有任何走入结界的感觉……

我伸手想去摸，背着我的谢濯却继续前行，让我离这透明的墙越来越远。

"伏九夏。"谢濯道，"你对我有许多困惑……"

我回过头来，从侧面探看谢濯的脸。

他神色严肃，唇角微微向下，就像很多次交代我"别喝酒""别乱走""夜晚不要随便与人待在一起"时一模一样。

他声音缓慢而凝重："在这座城里，或许，你能得到你想要的所有答案。"

城？

我看向前面，除了迷雾，什么也看不见。

"什么城？"

"不死城。"

这个名字陌生得紧，我从未在昆仑的任何书中看到过。

"北荒海外，还有叫这名的城？"我刚提出疑惑，就听"嘎吱"一声，沉闷而诡异的声响从迷雾中传来，仿佛是一扇古旧的巨门被推开的声音。

迷雾之中，气息开始涌动。

谢濯将绑住我与他腰部的绳子勒得更紧了一些。"不要相信任何人，"谢濯终于看了我一眼，"除了我。"

我一愣，正在思索他这句话的可信度，忽闻前方迷雾雪地中，传来了踉跄的脚步声。

我耳朵动了动，立即辨了出来："两个人……"

谢濯神色凝肃："别露出皮肤，别让他人看见你身体里的黑色经络。"

我虽不解现在的情况，但还是立即检查了一下我的衣袖，见谢濯的黑色大披风给我裹得严严实实，我方放下一点心。

迷雾中的脚步声越来越急促，我听声辨位，发现他们不是冲我们来的，他们行进的方向应该……在左边。

"咚"的一声，有人摔了。

我向左边看去，伴随着一声闷响，一滴污血穿越迷雾，直接溅到了我的脸上。

血还带着温热，从我脸颊上落下。

我呆怔地看着那方，只见迷雾中，影影绰绰，站着一个人，身姿窈窕，当是一个女子。

只是这女子手中正拿着一把剑，剑刺在地上之人的身上，她尚未发现我与谢濯，只利落地将剑从地上那人的身体——或者说尸体——里拔出。

不死城……

我尚未见城，便已经见死。

雾中女子横剑一甩，抹去刃间鲜血之时，地上的尸体便化作一缕黑色的邪祟之气消散于无形。

她杀的是……邪祟?

迷雾涌动,谢濯背着我,身体向浓雾靠去,似乎并不打算惊动那人,想就此离开,但他身体刚刚一侧,还未迈步,那边迷雾中的女子便倏尔警觉。

"她看见我们了。"我在谢濯耳边低语。

没等谢濯回答,下一瞬,利刃破开迷雾,那女子竟然是询也未询一声,直接对谢濯与我动手了。

利刃逼至身前,谢濯闪身躲过,他没有用任何武器,反手一掌击在女子手腕,女子手腕仿佛瞬间僵麻,谢濯轻易地将她的剑夺了过来。

一招时间,不过瞬息,那女子回身如风,又迅速退回了迷雾之中,随后头也不回地跑了。

"呃……"我在谢濯背上看得有些愣住,"就这?"

这么迅猛的攻击我以为至少还得过两招的……

"交手之下,她知道自己没有胜算。"谢濯将剑擦了一下递给我,"背上。"

我醒来之后,我的武器便不见了,应该是在我无意识与谢濯打斗的时候弄掉的。

我老老实实地从他手里拿过剑,挂到了我背上。

"她此前杀了一个邪祟,想来,她做的事应该与我们昆仑守备军差不多,她为什么对我们动手?难道察觉出我身上的邪祟之气了?"

"只要没人看见你的皮下经络,便不会有人察觉出你的邪祟之气。"

"那她为什么对我们动手?"

"不死城,没有信任,皆是敌人。"

"为什么?"

谢濯瞥了我一眼,继续向前:"因为城里任何人,都可能是邪祟。"

我一愣,尚未察觉这件事有多可怕:"邪祟……不都能认出来吗?"

这么多年里,但凡我见到的邪祟,或者被邪祟之气感染的人,他们身上都有很明显的特征,有的像我,皮下经络皆是黑色,有的像之

和离

前的谢濯，双目全是漆黑，有的身上渗出黑色气息，神志不清，状似疯癫。

唯一难辨别的，便只有那荆南首一人，可之前昆仑所有人都认为，他是上仙之身，所以才可以将自己的身份隐藏那么久。

"这里的邪祟，死之前，皆认不出来。"

我沉默了。

若是如此，这城里，确实不可能有信任。

没有人能确定谁是邪祟、谁不是邪祟，所有人都会互相猜疑、戒备……更甚者是各种血腥的杀戮。

邪祟会杀人，屠戮邪祟的人也会杀人，被怀疑是邪祟的人，为了自保更会杀人……

如此一想，方才那个女子杀了一个邪祟，转头看见了我与谢濯便直接动手，显然是已经将她见到的所有人都当作邪祟来对待……

可我又怎么能确定，方才那个女子，便不是邪祟呢……

思及此处，我倏尔心头一寒。

我刚来此处便已开始如此想，这城里的人每天如此，得斗成什么样子……

我忍不住用一只手摸了摸谢濯绑在我腰间的绳索，用力拉扯了一下，这勒肉的感觉莫名让我有了几分安全感。

"谢濯。"我告诉他，"我们千万不能走散了。"

我想到梦里那人，他说他是所有人。待走进了这座城，若我与谢濯走散，我可能也无法确定，我再次遇见的，到底还是不是谢濯。

谢濯低头看了一眼我拉拽腰间绳索的手："你可以一直信任我。"他又一次强调了他之前说过的话："不要相信任何人，除了我。"

什么意思？谢濯这么自信，只有他不会变成邪祟吗？

伴随着谢濯前行的脚步，我已经能渐渐地在迷雾中看清前面不死城高大的城墙轮廓了。

数百丈高的城墙，宛如巍峨的大山，携着满满的压迫感向我袭来。

越走越近，我隐约看到了城墙上的一些小黑点，我眯眼仔细一看，竟发现那些黑点全是钉死在墙上的尸首！

百丈高墙上，有的尸首尚余鲜血，有的仅有头骨或残破衣衫……

城墙之下，累累白骨，无人收拾，任由白骨堆积，一块块，一层层，已经将城墙底部掩埋。

我心神震颤："这些……都是……邪祟吗？"

"邪祟死后，只会化作黑色的气息消散。"

这件事，我是知道的。

我只是不愿相信，这些尸首与白骨皆是……

"这些，都是不死城里，被误杀之人。"

我心胆皆寒。

"为……为什么要将他们钉在城墙之上……"

谢濯沉默下来，没有回答。

我以为他会像之前那样，不再回答我的问题，毕竟像今天这样有问有答的时刻，在我们过去的生活里，实在稀罕。

我也没有强求他，在如此惊骇的场景前，我头脑已然蒙了。

我从未想过，邪神被诸神封印在深海数千年后，如今世上，竟然还有这样一个地方，还在发生这样的事，我竟然还一无所知。

"是邪祟钉的。"

"什么？"

谢濯背着我走到了城门下方。迷雾与阴影让谢濯脸上的神色更加晦暗，他声色低沉，状似无波无澜："城里，真正的邪祟，会将被误杀的人钉在城墙上。"

"邪祟在羞辱他们……"我呢喃。

我看着面前巨大的城门，一扇门大大开着，随着风微微晃动，方才迷雾中我听到的声音便来自这扇门。而另一扇门虽还紧闭，却已残破，两扇门已没有了阻拦的作用，只是门上刻着的字尚且清晰——

"诛尽邪祟，不死不休。"

这八个字，仿佛还在呐喊着这座城建立时的誓言。

城里的人，或许本与我昆仑守备军，一模一样……

谢濯带我入了城。

城中与城外一样，皆被迷雾笼罩，一片死寂。

街道上，房屋残败，道路破旧，它们的存在仿佛只是为了说明，此处曾有人正常地生活过，只是现在……

我打量着四周，心绪难以平静，良久之后，才望向谢濯。

谢濯是在这样的地方长大的吗？

若是如此，他在昆仑时对他人的戒备，不让我去翠湖台和杂乱的地方，似乎都有了解释——他不信任人。

因为不知道谁是邪祟，所以谁也无法信任。

想通这个关节，这五百年姻缘里，他对我的掌控我霎时便想通了许多。

"为什么不告诉我这件事？"我问谢濯，"你若告诉我，邪祟难以分辨……"我说着，声音小了下去，我看向四周的破败景象。

我知道，谢濯之前说的"为了我好"是什么意思。

若是我知晓这世上人人都可能是邪祟，那与蒙蒙单独出去玩，在守备军营地练兵，还有日常生活的许多时候，都会变味了。

我会戒备、怀疑、猜忌，日日生活在忐忑之中。

"不知道，才能开心。"谢濯曾说过的这句话，出现在我的脑海里。

原来，是这个意思。

我若知道，是我的灾难，昆仑所有的人知道，便是昆仑所有人的灾难，天下人知道，便是天下人的灾难，所有城都会变成不死城，所有人，都会变成城中人。

"这种事情，怎么瞒下来的？"我问谢濯，"为什么天下谁人都不知道不死城？"

"不死城，只进不出，所有进来的修行者，要么变成邪祟，要么与邪祟不死不休。"

我下颔一紧，看似多么简单的一句话，却是多少白骨垒出的一

第十章 不死城

257

句话。

"各山主神，都是知道的。"

"西王母知道？"

谢濯默认。

我抿唇不言。

谢濯背着我，一边前行，一边道："秦舒颜也是知道的。他们是不死城放在外面的最后防线。"

"什么意思？"

"不死城中的邪祟，不仅难以分辨，而且力量远强于外面的邪祟。不死城防止邪祟逃出，而秦舒颜他们则是不死城外的触手，将偶然知道真相的修行者送入不死城，也会将外面的消息，传递到不死城外的雪幕结界之上。"

封锁消息。

无情，又无奈。

"他们？"我抓住谢濯话中的一个点。

"八荒之中，修行之处，皆有类似翠湖台的地方。鱼龙混杂，消息灵通。"

于是，一张由各山主神掌控，由不知道多少老秦这样的人编织出的网，便铺撒在了八荒之中。锁住不死城中的邪祟，也锁住不死城的存在，让天下人，都在刀刃上的和平里，醉生梦死。

谢濯之所以瞒我，是因为这世界的规则，让他必须瞒我，只字不得透露，为了我好，是为了不让我被送到不死城，也为了不让我活得忐忑不安。

所以谢濯愿意信任老秦，因为他们都知道世界的真相，没什么好隐瞒的。

"那你呢？"我问谢濯，"你在这里面，承担什么样的角色？"

不死城只进不出，但谢濯之前却在外面，现在还能带着我进来。

他知道真相，却被西王母与秦舒颜放任。

之前，我以为是我与谢濯的感情感动了西王母，所以她允许我与谢濯成亲，现在看来，西王母不过是为谢濯开特例罢了。

他为什么能游离在主神编织的世界规则之外？

他与邪祟之间的关系，似乎比这世上的任何一个人，都要奇怪。

"我是……"谢濯思索了许久，他走在迷雾中，我打量他的侧脸，我能看出来，他不是在故意拖延，他也并非不想回答我的问题，他只是在思考，好像……

他也不知道，他在这个世间，到底处于什么位置。

在很久的沉默后，他嘴角微微弯了一下。

"我是一个需要弥补的错误。"

我不解。

谢濯侧头，看了我一眼。他喉头微微一动，似乎忍下了千言万语。

他的避而不答，我是很熟悉的，但在此时此刻，我却觉得有些陌生，一股说不出来的感觉萦绕在我的心头，仿佛回到之前他与我说，他会救我，不是因为血誓的时候。

谢濯，这几天，变得有些奇怪和陌生。

迷雾前方，天空之中，忽然传来一点橙色的亮光，是一道火焰被点燃了。

随着那道火焰的燃起，相邻的两边，陆陆续续有火焰点燃，火焰宛如烽火台，一个一个燃烧起来，在半空中连成一条微微带着弧度的线。

我这才看见，橙色火焰下，还有一道百丈高的城墙，离我们现在的位置还很远。

"前面还有一道城墙？"

"嗯。"谢濯收敛了方才的情绪，说道，"不死城似城非城，它更像是一座封闭的巨大环城。"

一座环城？

我回头看了一眼背后百丈高的巨大城墙，城墙确实微微带着些许弧度，蜿蜒出去，消失在迷雾中。

"后面的是外城墙，前面点着不灭火的是内城墙。内外两道城墙，首尾相连，形成环城。"

"内外城墙，百余丈高，若只是为了囚禁邪祟，大可不必再修建一座内城墙。"我疑惑，"除非……内城墙里，还有什么？"

一座环形的城，内城墙若算是一道防线，外城墙便是第二道防线，方才我们走入这奇异地方的那透明的、高耸入云的无形结界，算是第三道防线，这层层封锁，处处防备，到底是在防什么？

谢濯看了我一眼，今日，他有问必答，配合得让我惊讶。

"内城墙向里五十里，中心处，是我雪狼妖族的故乡，明镜林。"

不死城，圈住的是谢濯的故乡？

"你故乡有什么？"

"数不清的邪祟，还有能祛除你邪祟之气的一片冰湖。我们此行要去的地方，便是那儿。"

"一个有数不清的邪祟的地方，却有一片能祛除邪祟之气的冰湖？"我觉得神奇，"这冰湖怎么形成的？若它能祛除邪祟之气，那些被感染的邪祟，是不是走上那片湖，便能好了？"

"他们走上那片湖，只会灰飞烟灭。"

我顿了顿："那你是要带我去那片湖上？凭什么你觉得我不会灰飞烟灭？"

"有我。"

过于自信的两个字，终结了对话。

我闭上嘴，发现谢濯竟然没有继续向前行，而是拐到了一条小巷子里面。

"不继续赶路吗？"

"不死城迷雾笼罩，难分日夜，唯以不灭火定晨昏。不灭火亮，便是夜间，该休息了。"

"休息？"

谢濯这话说得真是突兀，我哪儿还能休息？陡见这闻所未闻的不死城，我心神皆震，这个时候谢濯让我休息？我能睡着就怪了。

"我不需要休息，可以继续赶路。"

没给我拒绝的空间，谢濯已经背着我走到一条小巷子的最里面。

他解开腰上的绳索，将我放到地上，然后单膝蹲在我身前看着我。巷子里，三面都是坚硬得过分的石墙，唯一的出路，被谢濯堵住了。

他正对着我，神色严肃。

我被他严肃的表情感染，辅以四周的场景，我更加紧张起来。"怎么了？是有什么变故吗？"我压低了声音，"有人跟着我们？你故意说要休息，想引人动手？"

谢濯嘴角动了动："不是。"他否认之后，又沉默了一会儿，然后忽然抬手按住我的肩头："别动。"

我不敢动，我觉得谢濯一定有非常重要的事情，于是我乖乖僵成一块木头。

然后我看见谢濯的脑袋凑了过来，他一口……咬住了我的脖子。

"嗯?!"

这是不是有点不合时宜了？

这个地方……

我瞪着眼，侧目看向我颈项间的这个脑袋，愣神得一时忘了推开他。"谢濯。"我呆滞地问他，"你在做什么？"

他没有急着回答我，而是在我颈项上停留了片刻，直到面前的雾气都滚了三团过去，他才起身。他离开时，我颈项的皮肉还跟着他动了动……

他是真的咬得很用力了！

他直起身子，我用探究的眼神看他，却看到了他嘴边一闪而过的黑色气息——

邪祟之气。

他在帮我引渡邪祟之气？

"我就说……"我下意识地嘀咕出声，"你还能突然对我动了心思不成……"

我说完这话后，意识到了有点不妥。

怎么搞得我好像还有点遗憾的样子。

正用大拇指抹拭嘴角邪祟之气的谢濯，听到这话，也微微愣住。

他抬眼看我。

对视片刻。

我先尴尬了起来，挪开了目光，试图解释："我是说，我们和离了，这样做有点不合适，你看，成亲之后的五百年里也没有这样几次过……"

越说越遗憾的样子……

我闭上了嘴。

谢濯睐了我一会儿，然后一本正经地开口："邪祟之气不愿从你的身体里出来，必须肌肤相触，方可引渡。"

"哦。"

空气里有点安静，我正试图找个话题，聊聊正事，谢濯又继续说："五百年里，也时常这样。"

"嗯？"我一时间没有反应过来，"什么？"

谢濯看着我："你在昆仑，喝过酒或去过复杂的地方后，身上都会沾染些许邪祟之气，我都会找时间帮你引渡。"他顿了顿，又补了一句："我没告诉过你。"

我张了张嘴看着他，想说什么，但又说不出来。

哑口无言，大概是谢濯平时的感受。

"这就是你不让我喝酒和乱跑出去玩的原因？"我憋了半天，问了一句，"吃辣呢？也能让我染上邪祟之气？"

"辛辣使人气躁，确实不利于你修行。"他顿了顿，"而且，吃多了，你会胃疼。"

雪笋拌辣椒，鲜得让人流口水，但吃多了确实胃疼。

我知道他平时为什么不告诉我，要瞒的事情太多，解释了一个，还有另外一个要解释，到最后，兜兜转转又回到了不能说明白的邪祟之气上。

索性他就什么都不说，全部瞒住。

然后他就成了婚姻中的哑巴。

我缓了缓，问他：“那你现在告诉我，你时常咬我脖子，是什么意思？”

“要走到明镜林冰湖，还得过好几个夜晚。每个夜晚，邪祟之气都会比白日增多，为免你再被邪祟之气控制，我都会帮你引渡。”他平静地说着，“下次你不用惊讶意外，此事，我已经做过很多次了。”

我顿了顿。

“就咬脖子？还有什么别的事情是你对我做了很多次，但我不知道的吗？”想着这两天谢濯配合的态度，我决定从他身上多挖点信息。

谢濯盯着我看了一会儿，然后别开了目光：“没有。”

他闪躲了，他在骗人！

我看他避开的目光与侧过去的脸，知道就这件事情再追问也没什么结果，于是我轻咳两声，转了话题：“我把你身体里面的邪祟之气引渡过来，你现在又引渡回去，这渡来渡去的，会不会我还没好，你又惨了？”

谢濯回头看我：“此前伤重，才会如此。”他说完，嘴角动了动：“不必担心。”

“我……我没有担心你。”我也别过头，“我是不想你还没有把我送到祛除邪祟之气的地方，自己就先出事。”

“不会的。”谢濯背过身，挡在我身前，“就算出事，也能救你。”

我心口一动，望着谢濯的背影，真的觉得他好像变得有些不一样了。

我还在奇怪，忽然，我看见谢濯手中银光一闪，一把寒光四溢的剑出现在了他的掌心。

我几乎没有见过谢濯用剑，这把剑寒气森森，刃如坚冰，像极了谢濯本人，我还在奇怪他掏剑作甚，便听小巷前方传来窸窸窣窣的声音，像蛇在吐着芯子，蛇鳞在地上磨过的动静。

一丝黑色的气息，从前方迷雾街道飘过。

我掩住口鼻，屏住呼吸。

邪祟……

迷雾中，小巷口，一道黑影慢慢伸长，从影子根本分辨不出来者是什么人，直到一个小女孩像跳格子一样，一下跳到了小巷口，我才看见，这影子的主人，是个干瘦的小姑娘，头上扎着两个马尾，她如邻家小姑娘般，可可爱爱，直到她转过头来。

"嘻嘻……"

她咧嘴笑开，嘴角直接咧到了耳根。

"找到了。"

谢濯骗人！什么不死城里邪祟难分！这谁看不出来她是邪祟，我马上倒立吃屎！

小女孩站在谢濯面前，她眼睛瞪得很大，一眨不眨，显得极其诡异。而随着她的出现，我听见越来越多的脚步声向我们而来，窸窸窣窣，将不死城的迷雾渲染得有些嘈杂。

"起来。"

谢濯语气中带上了命令，一如他往常所言"地上凉""别吃辣""少乱跑"。以前我是不屑的，如今我顶着身体的不适，麻溜地站了起来，还自觉地走了两步，靠着他身后站着。

不过片刻时间，小巷口、围墙上，已经围上了一群奇奇怪怪的人，他们或从墙上探头来看，或趴在巷口，用一只眼睛审视着我们。

"他们为什么会聚集过来？"我小声问谢濯。

谢濯没有看我，一只手直接揽过我的腰，将我紧紧扣在他身边："他们想将邪祟之气渡到你身上。"

我一愣，脑中忽然想起了那个梦境里面孔百变的诡异的人没头没尾说的那句"会给你更多"。他是想……将邪祟之气给我更多吗？

为什么这么执着于将我变成邪祟？

没给我思考的时间，面前的小女孩忽然动了："大姐姐，加入我们吧。"

她说着，身影如鬼魅，陡然一闪，径直冲向了我。

谢濯也根本没与她废话，抬剑一斩，只见银光闪过，小女孩一声凄厉的惨叫声响起，在末尾变成了野兽一般的哀号，她的手臂径直飞了出去，化作迷雾之中的黑烟。

这一声哀号，宛如摔杯之令，所有前来围住我们的邪祟都动了！

他们一拥而上，谢濯将我扣在怀里，只手使剑，未动用丝毫灵力，只听尖啸与皮肉撕裂的声音在我耳边响起。不过转瞬之间，谢濯便带着我一头冲出了小巷，将诸多邪祟甩在身后。

危急时刻，谢濯几乎是将我夹在手臂下奔跑，跑出了一段距离后，他直接把我甩到了他的背上。

"抱紧。"

我紧紧搂住他的脖子，双腿死死夹在他腰上，让自己牢牢挂在他身上，我也没有心思管我这个姿势是不是好看，只仓皇回头。

在剧烈的颠簸里，我看见身后迷雾中有数百人追着我们。

在昆仑被诸仙追杀，到这儿又被邪祟追杀，我们可真是左右不是东西！

但与昆仑的邪祟不一样，这儿的邪祟不管美丑，都有个人形，每个邪祟都迈着大步奔跑着追我们，不知道的人见到这一幕，或许还以为是市集斗殴。

"他们也都没有用术法！"

在雪原上，即将进入结界的时候，谢濯便说灵力要用在更关键的地方，看来这座不死城，不仅封锁住了邪祟，还封锁住了灵力术法，让修行者和邪祟都没有办法使用术法，大家全部在城中肉搏厮杀！

"放我下来。"颠簸中，我告诉谢濯，"只论'体术'，我也能打！"

"不能打，我们的目的是赶路。"

"那不用术法，我也能跑！"

"你腿短，没我快。"

我……！

我哽住了。

我想反驳，但他说的是事实，我腿确实没他长！

万万没想到，来了不死城这样的地方，第一次逃命竟然是要赛跑的?!

我心中还在感慨离谱，忽听前方迷雾之中隐隐有破空之声传来。

"小心！"

我话音一落，一支利箭刺破迷雾迎面而来！谢濯脸颊微微一侧，精准躲过利箭，那羽箭便带着呼啸，直接射中谢濯身后即将扑上来的一个邪祟！

那个邪祟被羽箭穿头而过，倒在地上，很快便化作黑烟消失，烟雾直接被后面疯狂追赶的邪祟撞散。

谢濯脚步未停，依旧向前跑去，前方迷雾中一点火光亮起。

那火光并未在原地停留，而是以飞快的速度向我与谢濯的方向奔来，在迷雾中，我竟然还听到了马蹄之声！

越发近了，却见是一匹黑色的大马撞破迷雾，马背上，来人手持长枪，背负长弓，身着黑色玄甲。

他手中长枪在地上划过，枪刃磨过地上破败不平的青石板，划得火星四溅，我方才见到的光芒便由此而来！

这是何方神兵?

我心头刚起一个疑问，紧接着跟来另一个疑问："这是邪祟吗?"

我的问题没得到回答，只得到了玄甲将军打马呼啸而过的声音，他骑着马握着枪，对着我与谢濯身后越来越多的邪祟便冲了过去！

谢濯与他打了照面，擦肩而过，彼此就像全然没看见对方一样，直接忽视。

谢濯脚步丝毫未停，带着我继续往前方迷雾里面冲。那玄甲将军则是冲入那群邪祟之中，直接开杀。一时之间，马蹄之下，枪刃尖上，全是被撕碎的邪祟黑烟。

但那些邪祟与谢濯一样，并不恋战，少数邪祟被拖住，更多的邪祟则绕过玄甲将军，追上我们。

与此同时，越来越多的破空之声从四面八方传了过来。

和离

我转头一看，四周迷雾之中，残垣之上，有无数的羽箭从不同的地方射来，但无一例外地，羽箭都向追着我们的邪祟射去。

"这些是……"

"不死城里的修行者。"

我唇角一动，一时之间不知道该如何形容我心中的触动。

在这座不死城里，邪祟难分，人与人之间充满了猜忌怀疑，加之谢瀍之前与我说过，有些修行者，是因为意外发现了不死城的存在才被永远关在了城里面，这里面肯定有许多人是充满了怨恨与憎恶的，也肯定有很多人已经变成了邪祟。

但还有人，没有放弃战斗。

哪怕孤身一人，哪怕会被误杀，或者……哪怕误杀过他人……

这四面八方的羽箭，那拖枪而去的玄甲人，依旧在诉说着他们的清醒、抵抗、未曾臣服。

我心中动容，而这一波羽箭攻势之后，四周射来的羽箭便少了许多，迷雾笼罩的不死城里，从远处传来的打斗声却越来越多。

"射杀邪祟的修行者们，被其他邪祟发现了？"我问谢瀍。

"攻击邪祟，便会暴露位置，其他邪祟亦会攻击他们，一旦战斗开始，便分不清你我了。"

我一咬牙："那刚才那个玄甲人，我们……要不要回头帮他？"

"敌我难分。"

"他帮了我们。"

"也可能是计谋。"

假装帮我们，获取我们的信任，然后出其不意对我们动手？

……也不是不可能。

那这样想来，玄甲人若当真是还未被邪祟之气感染的修行者，他或许也会怀疑，我们是装作被邪祟追杀以引起他的同情，然后寻找机会刺杀他……

所以方才谢瀍与他擦肩而过的瞬间，彼此根本就没有搭理对方。

哪怕真的目的相同，此时此刻，也不能给予信任。在这座不死城里，最大的信任，便是不杀你。

我心又沉了三分。

而就是在如此慌乱地亡命奔逃之时，我脑海里忽然传来了一阵嘈杂的声音。

"在……在……在吗？能听到吗？"

是夏夏的声音，她的声音通过阴阳鱼传了过来，映在我的脑海之中，让我霎时间感觉恍如隔世。

"哎，又联系不上吗……这都快一个月了，你不会真出什么事了吧？"

夏夏在那边嘀咕，我松开搂住谢濯脖子的一只手，碰了碰我耳朵上的阴阳鱼，我想告诉夏夏有时间再聊！

但是不管我拍了阴阳鱼多少下，夏夏那边似乎都没有听到我这边的声音。我也只能断断续续地接收到她那边的话，脑中出现她那边的场景片段。

她正坐在一个房间里，看那边的布置，似乎是翠湖台中的某个房间。她对着镜子，一只手撑着脑袋，画面里的安静与闲适与我此时的仓皇逃窜对比那么强烈。

"你是回到五百年后了吗？"夏夏对着镜子自言自语，"谢濯有杀你吗？我不会真的在五百年后死在谢玄青手里吧？"

夏夏显得有些愁。

我抱着谢濯的脖子想着，我可能在死在谢濯手里之前，就先死在后面那群邪祟的手里了……

我想把耳朵上的阴阳鱼摘下来，不让夏夏那边过于闲适的气氛影响到我，但前面倏尔杀出来的一个邪祟让谢濯的脚步猛地一顿。

"抱紧！"他喊我。

我立即抱住了他，任由他带着我几个纵跃，跳上了城中的房顶上。

他带着我在房顶上奔逃。

行得高了我才看见，在不灭火照耀下的环城里，处处皆有战火、厮杀、纷争。

而我脑海中，夏夏那边隐隐传来了翠湖台的丝竹之声。

"你要是还在的话，我肯定得问问你，你不是说你们的感情开始于患难相救吗？可真奇怪，救他的明明是那个女狐妖，他也记得是那个女狐妖救的他，但谢玄青好像……不是因为哪个人救了他，他就喜欢哪个人啊。"

夏夏自顾自地说着。

我抱着谢濯，从我的视线里能看到他的侧脸，他被风吹乱的头发、肃杀的神色，还有颈项边的汗珠。

"他好像喜欢听我讲话！"夏夏眼睛亮亮的，"昆仑外面的人不是都说我私通妖邪什么的吗？到处都在抓我和谢玄青呢！老秦倒确实将我们藏得很好，我不知道什么时候能出去，日日无聊着，便天天找谢玄青聊天。其实也没什么好聊的，我就与他说我修行时出丑的、好笑的事情。他听得好认真！"

随着夏夏的话，我看见谢濯避开了射到我们面前的羽箭。不死城已经乱了，羽箭不知道是从何处而来，也不只是射向我们身后的邪祟。箭刃擦过我耳边的时候，他身体微微一顿，抬手护住了我的耳朵，他的手背却被箭刃划破。

"他还喜欢吃我做的东西！这翠湖台的地下密室里，老秦还给我搞了个小灶台。"夏夏扳着手指头数，"我给他做了蒸梨、枣糕、大肘子。可惜了，这个季节正是吃雪笋的时候，出不去就挖不到，要不雪笋拌辣椒，一定能把谢玄青的舌头都鲜掉！哎……真想快点把误会都解释清楚，让那荆南首伏案。我都承诺了，等我们能出去了，我天天都给他做好吃的！他听了这话，眼睛一闪一闪的，很是期待……"

面前，三四个邪祟挡住了去路，谢濯手上剑刃抬起，他眸中杀意森森，在邪祟攻上来的前一刻，他手中剑刃便已经取了他们首级，手段干净利落，显然已经经过千锤百炼，比我挖雪笋还要熟练。

来昆仑之前，他过的便是这种生活吗？

来昆仑之后，也继续过着这样的生活吗？

他在婚姻中缄默于口的秘密，是让我们和离的原因，同时也是让昆仑不是不死城的原因……

我收紧了抱住谢濯脖子的手。

他没有察觉，依旧带着我在寻一条出路。

邪祟都在针对谢濯，他身上肯定有比不死城更大的秘密，他过着比不死城中的人更加隐秘和危险的生活。这样的生活，谁都知道，不该有牵绊的。

那个曾将我抓出昆仑的邪祟就笑过谢濯，说他给自己找了个弱点。

那时我不懂，现在我懂了，一个被蒙在鼓里、只知道昆仑一亩三分地的我，是不该跟这样的谢濯扯上关系的。

但在我飞升渡劫的时候，他还是用他的血救了我，与我扯上了关系。

他分明在那时候，就喜欢上我了嘛。

这五百年里我一直想从他嘴里寻求的答案，他其实早就用行动告诉我了。

只是，他自己也不知道……

这时，谢濯斩杀了面前的邪祟，忽然，远处一支羽箭射来，羽箭径直穿透了邪祟的身体，射向谢濯的脖子！而此时，谢濯手中的剑却已经挥向了另一个邪祟。

我几乎是下意识地一抬手，直接把射向他脖子的羽箭握住。

我松了一口气，可那支本该是修行者射出的羽箭，却忽然变成了一阵黑烟，黑烟阵阵，钻入我手臂皮肤。

我皮肤下的黑色经络，霎时变得活跃起来。

我抬眼看去，远处一个高高的房顶上正趴着一个人，那个人仿佛是修行者，身上也丝毫没有邪祟之气，他甚至很温和地对我笑了笑。

下一瞬间，我便见他被谢濯手上的剑削去了脑袋，那剑在空中一转，又回到了谢濯手里，只是谢濯反手就把剑插在了一旁的屋脊上。

谢濯拉住控制不住身体开始往地上滑的我，大喊："伏九夏！"

我望着他，只觉奇怪，为什么之前就没看到他眼中那么多的惊恐与慌乱呢。

"我好困……"我努力想睁大眼睛，"真不是时候……"

他咬牙看着我说："你可以睡，没关系，但你要记住。"他几乎一字一句地叮嘱我："梦见什么，都不要怕。"

他说："别畏惧！"

他虽如此说着，我却觉得他看起来比我害怕、畏惧多了。

我望着他一张一合的嘴，听着阴阳鱼里还在喋喋不休的夏夏说："我好像……真的不可避免地喜欢上他了。我要不还是赌一个可能性吧？万一我跟你走向不同的结局呢？我说不定可以忍受他五百年不和离！"

谢濯的声音加上夏夏的话，重叠着不死城里的喧嚣，所有声音在我耳边嗡鸣成一片。

而周遭声音越是杂乱，我此刻内心便越是诡异地平静下来。

一个念头从我仿佛已经变成石头的心尖上发了芽——

如果我这次能活下来，要不就跟他商量一下，红线是剪了，但血誓不是还在吗？如果他愿意承认喜欢我，以后也愿意改变跟我沟通时的态度的话，我们就……

再试试？

只是这念头刚冒出来，我的世界就陷入了一片黑暗。

（未完待续）

图书在版编目（CIP）数据

和离 / 九鹭非香著 . -- 长沙：湖南文艺出版社，2023.12
　ISBN 978-7-5726-1417-0

　Ⅰ. ①和… Ⅱ. ①九… Ⅲ. ①长篇小说—中国—当代
Ⅳ. ①I247.5

中国国家版本馆 CIP 数据核字（2023）第 171981 号

上架建议：畅销·青春文学

HELI
和离

著　　者：九鹭非香
出 版 人：陈新文
责任编辑：匡杨乐
监　　制：毛闽峰
项目支持：恒星引力传媒
策划编辑：张园园
特约编辑：赵志华
营销编辑：刘　珣　焦亚楠
封面设计：@Recns
版式设计：李　洁　潘雪琴
书名题字：一勺酸橙汁
插图绘制：一天然呆　米粒谷粒都是饭　符　殊　秃颓颓　凌零叽
出　　版：湖南文艺出版社
　　　　　（长沙市雨花区东二环一段 508 号　邮编：410014）
网　　址：www.hnwy.net
印　　刷：三河市百盛印装有限公司
经　　销：新华书店
开　　本：640 mm × 915 mm　1/16
字　　数：248 千字
印　　张：17.5
版　　次：2023 年 12 月第 1 版
印　　次：2023 年 12 月第 1 次印刷
书　　号：ISBN 978-7-5726-1417-0
定　　价：52.80 元

若有质量问题，请致电质量监督电话：010-59096394
团购电话：010-59320018